古典詩歌研究彙刊

第三輯

龔鵬程 主編

第 11 冊

明三家畫題畫詩研究（上）

錢天善 著

國家圖書館出版品預行編目資料

明三家畫題畫詩研究（上）／錢天善 著—初版—台北縣永和市：花木蘭文化出版社，2008〔民97〕

目 4+190 面；17×24 公分（古典詩歌研究彙刊 第三輯；第 11 冊）

ISBN 978-986-6831-88-1（精裝）

1.（明）沈周 2.（明）唐寅 3.（明）文徵明 4.學術思想
5.題畫詩 6.詩評 7.畫論

851.465　　　　　　　　　　　　　　　　　97000401

古典詩歌研究彙刊
第三輯　第十一冊　　　　　　ISBN：978-986-6831-88-1

明三家畫題畫詩研究（上）

作　　者　錢天善
主　　編　龔鵬程
出　　版　花木蘭文化出版社
發 行 所　花木蘭文化出版社
發 行 人　高小娟
聯絡地址　台北縣永和市中正路五九五號七樓之三
　　　　　電話：02-2923-1455／傳真：02-2923-1452
電子信箱　sut81518@ms59.hinet.net
初　　版　2008 年 3 月
定　　價　第三輯 20 冊（精裝）新台幣 28,000 元

明三家畫題畫詩研究（上）

錢天善　著

作者簡介

錢天善，淡江大學中國文學學系碩士，淡江大學中國文學學系博士班進修。現任淡江大學中國文學學系兼任講師，華夏技術學院通識中心兼任講師。研究方向為中國古典詩詞，主要為中國詩畫關係，旁及中國畫史與畫論、中國文獻版本學、通俗武俠小說。撰有〈顛覆武俠 金庸廢了韋小寶的武功〉、〈《梅花喜神譜》在版本學與詩學上的價值〉、〈明四家現存畫目〉、〈方志史料與文學研究的關係〉等多篇論文。與張志源合著《苗栗木雕博物館典藏專輯研究圖錄——傳統建築與家具》。

提　　要

　　中國繪畫自宋以降，畫上常題有詩文並鈐印。畫上題跋至元明而大盛，元明畫蹟歷經當時及後世諸家的賞玩收藏與題識，畫幅上便佈滿了文字與印章，因此今人對於古畫的印象便不只是畫景，畫上的詩文印章也是畫面構成的重要元素。本文主要探討明代沈周、唐寅、文徵明三位文人畫家現存畫蹟上的題詩，在討論題畫詩前，必須對於題畫詩有所界定，前人之研究已對此下了定義，本文則在前人的定義基礎上有所修正與補充，使其更為完整。

　　本文之研究乃從明三家畫上題跋詩文入手，對其形成背景，歷代題畫詩的演進與發展多有討論，本文將焦點放在歷代畫上題跋的發展上，從現存歷代畫蹟中找尋文字與繪畫開始在畫面上結合的歷史軌跡，對於題畫詩與畫面結合的情形有所論述。從畫蹟題詩入手研究，對於詩畫完成的先後、題寫的對象，其題詩與繪畫之關係，皆有所探討。在題畫詩的文學性與藝術性方面，亦從形式與內容兩方面加以討論。

　　題畫詩書寫於畫面，其所發揮之藝術功能不僅只在詩句內容，其作為畫面之組成元素，自有其藝術性，不管是書寫筆法、位置，或配合鈐印，其題詩字數之多寡、字體之大小與書寫之筆法，皆在畫家之整體考量中，對於題畫詩形式上之探討，亦有助於對題畫詩之藝術性的認識，題畫詩不只是文字，而是結合詩歌、書法、繪畫、印章之綜合藝術，從此一整體來進行對於題畫詩之探討，乃是本文特色，而從題畫詩句與畫面關係之比對研究，對於題畫詩的詩畫關係之認識，已不再只是「詩中有畫，畫中有詩」的理論認知，而是實際的詩句與畫面之結合互補與互相擴充，這些都是本文的重點。

　　附錄一〈明四家現存畫目〉，整理目前台灣、中國大陸、海外、民間各博物館及私人收藏之明四家畫蹟，計沈周 325 件，唐寅 213 件，文徵明 376 件，仇英 175件。四家現存畫蹟總計 1089 件。

　　附錄二《明三家畫題畫詩輯》，抄錄沈周、唐寅、文徵明現存畫蹟上之題跋詩文，包含三人及其同時代人、後人之題詩，為本文研究之文本依據。

　　附圖收錄本文論述中引用到的漢代到明代相關圖版，計 173 幅。

上　冊

第一章　緒　論 1
　第一節　題畫詩之義界 4
　第二節　題畫詩的研究方法 9
　第三節　歷代對於題畫詩類的安置 14
　第四節　明以前畫上題跋的發展 19
　　一、漢至唐 20
　　二、五代、兩宋 24
　　三、元　代 41
第二章　明代蘇州地理環境、士民關係與文人
　　　　繪畫創作的態度 45
　第一節　地理環境 45
　第二節　士民關係 49
　　一、文人不必皆仕宦 49
　　二、文人畫家與仕宦的交游 50
　第三節　文人繪畫創作的態度 53
　　一、適意自娛 54
　　二、人情酬酢 56
　　三、偶然生計 61
第三章　明三家的文學與繪畫 67
　第一節　沈周的文學繪畫藝術 68
　　一、生平概述 69
　　二、文學風格 72
　　三、繪畫藝術 75
　第二節　唐寅的文學繪畫藝術 77
　　一、生平概述 77
　　二、文學風格 80
　　三、繪畫藝術 82
　第三節　文徵明的文學繪畫藝術 84
　　一、生平概述 85
　　二、文學風格 88
　　三、繪畫藝術 90
第四章　明三家畫題畫詩與繪畫之關係 93
　第一節　自畫自題詩 94

目

次

一、詩畫同時完成 ⋯⋯⋯⋯⋯⋯⋯⋯⋯ 94
　（一）據畫吟詠 ⋯⋯⋯⋯⋯⋯⋯⋯⋯ 95
　（二）藉畫紀事 ⋯⋯⋯⋯⋯⋯⋯⋯⋯ 97
　（三）以畫比擬 ⋯⋯⋯⋯⋯⋯⋯⋯⋯ 99
　（四）因畫起興 ⋯⋯⋯⋯⋯⋯⋯⋯⋯ 101
　（五）詩畫酬酢 ⋯⋯⋯⋯⋯⋯⋯⋯⋯ 102
二、先作畫後作詩 ⋯⋯⋯⋯⋯⋯⋯⋯⋯ 105
　（一）與畫相關 ⋯⋯⋯⋯⋯⋯⋯⋯⋯ 105
　（二）與畫無關 ⋯⋯⋯⋯⋯⋯⋯⋯⋯ 106
三、先作詩後作畫 ⋯⋯⋯⋯⋯⋯⋯⋯⋯ 107
　（一）依詩作畫 ⋯⋯⋯⋯⋯⋯⋯⋯⋯ 107
　（二）人情酬酢 ⋯⋯⋯⋯⋯⋯⋯⋯⋯ 115
　（三）雅集紀盛 ⋯⋯⋯⋯⋯⋯⋯⋯⋯ 117
　（四）賀壽送行 ⋯⋯⋯⋯⋯⋯⋯⋯⋯ 121
　（五）錄填紙空 ⋯⋯⋯⋯⋯⋯⋯⋯⋯ 124
　（六）集錄舊作 ⋯⋯⋯⋯⋯⋯⋯⋯⋯ 127
第二節　題他人畫詩 ⋯⋯⋯⋯⋯⋯⋯⋯ 132
一、詠　　畫 ⋯⋯⋯⋯⋯⋯⋯⋯⋯⋯ 133
二、抒　　情 ⋯⋯⋯⋯⋯⋯⋯⋯⋯⋯ 134
三、唱　　和 ⋯⋯⋯⋯⋯⋯⋯⋯⋯⋯ 135
四、雅　　集 ⋯⋯⋯⋯⋯⋯⋯⋯⋯⋯ 136
第三節　他人題三家畫詩 ⋯⋯⋯⋯⋯⋯ 137
一、據畫吟詠 ⋯⋯⋯⋯⋯⋯⋯⋯⋯⋯ 138
二、藉畫抒情 ⋯⋯⋯⋯⋯⋯⋯⋯⋯⋯ 140
三、因畫起興 ⋯⋯⋯⋯⋯⋯⋯⋯⋯⋯ 141
四、詩文酬贈 ⋯⋯⋯⋯⋯⋯⋯⋯⋯⋯ 142
五、持圖索題 ⋯⋯⋯⋯⋯⋯⋯⋯⋯⋯ 144
六、題畫轉贈 ⋯⋯⋯⋯⋯⋯⋯⋯⋯⋯ 145
第四節　詩與畫內容之關連 ⋯⋯⋯⋯⋯ 147
一、詩與畫互相闡發 ⋯⋯⋯⋯⋯⋯⋯ 147
二、詩與畫皆指向同一對象 ⋯⋯⋯⋯ 154
三、詩與畫各自獨立 ⋯⋯⋯⋯⋯⋯⋯ 156
第五章　明三家畫題畫詩之文學藝術內涵 ⋯ 159
第一節　題畫詩的創作態度 ⋯⋯⋯⋯⋯ 160

第二節　題畫詩的內容特色 ………………………… 166
第三節　題畫詩書寫於畫面的方式 ………………… 178
　一、書寫位置 ………………………………………… 179
　二、書寫筆法 ………………………………………… 180
第四節　詩書畫印裱合一的整體藝術 ……………… 183
第六章　結　論 …………………………………………… 187
參考書目 …………………………………………………… 191

中　冊

附錄一：明四家現存畫目 ……………………………… 205
　一、沈　周 …………………………………………… 216
　二、唐　寅 …………………………………………… 229
　三、文徵明 …………………………………………… 237
　四、仇　英 …………………………………………… 251
附錄二：明三家畫題畫詩輯 …………………………… 259
　沈周畫題畫詩 ……………………………………… 260
　唐寅畫題畫詩 ……………………………………… 330
　文徵明畫題畫詩 …………………………………… 372

下　冊

圖　版 ……………………………………………………… 439

第一章　緒　論

　　中國繪畫自宋以降，畫上常題有詩文並鈐印。畫上題跋至元明而大盛，元明畫蹟歷經當時及後世諸家的賞玩收藏與題識，畫幅上便佈滿了文字與印章，這些文字除了直接書於畫心，也書於詩塘、引首、拖尾、裱邊、對幅上。在鈐印方面，以清宮收藏的畫蹟鈐印最夥，因此今人對於古畫的印象便不只是畫景，畫上的詩文印章也是畫面構成的重要元素。

　　雖然中國古畫上的詩文題識已成為畫面的一部份，然而在這一部份的研究上卻仍顯不足，研究畫者常將畫上題識略而不談，因將重心擺在畫幅的緣故，直至今日，公私編輯出版的許多古畫圖錄，仍有只印出畫幅，而將立軸的詩塘及手卷的引首與拖尾的題跋略去的情形，這對於書畫題跋的研究造成了極大的不便。古畫題跋內容豐富，從初始的畫家自書名款，進而標記作畫年月、畫名、作畫緣由、創作心境、題作詩詞、流傳情形、鑑賞心得等等不一而足，這些都是繪畫與文學研究領域珍貴的第一手資料。由於詩在文學領域中佔有重要的地位，因此有題跋中的題畫詩被抽離出來單獨行世且被注意與討論的情形，在歷代詩人的詩文集中多可見題畫詩作，這些作品也是近代題畫詩研究者討論的重心，唯一令人遺憾的是許多畫蹟在流傳的過程中已隨時代湮滅，今人只能「因詩而知畫」而無法「因畫以知詩」了。若

要「因詩而知畫，因畫以知詩」〔註1〕，莫如將現存歷代畫蹟上的題畫詩加以迻錄，如此便可將詩與畫結合討論，對於題畫詩詩畫關係的內涵當能有更深入的認識，筆者基於此一動機，故而以探討現存畫蹟上的題詩爲題畫詩之研究進路，有別於以詩文集中之題畫詩資料爲討論對象的研究方式，在題畫詩的研究上這兩種研究方式都是不可或缺的，以現存畫蹟上的題詩爲主要討論對象之研究少有人進行，究其原因乃須花費較大的時間與精神在畫蹟圖版的收集與畫上題跋的抄錄整理上，再加上收集到的圖版如果過小或印刷不精，則畫上文字便不易辨認，又題畫文字各體書法皆備，抄錄者未必遍識，其中難免產生誤辨，這些都是令研究者望而卻步的因素，然而若因此而捨棄此一研究途徑亦不適宜，因此儘管有可能出現上述的困難與錯誤，筆者只能儘可能的將之減至最低。

古畫在流傳的過程中，年代愈早，存世的畫蹟也就愈少，畫上題詩自元代開始興盛，至明代達於全盛期，文人畫幾乎無畫不題詩，一幅畫上少則題詩一首，多則十數首，在存世畫蹟上，元畫多於宋畫，明畫多於元畫，清畫之多更邁宋元明〔註2〕，因此在畫蹟的選擇上筆者取其適中而以明畫爲研究對象，即就明畫而論，其數量亦非一人之力在短時間內所能處理，因此筆者乃將研究範圍再縮小至明代畫壇最具代表性的明四家畫蹟，就筆者所取得的資料整理出來的明四家現存畫蹟數量，沈周 325 件，唐寅 213 件，文徵明 376 件，仇英 175 件。四家現存畫蹟總計 1089 件〔註3〕。

沈周、唐寅、文徵明、仇英皆爲明代中期活躍於蘇州地區的畫家，

〔註 1〕南宋・孫紹遠《聲畫集》原序，頁 807。（景印文淵閣四庫全書本，第 1349 冊，臺北：臺灣商務印書館，民國 75 年 7 月初版）。
〔註 2〕據《故宮書畫錄》（增訂本八卷，四冊，臺北：國立故宮博物院，民國 54 年 12 月初版）。與《中國古代書畫目錄》（10 冊，中國古代書畫鑑定組編，北京：文物出版社，1985 年 10 月至 1993 年 6 月出版）。之著錄統計。
〔註 3〕詳細畫目請參見附錄一：〈明四家現存畫目〉。

又有師友同門之誼，沈周、文徵明創立了吳門畫派，明清畫壇皆受其影響。四家並稱，見於明清畫學著作中，明末清初的王時敏《西廬畫跋》言：「唐宋以後，畫家正脈，自元季四大家趙承旨外，吾吳沈、文、唐、仇以阜董文敏，雖用筆各殊，皆刻意師古，實同鼻孔出氣。」〔註4〕雖責四家刻意師古、同鼻孔出氣，但四家並稱已很明顯。清・王鑒《染香庵跋畫》曰：「成弘間，吳中翰墨甲天下，推名家者，惟文、沈、仇、唐諸公，爲擲前絕後。」〔註5〕清・盛大士《谿山臥游錄》則直言明四大家：

> 耕烟集宋元之大成，合南北爲一宗，法律則精深靜細，氣韻則疎宕散逸。其在明四大家，則惟六如居士相與頡頏，石田則遜其秀逸，十洲則讓其超脫，衡山更退避三舍矣。〔註6〕

四家並稱乃在繪畫造詣上並駕齊驅，但是在文學修養方面，仇英和三家是不能相提並論的，沈周有《石田先生集》，唐寅有《唐伯虎先生全集》，文徵明有《甫田集》皆傳於世。關於仇英的出身，明・姜紹書《無聲詩史》載：「仇英，字實父，號十洲，太倉人，移居吳都。所出微，嘗執事丹青，周臣異而教之。」〔註7〕對於「所出微」，在清・張潮《虞初新志・戴文進傳》中有較詳細的記載：「明畫史又有仇十洲者，其初爲漆工，兼爲人綵繪棟宇，後徙而業畫，工人物樓閣。」〔註8〕由於卑微的出身使仇英未接受過完整的教育而不黯詩文，故其在畫作上僅落名款或鈐印：「石田畫最多題跋，寫作俱佳：十洲畫惟署實父仇英製，

〔註4〕清・王時敏《西廬畫跋》，頁289。（收錄於沈子丞編《歷代論畫名著彙編》，臺北：世界書局，民國63年6月初版）。

〔註5〕清・王鑒《染香庵跋畫》，頁295。（收錄於《歷代論畫名著彙編》）。

〔註6〕清・盛大士《谿山臥游錄》卷二，頁1345。（收錄於黃賓虹、鄧實編《美術叢書》合訂本第二冊，單行本三集第一輯，江蘇：江蘇古籍出版社，1997年12月第一版第一次印刷）。

〔註7〕明・姜紹書《無聲詩史》卷三，頁999。（收錄於《畫史叢書（二）》，臺北：文史哲出版社，民國63年3月初版）。

〔註8〕清・張潮《虞初新志》卷八〈戴文進傳〉，頁250。（收錄於《清代筆記叢刊》第一冊，濟南：齊魯書社，2001年1月第1版第1次印刷）。

或祇用十洲印記而不署名。」〔註9〕從筆者統計現存的仇英 175 件畫蹟中，偶可見當時的蘇州文人畫家為其畫作題寫文賦詩詞，題有詩作的畫蹟則僅十餘幅，由於仇英不能詩，題有他人詩作的畫蹟數量又少，與其他三家並置討論殊不相稱。因此在研究範圍上，明四家筆者僅取沈、唐、文三家畫之題畫詩為探討對象。本文雖不討論仇英，其現存畫目既已整理出來，仍附於三家畫目之後以供參考。

第一節　題畫詩之義界

畫上題跋內容豐富，題畫詩僅為其中一類，依畫而生的題畫資料，可分畫贊、題畫詩、題畫記、畫跋四類，這些可統稱為題畫文學〔註10〕，以畫為題之詩，或據畫吟詠，或因畫起興，但在創作過程中，二者相關相涉。

關於題畫詩的定義，鄭騫及日人青木正兒的說法〔註11〕，為許多研究者所引用討論，李栖歸納前說為題畫詩下了六點界定：

一、文體必須是詩，二、創作的時間必須在畫之後，三、創作的動機必須是由畫引發而出，四、創作的過程必須時刻不離畫，五、創作的內容必須或多或少關係到畫，六、創作的結果可以與畫並存，也可以獨立行世。〔註12〕

〔註 9〕盛大士《谿山臥游錄》卷二，頁 1345。
〔註10〕青木正兒著、魏仲祐譯〈題畫文學及其發展〉（載於《中國文化月刊》第九期，民國 69 年 7 月，頁 76～92）。
〔註11〕鄭騫〈題畫詩與畫題詩〉（載於《中外文學》八卷六期，民國 68 年 11 月，頁 5～13）。青木正兒〈題畫文學發展〉（收錄於《青木正兒全集》卷二，日本：春秋社，昭和 58 年，頁 491～504）。魏仲祐譯作〈題畫文學及其發展〉，見上註。
〔註12〕李栖《題畫詩散論》序，頁 1。（臺北：華正書局，民國 82 年 2 月初版）。此界定乃自其《兩宋題畫詩論》頁 4，簡省而來。（臺北：臺灣學生書局，民國 83 年 7 月初版）。《兩宋題畫詩論》乃由其博士論文《宋題畫詩研究》（東吳大學中文研究所博士論文，民國 80 年）。修改出版。

但據筆者迻錄明三家畫蹟上題詩的結果，此六點界定頗有不足與可議之處。

關於第二點，創作的時間必須在畫之後，他題之詩固然如此，但自畫自題詩就不一定了，如沈周《草庵圖》卷，拖尾自題：〔註13〕

> 弘治十年八月十七日，余有役于城，……，是夕宿西小寮，低窗月色，耿耿無寐，因得五字律一首，聞之茂公曰：「詩狀小處將無遺，尚須一圖，使畫中更見詩可也。」余笑而領之，又引此數語系詩錄于圖左。

這是先寫了詩，再據詩作畫。先詩後畫的情形在明三家畫蹟中的例子頗多：

沈周《盆菊幽賞圖》卷，畫心作者自題詩：

> 盆菊幾時開，須憑造化催。調元人在座，對景酒盈盃。滲水勞童灌，含英遣客猜。西風肅霜信，先覺有香來。（長洲沈周次韻并圖）

拖尾有時人侶鐘、張昇、傅瀚的題詩，皆為五律，押「灰」韻。這是一個賞盆菊的雅集，侶、張、傅三人皆進士出身，在朝為官，沈周與之交游，雅集吟詩之後再由沈周作圖題上詩句。

沈周《三檜圖》卷，拖尾自題：

> 虞山至道觀有所謂七星檜者，相傳為梁時物也，今僅存其三，餘則後人補植者，而三株中又有雷震風擘者，尤為詭異，真奇觀而未嘗見也。并寫歸途所得詩于後。

這是在致道觀〔註14〕中見三株七星檜，歸途作詩，返家後作圖系詩。

〔註13〕為使行文簡潔、減少註腳，本文所舉明三家畫，畫蹟收藏單位及該畫相關資料，請查閱附錄一：〈明四家現存畫目〉，引用三家畫上之詩文題跋、畫蹟出處頁碼之著錄，請查閱附錄二：《明三家畫題畫詩輯》，後文凡遇引用明三家畫及其畫上題跋文字不再作註。

〔註14〕明．王鏊《姑蘇志》卷三十〈寺觀下〉：「致道觀在常熟縣虞山南嶺下，梁天監 2 年漢嗣天師十二代孫張道裕居此，感異夢建招真治并建寥陽殿、盧皇臺，手植七星檜，其後道裕儴去，瘞劍於山之西麓。」，頁 554。（景印文淵閣四庫全書本，第 493 冊，臺北：臺灣商務印書館，民國 75 年 7 月初版）。

唐寅先詩後畫的情形，如《沛台實景圖》冊頁，畫面上方題：

> 正德丙寅，奉陪大冢宰太原老先生登歌風臺，謹和感古佳
> 韻，併圖其實景呈茂化學士請教。（唐寅）
> 此地曾經玉輦巡，比鄰爭覩帝王身。世隨邑改井猶在，碑
> 勒風歌字失真。仗劍當時冀亡命，入關不意竟降秦。千年
> 泗上荒臺在，落日牛羊感路人。

這也是和詩於前，圖景於後的例子。

文徵明《疏林茆屋》軸，畫心上方題：

> 佛座香燈竹裡茶，新年行樂得僧家。蕭然人境無車馬，次
> 第空門有歲華。幾日南風消積雪，一番春色近梅花。坐吟
> 殘照歸來緩，古木荒烟散晚鴉。（春初偶同子重過竹堂賦此，是
> 歲正德甲戌。徵明。）

這是與友人同行賦詩，後作畫系詩。又《樓居圖》軸，畫心左上題：

> 遷客從來好闊居，窗開八面眼眉舒。上方臺殿隆隆起，下
> 界雲雷隱隱虛。隱几便能窺日木，憑欄真可見扶餘。摠然
> 世事多翻覆，中有高人只晏如。南坦劉先生謝政歸而欲為
> 樓居之舍，其高尚可知矣，樓雖未成，余賦一詩并寫其意
> 以見之，它日張之座右，亦樓居之一助也。（嘉靖癸卯秋七月
> 既望，徵明識。）

這是先作詩後作畫，畫成再將詩題於畫上。

這種先詩後畫的情形，明以後亦不乏其例，因此題畫詩創作的時間可在畫前或畫後，但此情形僅限於自畫自題之題畫詩。

六點界定的第二點出現了例外的情形之後，接下來的第三、四、五點便也要隨之修正了，創作動機可由畫引發，也可能是雅集唱和或其他因素引發詩興，詩成再配以圖；創作過程或詩據畫而作，或畫因詩而繪；創作內容或與畫相關，或與畫無涉，而與作畫緣由有關，如唐寅《貞壽堂圖》卷（圖96），乃為周希正之母八十壽誕而繪，拖尾有李應禎、吳寬、沈周、文壁等十餘人題詩文，唐寅為其中之一，畫面為遠山樹石，松下茅屋內一婦人坐於凳上，應即周母，周母對面二

人站立，一人自道上來，正欲過橋至茅屋，應爲賀壽賓客。觀眾人所
作之詩，皆頌周母之懿德仁壽，唐寅題云：

> 作宰良人歿海邦，崎嶇歷過屬冰霜。持身自信能恆德，
> 教子咸推以義方。老柏歲寒存晚節，孤梅雪後有餘香。
> 榮膺祿養安仁壽，宜與南山並久長。（吳門唐寅）

詩的內容與畫面並不相關，依創作動機言，題於畫後這十餘首詩皆爲
賀壽詩，不是題畫詩，但因其題於畫卷，其屬題畫詩亦毋庸置疑，這
是研究題畫詩者易忽略的特殊題畫詩例。

　　在題畫詩的認定上，只要是題在畫上的詩即可歸爲題畫詩，不管是
畫家自畫自題或他題，內容是否與畫相涉，都可稱爲題畫詩。鄭騫云：

> 所謂「題畫詩」，這個名詞很容易懂，就是在畫面上題詩，
> 這是人所共知的，用不著講。〔註15〕

在畫面上題詩有各種情形，一般人的認爲即是畫家自畫自題詩，但即
使如此，畫家所題之詩也有取前人之詩而題者，他題除自作之詩外，
同樣有拿前人之詩題於畫上的，筆者認爲這些也都應納入題畫詩的範
圍來討論。畫家在自己的畫上題前人之詩的例子如沈周《瓶中蠟梅》
軸（圖1），畫心上方題：

> 體薰山麝臍，色染薔薇露。披拂不滿襟，時有暗香度。
> 右黃魯直蠟梅詩，偶戲寫古瓶折枝，并書。（沈周）

黃庭堅的這首詩本不是題畫詩，但經沈周借用而題於畫上，此詩便成
了題畫詩。他題而借用前人之詩的例子如唐寅《觀杏圖》軸（圖2），
畫心右上方唐寅僅題：「正德辛巳三月吳趨唐寅畫」一行十一字，此畫
傳至明代後期董其昌手中，董其昌於唐寅題款旁題了一首王維的詩：

> 萬樹江邊杏，新開一夜風。滿園深淺色，照暎綠波中。
> （唐解元觀杏圖，以王右丞詩題之贈汝文兄南游。乙卯秋七月一
> 日。董其昌。）

此詩《全唐詩》王維卷中未收，見於《全唐詩》卷三四六王涯詩中，

〔註15〕鄭騫〈題畫詩與畫題詩〉，頁5。

題作〈遊春曲〉。《唐詩紀事》卷四二作張仲素詩，但《全唐詩》張仲素詩中未收，《樂府詩集》第五十九卷收此二曲，注云唐王維作，原詩末句作「照在綠波中」。《類箋王右丞全集》第九卷·五言絕句，收錄此詩，詩題作〈遊春曲二首〉，董其昌所錄為第一首。此類題畫詩的認定必須依附於畫上，與畫並存，不可獨立行世。現代畫家由於能詩者已少，因此這種取古人詩而題於畫上的情形更為多見，即使如江兆申等能詩能畫的畫家，也常題古人詩於畫上，這類的題畫詩其詩畫間的關係也是頗值得探討的。

依據上述各種題畫情形，題畫詩之義界，可以如此界定：

狹義題畫詩：在此題畫詩之「題」字作動詞用，即題寫於畫件上之詩，詩與畫共同構成畫件整體，不管是題於畫心或詩塘、裱件、拖尾、對幅，不管是依詩作畫或據畫吟詠皆屬題畫詩，自題或他題、題己詩或題他人詩，只要是題於畫件上即為題畫詩，惟題他人詩之題畫詩之認定必須依附於所題之畫，題己詩則可與畫分離獨立行世。以依詩作畫區別畫題詩，以據畫吟詠區別題畫詩，適用於廣義題畫詩之界定，在此無區別之必要。

廣義題畫詩：觀畫者觀畫後引發作詩的念頭而作之詩屬之，題寫於畫件上者為狹義題畫詩之範疇，未題寫於畫件上的題畫詩之認定，則適用李栖所歸納之六點界定。畫題詩與詠畫詩皆可視為廣義的題畫詩。

不管是狹義或廣義的題畫詩，文體皆應為詩，可以是古體詩或近體詩，但今人編輯題畫詩集，則有將題贊亦歸入題畫詩者，如孔壽山《中國題畫詩大觀》，將漢魏六朝畫贊納入，並稱此為題畫詩的萌渡期，實則畫贊非詩，僅能稱其為題畫文學，屬題畫詩的前身，歸入題畫詩範疇並不恰當。另有將富含畫意之詩歸入題畫詩者，如韓丰聚、孫恒杰主編之《題畫詩選釋》，其凡例云本書選詩的標準是：「富含畫意，除原本題於畫上之詩外，其他可用於題畫之詩也予收錄。」〔註16〕

〔註16〕韓丰聚、孫恒杰主編《題畫詩選釋》凡例第二條，頁1。（河北：河北美術出版社，2000年5月第1版第1次印刷）。

除詩外,《詩經》及詞、曲亦在收錄之列,這又將題畫詩之範圍過於擴大,其題畫詩之「題畫」非僅言題於畫上,而是指可供題畫之用,「詩」字實指韻文而言,該書出版說明言:

> 出這本書的宗旨還在於以下四點:
> 1. 供有些畫家選取詩、詞往畫上題。
> 2. 供有些畫家讀後產生靈感,進行創作。
> 3. 供詩、詞研究者參考,研究。
> 4. 供書法愛好者作為書寫的內容。〔註17〕

可見「題畫詩」一詞已被任意使用,殊為不妥。

筆者認為除上述廣狹二義之題畫詩外,其餘皆不宜以題畫詩稱之,而本文所討論之題畫詩為狹義的題畫詩。

第二節　題畫詩的研究方法

進行任何的研究,最重要的便是文本的掌握,其次為相關文獻論著的收集,這兩點具備了才能開始進行研究,而研究的方法是採用中國傳統的方式還是引用西方文藝理論,可視研究者的學養與研究需要而定,研究方法的多元化已是現代學術研究的趨勢,綜合中西理論來進行中國傳統文學的研究,也使近代的學術研究多有遠邁前人的重大成果。然而過分將注意力放在研究方法上,常在最重要的文本及相關文獻資料的整理上所下的功夫被打了折扣,對於研究的主題旁徵博引各種資料,雖然展現了論述的廣度與深度,但卻也隱藏了囫圇吞棗、東拼西湊、斷章取義、未加消化、錯誤相因的危機,欲避免這樣的危機,則研究方法應將重點放在研究文本的掌握,文本全面而正確的掌握是研究的基礎,其次為與研究主題相關的文獻資料與古今論著的熟稔,這些資料提供研究者重要的參考,有了這兩項基本功夫為研究基礎,方可談採何種方法、如何進行研究。

―――――――――――――――――――――――――
〔註17〕韓丰聚、孫恒杰主編《題畫詩選釋》,凡例前之出版說明。

　　題畫詩的研究雖然起步較晚，但近數十年的研究成果也已頗值肯定，而今更有日趨繁興之勢，為提供研究者有豐富的文本進行研究，便有人投入收集整理歷代題畫詩而加以編輯成書出版，但是這些書都有一個共同的缺點，便是不夠完整，作為研究的文本，自是求全求備，可惜近年編成之題畫詩集較具推廣、欣賞的價值，而於研究上僅可供參考，無法完全以之為研究依據。題畫詩集的編纂自以南宋·孫紹遠編《聲畫集》八卷，及清·陳邦彥編《御定歷代題畫詩類》一百二十卷為最重要，今人欲再從事此項工作，筆者認為可以從兩個方面來進行，其一為從歷代傳世的別集及畫學著作中依朝代或依作者加以收集整理，其二為從中外傳世畫蹟上抄錄題畫詩再加以彙集成書，將這兩方面的資料再加以整合，則研究者不管是對於題畫詩的斷代研究或專家研究、主題研究等等皆可以之為據，而無須再花大量的時間與精神做文本整理的工作，對於題畫詩研究之貢獻至巨。

　　觀今人編輯之題畫詩集，大陸方面以孔壽山《中國題畫詩大觀》最具系統性及深廣度，但其最大的缺點是所錄各詩皆未註出處，使人無從知其參考過哪些資料、遺漏了哪些資料，書中的錯誤與不足無從據以改正與補充，此書收詩從漢魏至現代，近千頁的篇幅可謂具有相當份量，但該書亦非盡收歷代題畫詩，各家詩作僅錄一部份，非所有題畫詩作，這是較為可惜的，但以個人之力從事這樣的工作而能有此成果已屬難能可貴，而大陸其他編輯題畫詩者亦皆未註收詩出處及收詩不全，儘管這類書籍不斷有人編輯出版，但對於題畫詩之研究助益並不大。

　　台灣輯錄題畫詩而成書者，以戴麗珠編著之《詩與畫之研究》及《明清文人題畫詩輯》為代表，《詩與畫之研究》輯錄了唐、宋、元文人題畫詩，唐代題畫詩據《全唐詩》而輯〔註18〕，宋代部份據《蘇東坡全集》及其續集、後集選錄，其次依《宋詩選》輯錄〔註19〕，

〔註18〕戴麗珠編著《詩與畫之研究》，頁 92。（臺北：學海出版社，民國82年 3 月初版）。
〔註19〕戴麗珠編著《詩與畫之研究》，頁 154。

元代題畫詩據《元詩選》輯錄〔註20〕，明代題畫詩據《明詩綜》輯
錄〔註21〕，清代題畫詩據《清詩匯》輯錄〔註22〕，戴氏所輯各詩皆
標注了出處，這是其他題畫詩集所未做的，值得肯定，但是其既已
交代每個朝代所據之詩集，而每個朝代又多僅依據一本書輯錄，則
其各詩皆註出處便顯得無其必要性，反覺累贅。這也是以一人之力
而編輯歷代題畫詩，而輯詩所據之書爲各朝代詩之選本，其不完備
亦不待言，研究者若欲研究某一專家之詩或某一斷代題畫詩，又要
自別集、畫錄中從頭再做一次題畫詩文本的整理工作，如此實爲人
力的浪費，後之有志從事題畫詩彙集整理者實應加以留意。

　　現代的學術研究已經朝向結合群力來進行，如此巨大的資料整理
工作實可糾集一批人來分工進行，如此方可獲致最佳成效，獨立進行
的整理工作則不妨將範圍縮小，如此整理出來的資料方可有較高的價
值。

　　除了在文集中翻撿外，在歷代的畫學著作中也著錄了爲數頗多的
題畫詩，這些題畫詩多爲著者經眼過的畫件上之題詩，隨著時代的流
逝，大多數的畫蹟皆已湮滅，而畫上詩文題跋則因被著錄而保存流
傳，這些資料都是應加以注意並輯錄的，如宋・周密《雲煙過眼錄》，
明・孫鳳《孫氏書畫鈔》、朱存理《珊瑚木難》、朱存理《鐵網珊瑚》
〔註23〕、張丑《清河書畫舫》、郁逢慶《書畫題跋記》、汪砢玉《汪氏
珊瑚網名畫題跋》，清・吳升《大觀錄》、張照、梁詩正等奉敕撰《石
渠寶笈》、陸心源《穰梨館過眼錄》、顧文彬《過雲樓書畫記》、卞永
譽《式古堂書畫彙考》、陸時化《吳越所見書畫錄》等等。題畫詩集
如明・李日華《竹嬾畫滕》，清・釋道濟《大滌子題畫詩跋》、惲格《南

〔註20〕戴麗珠編著《詩與畫之研究》，頁481。
〔註21〕戴麗珠編著《明清文人題畫詩輯》，頁1。（臺北：學海出版社，民國
　　　　87年4月初版）。
〔註22〕戴麗珠編著《明清文人題畫詩輯》，頁143。
〔註23〕余紹宋《書畫書錄解題》認爲應爲明代的趙琦美所譔，見卷六，頁
　　　　43背。（臺北：臺灣中華書局，民國57年4月一版）。

田畫跋》、王原祁《麓臺題畫稿》等,這些都是收集題畫詩的重要材料,卻又多為輯者所忽略。

　　較少人從事的當屬現存畫蹟上題畫詩的逐錄了,大陸方面,趙蘇娜編《歷代繪畫題詩存》,選錄北京、台北、瀋陽故宮博物院藏畫之題詩,具有相當參考價值,但筆者取部份原畫蹟圖版比對該書,發現許多抄錄錯誤之處,因此採用該書題畫詩資料仍須與畫蹟圖版相校,方不至有誤,而此書亦為選錄本,三處故宮所有藏畫之題詩並未全數抄錄,頗為遺憾。又張岩、錢淑萍編著《明清名人中國畫題跋》與遼寧省博物館編《遼寧省博物館藏‧書畫著錄‧繪畫卷》二書,亦為自傳世畫蹟上抄錄題跋的著作,但亦非全錄,僅可供參考。台灣方面,抄錄館藏全數書畫題跋者為台北故宮博物院編印的《故宮書畫圖錄》,唯在題畫詩抄錄上凡遇乾隆題詩皆不錄,這是美中不足的地方。以個人之力抄錄畫上題詩者,僅筆者為進行本文之研究而收集整理抄錄之《明三家畫題畫詩輯》,以筆者所能收集到的台灣、大陸、海外、民間藏畫圖版進行抄錄,雖仍不免有遺珠之憾,但應屬較為完整的輯本,而明三家之外的畫蹟題詩,仍賴有志者繼續抄錄整理之工作。欲抄錄存世畫蹟上的文字,必須先整理出存世畫蹟完整的畫目,因此這項工作對於繪畫與文學領域的研究者皆有相當之助益,但因其困難度較輯錄書上題畫詩資料為高,因此常令許多人裹足不前,這一方面的題畫詩文本整理是今之研究者應該多加致力的。

　　題畫詩文本資料的編輯整理為研究題畫詩首要之務,而從上述之各個方向來彙集應是可以進行並獲致最大效益的方式。

　　題畫詩的研究除了題畫詩文本的整理外,其次便是有關題畫詩相關論著的建立了,衣若芬體認到:「欲理解題畫文學之研究情形,瞻望未來的發展方向,必須從建立基本的論著目錄做起。」〔註24〕因此

────────────────

〔註24〕衣若芬〈題畫文學研究概述〉,頁216。(載於《中國文哲研究通訊》第十卷‧第一期,2000年3月)。

乃整理出〈題畫文學論著知見錄（1911～1999）〉〔註25〕，該知見錄
收錄了專書及單篇論著，給予研究題畫文學者很大的方便。

　　筆者從事明三家畫題畫詩的研究，首先收集整理出〈明四家現存
畫目〉〔註26〕，再據此畫目一幅一幅的將畫上題跋加以抄錄，略去仇
英畫上題詩而編輯成《明三家畫題畫詩輯》，由於歷來的題畫詩文本
皆僅存其詩，而畫已不復見，因此對於詩畫關係之探討便有其困難
處，以畫上題詩來探討題畫詩與畫之間的關係便可排除此困難，又詩
文集所收題畫詩僅詩而已，對於題畫詩的創作動機、創作背景、題寫
對象等等便不易得知，這對於題畫詩的解讀將有所缺憾甚至錯誤，筆
者在抄錄畫上題詩的同時，也連帶將與詩寫在一起的短文題識錄下，
這些題識對於題畫詩的解讀有相當的幫助，僅據詩文集上的題畫詩來
討論者在研究上便少了這一參考資料，因此在題畫詩的研究上，以畫
上題詩為研究進路所獲致的研究結果也會與以詩文集題畫詩進行研
究者的研究結果有所不同，因此筆者對於題畫詩的研究乃以現存畫蹟
為起點，再擴及畫學著作所錄畫蹟已不傳之題畫詩與詩文別集收錄之
題畫詩。完全無畫蹟傳世的畫家及不能畫的文人所作之題畫詩自然只
能就詩論詩而想像其畫，有畫蹟存世的畫家題畫詩，即使僅存少數幾
幅畫作，也可在研究上提供某一程度的幫助，而傳世畫蹟較夥的畫家
畫作，可將畫上題詩與文集詩作相結合，不但可增補文集收詩之不
足，更可做較為全面的研究討論，筆者從畫上抄錄所得之題畫詩，少
部份見收於該畫家別集中，大部分詩皆未見收，蓋畫家即畫即題詩，
畫畢詩成該畫便出其門而為他人所收藏，畫家不可能每畫一幅畫、題
上一首詩，便自錄一題詩副本，故畫上題詩多不見於畫家詩文集中是
很正常的，因此抄錄畫上題詩對於文人畫家別集作品的增補是有著相

〔註25〕此知見錄附於〈題畫文學研究概述〉文後。
〔註26〕此畫目發表於《書目季刊》第三十六卷・第一期，頁 77～115。（臺
　　　　北：書目季刊社，民國 91 年 6 月 16 日出版）。本文附錄一之〈明四
　　　　家現存畫目〉，則有部份的增刪。

當貢獻的，這也是一種輯佚。至於現存畫蹟的眞僞鑑定，則以收藏單位專家之鑑定意見爲依據，凡經鑑定爲僞仿畫蹟，該畫上題詩仍予抄錄，但不引用討論。

有了〈明四家現存畫目〉及《明三家畫題畫詩輯》爲研究基礎與文本依據，再參看畫學、文學著作所錄之三家題畫詩，以中國詩學之傳統研究解讀方式爲主要操作方式來詮釋作品，爲本文所採用的研究方法。

第三節　歷代對於題畫詩類的安置

中國詩歌的分類依形式可分古、近體，依內容則有山水詩、田園詩、邊塞詩、遊仙詩、詠物詩、詠史詩……等等的不同，依成詩方式則有集句詩、聯句詩，而題畫詩全不在上述的分類範圍內，遲至清代，題畫詩才從詩歌中獨立成類。題畫詩乃依詩的作用分類，在創作動機、內容上與畫相關連，歷來的研究者多將題畫詩視作詠物詩，但題畫詩並不全然的詠物（畫），從其內容來探討，題畫詩可以包含詩歌的所有內容，其差異只在題畫詩必須與畫相關連，山水詩、詠物詩則不必。歷來文人、畫家的詩文集中皆將題畫詩依其五七言、古絕律等不同形式來歸類，自題畫詩被正視而集成一類後，其分類方式便依畫的主題內容來分類，如人物、故事、風雲雪月等，這樣的分類其實仍是從形式來分，當然其形式與內容有其重疊的部份，嚴格而言仍不是完全依詩的內容來做分類，但目前有關題畫詩的相關詩集及論述已陳陳相因的將畫的主題內容與詩的內容等同視之，這是有待商榷的，因此釐清題畫詩的題材內容與詩的內容之間的差別，也是一個可以探討的方向。

題畫之詩歷代以來皆未受到正視，中國詩歌歷經唐宋，各類詩體粲然大備，唐宋詩人多有吟詠畫作之詩，然而在詩歌的分類中，題畫詩尚未被歸爲一類。將歷代題畫詩加以彙編成專書始於南宋‧孫紹遠

編《聲畫集》八卷，孫氏編此書乃屬創舉，但卻有被責以玩物喪志的顧慮，因此其在《聲畫集》序中解釋：

> 夫玩物喪志，先聖格言誰敢不知警，而假書畫以銷憂，
> 昔嘗有德於紹遠，今雖不暇留意，未能與之絕也。〔註27〕

因爲當時的讀書人認爲不應將精力花在編這類「玩物喪志」的書，因此自《聲畫集》成書後，歷經元明二朝，雖然題畫詩作數量越來越多，但卻未見有人將之彙集成專書，直至清康熙四十六年，始有陳邦彥編成《御定歷代題畫詩類》一百二十卷，這時對於題畫詩的觀念已從負面的玩物喪志轉爲皇帝給予正面的肯定：

> 粵考有虞氏施采作繪而繪事以起，《周禮・冬官》爰有設色
> 之工，典畫繢之職。《傳》所稱「火龍黼黻，昭其文」，「三
> 辰旂旗，昭其明」者是也。至漢世圖寫功臣，用示褒異，
> 則又人物之肖象粲然著見於史冊者矣。嗣是工繪事者日
> 眾，自天文、地輿、鳥獸、草木以及宮室、器用與一切登
> 臨遊覽之勝，皆假圖畫以傳於世。晉宋而後莫盛於唐，五
> 代迄宋作者輩出，金元明間亦代有聞人。方其詣精入理，
> 足以體陰陽、含飛動，爲稽古博物者之所取證，不僅以丹
> 青擅長而已，而能搜抉其義蘊，發攄其旨趣者，則尤藉有
> 題畫之詩。〔註28〕

　　題畫詩至清代被正視，「題畫詩」之名稱也自清代陳邦彥書成而確定，在詩中別爲一類。孫紹遠編《聲畫集》，雖有彙集題畫詩之實，但尚未以題畫詩名之：

> 入廣之明年，因以所攜行前賢詩及借之同官擇其爲畫而
> 作者，編成一集，分二十六門爲八卷，名之曰聲畫，用
> 有聲畫，無聲詩之意也。〔註29〕

「有聲畫，無聲詩」在當時已是一個普遍的說法，北宋・郭熙《林泉

〔註27〕孫紹遠《聲畫集》原序，頁807。
〔註28〕清・陳邦彥編《御定歷代題畫詩類》清康熙〈御製歷代題畫詩類序〉，頁1～5。(北京：人民美術出版社，1994年，據康熙46年刻本影印)。
〔註29〕孫紹遠《聲畫集》原序，頁807。

高致》言：「更如前人言，詩是無形畫，畫是有形詩，哲人多談此言，吾人所師。」〔註30〕自以無形與有形來比喻詩畫之後，便又有人以無聲、有聲來比擬，黃庭堅詩云：「李侯有句不肯吐，淡墨寫出無聲詩。」〔註31〕僧慧洪亦云：「宋迪作八景絕妙，人謂之無聲詩。演上人戲余道人能作有聲畫乎？因爲之各賦一首。」〔註32〕以有聲畫喻詩，而有孫紹遠編題畫詩而以《聲畫集》名之，以無聲詩喻畫，到明代乃有姜紹書編畫史而以《無聲詩史》名之，題畫詩之名稱到清代陳邦彥編成《御定歷代題畫詩類》乃告確定，也從中國詩歌中正式別立一類。

　　在題畫詩類中，又如何安置眾多的題畫詩？孫紹遠將題畫詩分：古賢、故事、佛像、神仙、仙女、人物、美人、蠻夷、贈寫眞者、風雲雪月、州郡山川、四時、山水、林木、竹、梅、窠石、花卉、屋室器用、屏扇、畜獸、翎毛、蟲魚、觀畫題畫、畫壁雜畫等二十六門，陳邦彥《御定歷代題畫詩類》則分：天文、地理、山水、名勝、古蹟、故實、閒適、古像、寫眞、行旅、羽獵、仕女、仙佛、鬼神、漁樵、耕織、牧養、樹石、蘭竹、花卉、禾麥蔬果、禽、獸、鱗介、花鳥合景、草蟲、宮室、器用、人事、雜題等三十門，二書分門方式大致相同，分門的依據爲題畫詩之詩題，而題畫詩之詩題多依據畫名而來，該畫畫名爲何，則該畫上的題詩便以畫名爲詩題，當題畫詩的內容與畫的內容聯繫性較高時便無太大問題，若題畫詩的內容與該畫無甚相關時便有可議之處，而題畫詩與畫的相關程度有多少？在畫已不傳或未見該畫的情形下便難以得知，因此直到現今，現代人所編之題畫詩集分類方式亦依孫、陳之法，學者討論題畫詩的內容時亦依這樣的分類方式逐一討論，若就詩論詩不涉及原畫或可如此，一旦將詩與畫並

〔註30〕北宋·郭熙《林泉高致》〈畫意〉，頁1070。（收入黃賓虹、鄧實編《美術叢書》合訂本第二冊，單冊本二集第七輯。南京：江蘇古籍出版社，1997年12月第一版第一次印刷）。

〔註31〕北宋·黃庭堅《山谷全集》內集卷九〈次韻子瞻子由題憩寂圖二首〉之一，頁13背。（臺北：中華書局四部備要本）。

〔註32〕孫紹遠《聲畫集》卷三，僧慧洪題宋迪作瀟湘八景圖詩序，頁849。

觀時便不宜完全採此方式了，應依詩的內容為主，佐以畫的主題來分
類，因詩題與畫名之間實存在著某些微妙的關係。

畫名除了由畫家本人來命名外，許多的畫作，畫家並未加以命
名，這些未命的畫作經過流傳，為區別他畫或著錄之需要，後人便
為畫命名，命名的方式除了依畫的主題內容來命名外，還有以畫上題
詩來命名的，如沈周《石磯漁艇圖》軸，題：

> 石磯漁艇江湖有，要自閒人管領之。釣月哦風一般趣，
> 黃塵沒馬不同時。(沈周)

可知此畫名乃從題畫詩的首句而來。又《綠陰亭子圖》扇，題：

> 綠陰亭子不須風，十竹森然兩樹桐。地靜涼新詩夢薄，
> 有人起坐鶴聲中。(沈周)

又《複崦清溪圖》軸，題：

> 複崦清溪落葉重，地深猶有客相逢。因君借問城中事，
> 果有寒山半夜鐘。(沈周)

唐寅《入市歸來圖》扇，自題：

> 入市歸來欲暮天，半林殘照一村煙。悠然濯足滄浪裏，
> 怕帶紅塵上釣船。(唐寅)

又《春山伴侶圖》軸，題：

> 春山伴侶兩三人，擔酒尋花不厭頻。好是泉頭池上石，
> 軟莎堪坐靜無塵。(唐寅)

又《茅屋風清圖》軸，題：

> 茅屋風清槐影高，白頭聯坐講離騷。懷賢欲皷猗蘭操，
> 有客攜琴過小橋。(唐寅)

又《高山奇樹圖》軸，題：

> 高山奇樹似城南，兀坐聯詩興不猒。一自孟韓歸去後，
> 誰人敢托兔毫拈。(唐寅)

又《虛閣晚涼圖》軸，題：

> 虛閣臨溪野晚涼，檻前千斛藕花香。蔗漿滿貯金甌冷，
> 復有新蒸薄芋霜。(唐寅畫)

又《秋風溪上圖》軸，題：

> 秋風溪上放扁舟，欲覓東籬一段幽。童子不知清興處，
> 櫓聲移過白蘋洲。（唐寅）

文徵明《雨餘春樹》軸，自題：

> 雨餘春樹綠陰成，最愛西山向晚明。應有人家在山足，
> 隔溪遙見白烟生。

又《碧梧修竹圖》軸，題：

> 碧梧修竹晚亭亭，長夏茆堂暑氣清。虛室捲簾容燕入，
> 小窗欹枕看雲行。千年白苧歌仍在，九轉丹砂藥未成。
> 風定日沉山寂寂，隔林時聽亂蟬聲。（徵明）

又《積雨連村圖》軸，題：

> 積雨連村暗，山莊何處歸。秋光堪畫處，簑笠過橋遲。
> （徵明）

又《秋到江南圖》軸，題：

> 秋到江南楓葉紅，秋山遇雨翠眉濃。飛飛白鳥自來去，
> 消盡心機是雨翁。（徵明）

諸如此類爲畫命名方式，以詩首句的內容爲畫名，若詩首句非描述畫
的內容，而是寫畫外之意，則畫名便會與畫本身所圖之景有所出入，
此出入在題畫詩分類上便會被歸在不同的門類中。如雲南省博物館藏
沈周《山水》扇（圖3），題：

> 杜甫騎驢三十年，詩窮只剩兩寒肩。歸來摸索奚囊裏，
> 添得秋風破屋篇。（八十三翁沈周贈新安文輝）

依畫名，這首題畫詩應歸入山水門，若依詩的首句及詩的內容命畫
名，便是《杜甫騎驢圖》，這首題畫詩就不可能歸入山水類，而依詩
的內容來看，也不會直接與山水聯想，但將此畫尋出與詩並觀，可以
看到此畫扇乃畫一遠山居中，右方畫樹石，左方爲溪邊土坡，中間一
溪川流，溪上一橋，橋上一人騎驢而過，如此的構圖方式在古畫中很
常見，在山水畫中點以人物，人物或策杖、或跨蹇、或撫琴，可以有

不同的變化，又依是否知畫中人物身分而在題畫詩分類上也有不同，如上述之沈周《山水》扇，以畫名及畫的內容（不考慮題畫詩所透露的訊息），可歸入山水畫，則題在這幅畫上的題畫詩被歸入山水類題畫詩便很自然了，若依詩的內容或當初為畫命名時，取題畫詩的首句，則這首題畫詩便屬於故實類了，如《御定歷代題畫詩類》卷四十〈故實類〉，收有元·元好問〈李白騎驢圖〉、明·陳憲章〈杜甫游春圖〉、宋·劉克莊〈孟浩然騎驢圖〉等詩，若題畫詩中並未明言畫中人物的身分，則這幅畫上的題詩便可能被歸入行旅類，因此題畫詩的分類若要更為精確，實應將畫的內容與詩一起考量。

從畫的主題考量來為題畫詩命題分類，這是最直接簡單的方式，依詩的表現方式，實有詠物、抒情、託物言志、唱和等等的不同，在題畫詩的解讀上，一般都依山水、人物的分類來解讀，並未回歸詩本身的內容來審視，若依題畫詩本身的內容來分類，則題畫詩便不只是詠物詩，它也可以是山水詩、田園詩、邊塞詩、遊仙詩、詠史詩，因此題畫詩除了可以是山水類（畫）題畫詩、故實類（畫）題畫詩，也可以是題畫山水詩、題畫詠史詩，題畫山水詩與山水詩之間的差異也是頗值得探討的，如此將更能凸顯題畫詩與一般詩歌的分野。

第四節　明以前畫上題跋的發展

圖畫與文字結合的情形及題畫詩的起源與演進的相關文獻討論，前人引例論述已多〔註33〕，因此本節將重點放在討論近代考古發

〔註33〕相關學者的論述，除前述青木正兒的文章外，孔壽山《中國題畫詩大觀》（蘭州：敦煌文藝出版社，1997年12月第1版，1998年7月第1次印刷）。第一章第三節〈題畫詩的起源與發展〉，頁14～19。李栖《兩宋題畫詩論》，第一章第一節〈題畫詩的意義與其演進〉，頁9～18。鄭文惠《詩情畫意—明代題畫詩的詩畫對應內涵》（臺北：東大圖書股份有限公司，民國84年4月初版）。第二章〈明以前題畫詩之演進〉，頁17～55。衣若芬《蘇軾題畫文學研究》（臺北：文津出版社，1999年5月初版一刷）。第二章第一節〈北宋之前題畫文

掘與傳世畫蹟上圖文結合的情形，以實物為主，以文獻資料為參照，來一步步勾勒出畫上題款發展的軌跡。

在近代考古發掘出土的實物中，圖文相結合的情形在戰國時便已出現，但其主從關係是文字為主，圖畫為輔，還是圖畫為主，文字為輔，仍不確定，而以圖畫為主，後加文字的繪畫呈現，在漢代已經形成，則是可以確定的，因此本節從漢代開始討論。

一、漢至唐

從現存的實物來考察繪畫與文字相結合的情形，可在漢代找到例子。山東嘉祥武氏祠，屬東漢晚期武氏家族墓地祠堂，此祠堂至宋代尚未傾圮。清乾隆年間，黃易等人次第發掘湮沒已久的武氏祠畫像石，此後武氏祠畫像石被廣為著錄，流傳中外。〔註34〕武梁祠壁圖畫圖文並茂，以歷史故事為最多，其中一畫像石記述「曾子殺人」的故事（圖 4），石刻一女子坐於機杼前，迴顧一跪揖戴冠男子，石下方刻「讒言三至，慈母投杼」，左上榜題〔註35〕云：

> 曾子質孝，以通神明，貫感神祇，著號來方，後世凱式，
> 以正樞綱。

由於人物畫之人物相貌多大同小異，因此對於所繪的特定人物便有標注文字以明其身分的必要，因而產生了與繪畫結合的榜題，榜題對所繪對象的簡單說明若感不足，便豐富其內容，而形成「畫贊」，此石刻下方之榜題：「讒言三至，慈母投杼」，雖已可使觀者知所繪對象，

學的發展〉，頁 13～26。及國內題畫詩相關碩士論文（相關書目可參看衣若芬〈題畫文學研究概述〉文末所附「題畫文學知見錄【1911～1999】」），皆作了不同程度的討論。

〔註34〕蔣英炬、楊愛國《漢代畫像石與畫像磚》，頁 84。（北京：文物出版社，2001 年 3 月第一版第一次印刷）。

〔註35〕徐建融《書畫題款・題跋・鈐印》第一章：「上古的繪畫，光靠圖畫的形象也不可能使觀者一目了然其豐富的涵義，因此而需要加以文字的說明—這些作為圖畫形象之說明的文字，便稱作『榜題』。」，頁 1。（上海：上海書店出版社，2000 年 6 月第 1 版第 1 次印刷）。

但顯然這樣還不足以表現此一歷史故事深層的內容，因此再加上四言六句的贊語，除說明故事外，尚有教化的作用。另一畫像石圖刻老萊子娛親的故事（圖 5），榜題云：

> 老萊子，楚人也，事親至孝，衣服斑連，嬰兒之態，令
> 親有驩，君子嘉之，孝莫大焉。〔註 36〕

其他如閔子騫、管仲、齊桓公、荊軻、豫讓等畫像石，亦皆有榜題。

另於 1953 年出土的河北望都一號漢墓，其墓室壁畫除有榜題外，也發現了朱書四言的韻文贊語：

> 嗟彼浮陽，人道閑明，秉心塞淵，循禮有常。當軒漢室，
> 天下柱梁。何億掩忽，早棄元陽。〔註 37〕

像這樣以韻文形式表現的畫贊可算是題畫詩的前身。

又光緒壬午（光緒八年，1882）年冬，有人掘土得一漢石〔註 38〕，今名之爲東漢《君車畫像石》（圖 6），在所繪車馬上方也可見到「門下小史」、「鈴下」、「君車」、「主簿」、「門下書佐」等對於所畫對象身分的榜題說明文字。

1966 年出土於山西大同石家寨北魏司馬金龍墓的屏風漆畫《列女古賢圖》（圖 7），在人物圖像上方同樣有標注人物身分的榜題，此圖右上方繪一男子與二女子相對而立，上方書「虞帝舜」、「帝舜二妃娥皇女英」，則觀者便可一目了然。魏·曹植云：

> 蓋畫者鳥書之流也。昔明德馬后美于色，厚于德，帝用嘉之。
> 嘗從觀畫。過虞舜之像，見娥皇女英。帝指之戲后曰：「恨

〔註 36〕武梁祠畫像石拓片圖版及相關題字內容，參見清·王昶《金石萃編》卷二十、二十一，頁 783～827。（收錄於《歷代石刻史料彙編》第一編：先秦漢魏晉南北朝，第一冊。國家圖書館善本金石組編，北京：北京圖書館出版社，2000 年 8 月第 1 版第 1 次印刷）。

〔註 37〕書此榜題之壁畫圖版筆者未見，在許海欽《論題跋》（臺北：一文出版社，民國 67 年 6 月初版），頁 18；鄭文惠《詩情畫意─明代題畫詩的詩畫對應內涵》，頁 20；衣若芬《蘇軾題畫文學研究》，頁 16；皆提及此壁畫。

〔註 38〕掘得經過書於此畫像石拓本右下題記。

不得如此人爲妃。」又前，見陶唐之像。后指堯曰：「嗟乎！
群臣百僚，恨不得戴君如是！」帝顧而咨嗟焉。故夫畫所見
多矣。上形太極混元之前，卻列將來未萌之事。〔註39〕

可見圖繪堯舜等古聖先賢是漢代人物畫常見的題材，舜像之後便是娥
皇女英，這樣的內容似乎已經成爲固定的模式。曹植又云：

觀畫者，見三皇五帝，莫不仰戴；見三季暴主，莫不悲惋；
見簒臣賊嗣，莫不切齒；見高節妙士，莫不忘食；見忠節
死難，莫不抗首；見放臣斥子，莫不嘆息；見淫夫妬婦，
莫不側目；見令妃順后，莫不嘉貴。是知存乎鑒戒者圖畫
也。〔註40〕

可知漢代繪畫常擔負著鑒戒的教化作用，古賢烈女像或歷史故事，人
物壁畫或石刻皆然，這些圖畫若無榜題，是無法發揮其教化功用的，
因此圖畫結合文字也就成爲很自然的事了。

從文獻中也可見到圖畫與文字相結合的記載。《漢書‧蘇武傳》：

甘露三年，單于始入朝。上思股肱之美，乃圖畫其人於
麒麟閣，法其形貌，署其官爵姓名。〔註41〕

可見圖畫配合文字說明，在漢代已是普遍的情形。除「署其官爵姓名」
外，漢代朝廷爲表彰功臣、烈女、古聖先賢，除圖繪其像於宮觀壁上，
更配以贊詞，如唐‧張彥遠《歷代名畫記》載：

蔡邕字伯喈，（裴孝源所定品第云，伯喈在下品。）陳留圉
人。工書畫，善鼓琴，建寧中爲郎中，校書東觀，刊正六
經文字，書於太學石壁，天下模學。又創八分書體，爲左
中郎將。封高陽鄉侯，年六十一，靈帝詔邕畫赤泉侯五代
將相於省，（喜、震、叔、節、賜、彪。）兼命爲讚及書。
邕書畫與讚，皆擅名於代，時稱三美。（見《東觀漢記》，並孫

〔註39〕魏‧曹植〈畫贊序〉（收錄於俞崑編著《中國畫論類編》，臺北：華
正書局，民國66年10月版）。頁12。
〔註40〕同前註。
〔註41〕《漢書》卷五十四，〈李廣蘇建傳〉第二十四，頁2468。（北京：中
華書局，1997年11月第一版第一次印刷）。

暢之《述畫》。有《講學圖》,《小列女圖》傳於代。)〔註42〕

蔡邕書、畫、讚皆擅名於代,時人稱之爲三美,三美乃指其有此三項
藝能,事實上,其已將詩文（贊、頌、榜題）、書、畫作了有機的結
合,爲後世詩書畫三絕所承襲。

　　英國大英博物館藏的東晉・顧愷之《女史箴圖》卷,唐摹本（圖
8）,與北京故宮博物院藏的顧愷之《列女仁智圖》卷（或稱《列女圖》）,
宋摹本（圖 9）,所繪諸人物旁,也都有榜題文字。又遼寧省博物館
藏的顧愷之《洛神賦圖》卷,宋摹本（圖 10）,將曹植的〈洛神賦〉,
以小楷分題書寫賦文於畫面空白處。北京中國歷史博物館藏的梁・蕭
繹《職貢圖》卷,宋摹本（圖 11）,在各國使節圖像後都有楷書榜題
長篇文字。由於晉、梁距今年代久遠,眞蹟不易保存,因此傳世的畫
蹟多爲後世摹本,摹本雖非原蹟,但圖畫的內容與眞蹟是無二致的。
宋・張世南云:

> 辨博書畫古器,前輩蓋嘗著書矣,其間有論議而未詳明
> 者,如臨、摹、硬黃、響搨是,四者各有其說。今人皆
> 爲臨摹爲一體,殊不知臨之與摹,迥然不同。臨爲置紙
> 在旁,觀其大、小、濃、淡、形、勢而學之,若臨淵之
> 臨。摹謂以薄紙覆上,隨其曲折婉轉用筆,曰摹。〔註43〕

從這些畫蹟可略知早期圖畫與文字相結合的情形。

　　敦煌石窟壁畫也可見到圖文並茂的情形,如敦煌 148 窟西壁北

〔註42〕唐・張彥遠《歷代名畫記》卷四,頁 64～65。（收錄於《畫史叢書（一）》）。
〔註43〕宋・張世南《游宦紀聞》（收錄於《說郛》卷十四。《說郛三種》明・
　　　陶宗儀等編,上海：上海古籍出版社,1988 年 10 月第 1 版,1989
　　　年 1 月第 2 次印刷）。,頁 276。又北宋・黃伯思（1079～1118）《東
　　　觀餘論》卷上〈論臨摹二法〉曰:「世人多不曉臨摹之別,臨謂以紙
　　　在古帖旁,觀其形勢而學之,若臨淵之臨,故謂之臨。摹謂以薄紙
　　　覆古帖上,隨其細大而搨之,若摹畫之摹,故謂之摹。又有以厚紙
　　　覆帖上,就明牖景而摹之,又謂之響搨焉。臨之與摹,二者迥殊,
　　　不可亂也。」（臺北：藝文印書館原刻景印《百部叢書集成・學津討
　　　原》本,頁四十八正）。,此雖言古帖之臨摹,其實古畫與古帖之臨
　　　摹,方法是相同的,臨與摹相較,摹更能存眞原蹟。

側繪於盛唐的涅盤經變壁畫的馬車圖（圖 12）右上方書有經文。另在描繪的佛像或供養人旁榜題佛陀、菩薩或供養人之名銜使觀者知曉，也是佛教壁畫常見的情形。又經卷中的佛教畫，隨經文而描繪，也是圖畫與文字結合的例子，如 1956 年春，浙江龍泉金沙塔中發現的唐代經卷殘片，現由浙江省博物館藏的《阿彌陀經變》（圖13），畫面的上方繪圖，下方書寫經文，其性質類似今日書中的插圖。

美國波士頓美術館藏的唐・閻立本《歷代帝王圖》卷（或稱《古帝王圖》）宋・楊褒摹本（圖 14），所繪帝王均有榜書，有的還記其在位幾年及對佛教的態度。台北故宮博物院藏的閻立本《王會圖》卷真蹟（圖 15），在所繪諸王圖像上方皆以楷書書其國名。台北故宮博物院藏的唐・盧鴻《草堂十志圖》卷（圖 16），水墨畫十景相間，一景一題記，水墨構圖與題記書法形成相融合的繪畫視覺，已具備了後世詩書畫合一的要素。

由以上這些實物之例，可知漢魏至唐代繪畫以人物畫為主，由於繪畫僅能圖貌，觀者無法從圖像中了解所繪人物的情形，因此榜題文字內容便擔負了為圖畫形像說明引申的責任，如《職貢圖》卷，長篇榜題除了註記所繪乃何國使節外，對於該國也有所介紹，《歷代帝王圖》，在後周武帝畫像右上榜題：「後周武帝宇文邕，在位十八年，五帝共廿五年，毀滅佛法。」如此觀者對於該人物便可由榜題而有更進一步的了解。在此，榜題文字是對圖畫的說明，圖、文同等重要，而畫贊則是對圖畫內涵的引申，可使觀畫者有更進一步的認識與感受。

二、五代、兩宋

漢代繪畫主要為人物壁畫，到晉、唐、五代，壁畫雖然仍是畫家作畫的舞台，但此舞台已開始轉移到絹素上，繪畫的主題也由人物擴大到山水、花鳥，逮至宋代，繪畫題材更為多樣豐富，已至成熟階段。繪畫創作的動機也由政教宣導轉為怡情品賞，因此反映在畫上的題

跋，也就由具教化意義的榜題轉爲文學性的詩文題款，前代畫作多不
署名的情形到了宋代也有了轉變，畫家開始在自己的畫作上題寫自己
的名字，有的也在畫上題寫畫名。

　　現存的五代畫蹟，僅在少數畫蹟之畫心上可以覓得作者自題款，
其餘畫蹟皆無自題款識。台北故宮博物院藏五代南唐・徐熙《玉堂富
貴圖》軸〔註44〕、《花卉草蟲》卷〔註45〕，畫心有自題款：「金陵徐熙」
四字。五代南唐・周文矩《荷亭奕釣仕女圖》軸〔註46〕，在畫面左側
柳樹幹上，題有：「天禧戊子周文矩」款識。五代南唐・趙幹《煙靄
秋涉》軸〔註47〕，畫面左上方題有：「烟靄秋涉。趙幹」款署，又其
《江行初雪圖》卷〔註48〕，卷前題：「江行初雪。畫院學生趙幹狀」
款署，這是作者自題畫名的實例。五代後蜀・黃荃《竹林鵓鴿圖》軸
（圖　17）〔註49〕，畫面右下，款署：「成都黃荃」。除了這少數幾幅
畫蹟有作者自題款署外，其他如董源、巨然、荊浩、顧閎中等極富盛
名的畫家畫作，皆未見作者款署，可知在五代以前，畫家並無爲畫落
款的習慣。清・李葆恂《無益有益齋論畫詩注》云：

　　大約宋以前畫家，俱自成面目，不事臨摹，王李荊關，望
　　而可別，何待題署？今則臨摹古蹟，往往亂眞，不加款識，
　　疇能分別？此亦畫道升降之原也。〔註50〕

每位畫家的個人風格鮮明，一望即知，自然無落款的必要，一個人的
畫風猶如一個人的筆跡，有其個人特點，他人見而即識，正如現存古

〔註44〕圖版見國立故宮博物院編輯委員會編《故宮書畫圖錄（一）》，頁63。
　　　　（臺北：國立故宮博物院，民國78年8月初版）。
〔註45〕圖版見《故宮書畫圖錄（十五）》，頁101～102。（臺北：國立故宮博
　　　　物院，民國84年8月初版一刷）。
〔註46〕圖版見《故宮書畫圖錄（一）》，頁69。
〔註47〕圖版見《故宮書畫圖錄（一）》，頁107～108。
〔註48〕圖版見《故宮書畫圖錄（十五）》，頁153～156。
〔註49〕圖版見《故宮書畫圖錄（一）》，頁123。
〔註50〕轉引自傅抱石《中國繪畫理論》第十一〈款題論〉，頁163。（臺北：
　　　　里仁書局，民國89年元月10日初版三刷）。

畫上宋徽宗的瘦金體書法與乾隆的圓潤書體，見而即識，無須查驗徽宗「御筆」款署、「天下一人」的畫押與乾隆「御題」款署。

逮至宋代，畫家臨摹古人畫蹟的情形頗盛，在摹本畫蹟上署名，方不至與真蹟混淆，便有其必要，又北宋徽宗設翰林圖畫院，畫院畫師在畫上署名，這有為其作品負責的意味。宋人也將畫名直接書寫於畫面上，落款方面，在題寫里籍、姓名的名款外，也常加上創作年月、地點、官銜的款識，北宋末年至南宋，題款內容更由敘述性文字擴大到抒情性的詩文。現從台北故宮博物院藏畫中來看兩宋時期畫上題跋的情形：〔註51〕

北宋・李成《清朝一品》軸，幅右上款題：「七月八日營丘李成寫清朝一品圖」。

北宋・范寬《谿山行旅圖》軸，幅左下樹葉間小字款書：「范寬」。

北宋・黃居寀《蛤子蝴蝶圖》軸，幅左下款署：「黃居寀」。

北宋・祁序《長堤歸牧》軸，幅右下八分書款署：「祁序」。

北宋・郭忠恕《仿王摩詰輞川圖》卷，卷前楷字題：「摩詰本輞川圖」，卷尾小篆款署：「郭恕先摹」。

北宋・燕文貴《溪山樓觀》軸，幅右山壁款署：「翰林待詔燕文貴筆」。

〔註51〕以下諸畫蹟圖版，軸的部份見《故宮書畫圖錄（一）》、《故宮書畫圖錄（二）》（臺北：國立故宮博物院，民國78年8月初版）。兩冊，卷的部份見《故宮書畫圖錄（十五）》、《故宮書畫圖錄（十六）》（臺北：國立故宮博物院，民國86年9月初版一刷）。兩冊，冊頁部份見國立故宮博物院編輯委員會編《宋代書畫冊頁名品特展》圖錄（臺北：國立故宮博物院，民國84年9月初版一刷）。諸畫款題僅錄作者自題款且書於畫心者，畫心上同時代及後代題款，及詩塘、引首、隔水、拖尾、襯邊題跋皆不錄。題款位置之左右為觀畫者之左右。大陸及海外各博物館所藏宋畫亦有相當數量，在此僅錄臺北故宮藏畫之題款，如此已足以呈現宋畫題款之樣貌，大陸及海外藏畫留在後文納入討論。

又《秋山琳宇圖》軸，幅左下小字款署：「臣燕文貴恭畫」。

又《秋山行旅圖》卷，款題：「慶元乙卯燕文貴」。

又《秋山蕭寺圖》卷，卷尾小篆題：「秋山蕭寺圖」畫名，畫名旁楷書：「燕文貴作」。

又《倣王維江干積雪圖》卷，卷尾款題：「燕文貴倣王右丞筆」。

又《摹王摩詰江干雪霽圖》卷，卷尾款題：「王摩詰江干雪霽圖。燕文貴謹摹」。

北宋・許道寧《關山密雪圖》軸，幅左上款識：「許道寧學李咸熙關山密雪圖」。

又《雪溪漁父》軸，幅左山壁款識：「景祐甲申孟冬十月。道寧作雪溪魚父圖」。

又《江山清遠圖》卷，卷尾款署：「許道寧」。

又《煙溪夏景》卷，卷尾款署：「許道寧」。

北宋・趙宗漢《雁山敘別》軸（圖 18），幅右上自識：「吾鄉汪君子卿，予幼時館契也。少常遊學浙中，登慶曆進士，謝官歸，徙雁山，將終老焉。漢適奉使出鎮廣南，便經浙中，過訪，承留敘月餘，臨行出紙索畫，遂作此圖，聊寄別意云。時嘉祐二年五月二十九日。定遠將軍趙宗漢記。」。

北宋・高文進《寶相觀音》軸，幅左下款署：「高文進」。

北宋・趙昌《牡丹》軸，幅右篆書款署：「趙昌」。

北宋・易元吉《百祿圖》卷，卷尾款署：「易元吉」。

北宋・劉永年《商岩熙樂》軸，幅右款署：「崇信軍節度使劉永年畫」。

又《花陰玉兔》卷，卷尾金書款署：「臣劉永年畫」。

北宋・郭熙《早春圖》軸（圖 19），幅左款識：「早春。壬子年郭熙畫」。

又《關山春雪圖》軸，幅左下款識：「熙寧壬子二月，奉王旨畫關山春雪之圖。臣熙進」。

又《秋山行旅圖》軸，幅右下石隙小字款署：「郭熙」。

又《山水》軸，幅右石壁小字款署：「河陽郭熙」。

又《山水》軸，幅右下款署：「郭熙」。

又《峨眉雪霽》軸，幅右石上小字款署：「郭熙」。

又《慶春圖》軸，幅右上款題：「慶春圖。河陽郭熙」。

又《掛軸》軸，幅左下款署：「郭熙」。

又《關山行旅》卷，卷尾款署：「河陽郭熙畫」。

又《寒林蜀道》卷，卷尾款署：「河陽郭熙」。

北宋‧李吉《萬年寶枝》卷，卷尾款署：「李吉」。

北宋‧崔白《雙喜圖》軸，幅右樹幹上款識：「嘉祐辛丑年，崔白筆」。

又《蘆雁》軸，幅右下土石上小字款署：「濠梁崔白」。

又《竹鷗圖》軸，幅右下款署：「崔白」。

北宋‧董祥《歲朝圖》軸，幅右下篆書款識：「崇寧改元秋七月，董祥寫」。

北宋‧李公麟《仙山樓閣》軸，幅左上角款署：「龍眠居士」。

又《高會習琴圖》軸，幅右款署：「李公麟」。

又《十八羅漢》軸，幅左上石壁款署：「龍眠居士李公麟畫」。

又《十八應真圖》卷，卷尾款識：「元豐三年春，龍眠居士李公麟寫」。

又《西園雅集》卷，卷前題：「西園雅集圖」畫名，卷尾款題：「李公麟畫」。

北宋‧米芾《岷山圖》軸（圖 20），幅右上款識：「芾。岷江還舟，至海應寺，國詳老友過談，舟間無事，且索其畫，遂爾草筆為之，不在工拙論也。」

又《雲山煙樹》軸，幅右下款署：「芾」。

北宋‧米友仁《溪山烟雨》軸，幅右下款署：「友仁」。

又《雲山》卷，卷尾款署：「友仁」。

　　北宋・徽宗《花鳥》軸，幅右上款題：「宣和二年春正月，緝熙殿製。」旁有「天下一人」御押。

　　又《鷹》軸，幅右上御題：「威震天下。宣和五年孟秋七月製。」，御押。

　　又《文會圖》軸（圖 21），幅右上自題詩：「題文會圖。儒林華國古今同，吟詠飛毫醒醉中。多士作新知入殼，畫圖猶喜見文雄。」幅左上有蔡京和詩，左中有徽宗御押。

　　又《蠟梅山禽》軸（圖 22），幅左下自題詩：「山禽矜逸態，梅粉弄輕柔。已有丹青約，千秋指白頭。」幅右下款署：「宣和殿御製并書。」，下有御押。

　　又《犢牛圖》軸（圖 23），幅正上方自題詩：「皎皎通身白，頭頭任運行。饑湌香細草，渴飲古溪清。所止離封畛，隨緣適性情。迢迢平等路，安穩步無生。」

　　又《荔枝圖》軸，幅上款署：「宣和御墨」。

　　又《秋塘山鳥》卷，卷前款題：「秋塘山鳥圖。丁亥御畫」下有「天下一人」御押。

　　又《毳蝨圖》卷，卷尾款題：「宣和六年春二月。緝熙殿御筆」，御押。

　　又《十八學士圖》卷（圖 24），卷尾自題：「有唐至治詠康哉，闢館登延經濟才。龐泮育賢今日盛，彙征無復隱蒿萊。」、「御筆」，御押。

　　又《寫生翎毛》卷，卷前題：「御畫寫生翎毛」，卷尾款署：「御筆」，御押。

　　又《御河鸂鶒》卷，卷尾款署：「御筆」，御押。

　　又《山花舞蝶》卷，卷前題：「紫宸殿御製」，御押。

　　又《寫生》卷，卷前題：「宣和殿御筆」，卷尾御押，款題：「賜駙馬都尉」。

　　北宋・王詵《鷹》軸，幅右上款署：「大宋駙馬王晉卿寫」。

　　北宋・蔡肇《仁壽圖》軸，幅右下石上隸書款署：「蔡肇」。

北宋‧晁補之《老子騎牛圖》軸，幅右中間空白處款署：「晁無咎寫」。

北宋‧趙令穰《七松圖》軸，幅左隸書款署：「趙令穰製」。

又《水村圖》軸，幅右下款署：「大年」。

又《秋山紅樹圖》卷，卷尾款署：「大年」。

北宋‧蔡京《環翠圖》軸，幅左款題：「尚書右僕射臣蔡京謹進」。

北宋‧張擇端《清明易簡圖》卷，卷尾石上款題：「翰林畫史臣張擇端進呈」。

北宋‧李唐《萬壑松風圖》軸，幅左小峰石壁上隸書題：「皇宋宣和甲辰春，河陽李唐筆」。

又《秋江待渡》軸，幅左上款題：「建炎二年，歲次戊申仲春。希古李唐製」。

又《雪江圖》軸，幅左下款署：「李唐作」。

又《清溪漁隱》卷，卷尾樹幹上款署：「河陽李唐筆」。

又《秋溪漁隱圖》卷，卷尾款識：「隆熙〔註52〕三年四月，李晞古作」。

南宋‧趙伯駒《上苑春遊圖》卷，卷尾款識：「紹興五年秋日製。千里伯駒」。

又《秋山萬里》卷、《禹王治水圖》卷、《禹王開山圖》卷、《仙山樓閣》卷、《瑤島仙眞》卷、《滕王閣宴會圖》卷、《瑤池高會圖》卷，卷尾皆款署：「千里伯駒」四字。

又《秋山無盡圖》卷，卷尾款署：「千里」。

又《王母宴瑤池》卷，卷尾款題：「臣伯駒恭進」。

又《仙山樓閣》軸，幅左下款題：「臣伯駒上」。

南宋‧揚无咎《蝴蝶花》軸，右上款題：「紹興改元春三月。楊補之畫」。

〔註52〕查李唐生卒年（1066～1150），近一百年中，跨北宋與南宋，但兩宋所有年號皆無「隆熙」。

南宋‧馬和之《桃源圖》卷，卷尾款署：「和之」。

又《如來像》軸，幅左下款題：「工部侍郎馬和之薰沐敬寫」。

又《五台勝概》軸，幅左上隸書自題：「五臺勝槩」，右下隸書款署：「錢塘馬和之作」。

又《古木流泉》冊，幅左下石上款署：「馬和之」。

南宋‧李迪《風雨歸牧》軸，幅右下角小字款署：「李迪筆」。

又《九鶺圖》卷、《墊卉新鳬圖》卷，卷尾皆款署：「河陽李迪」。

又《狸奴小影》冊，幅右上角款識：「甲午歲李迪筆」。

南宋‧蘇漢臣《秋庭戲嬰圖》軸，幅右石間款書：「漢臣」。

又《戲嬰圖》軸，幅左下隸書款署：「蘇漢臣製」。

又《古佛像》軸，幅右下石壁隸書款題：「大宋隆興五年五月望日。蘇漢臣敬畫」。

又《羅漢》軸，幅右下款題：「隆興十一年五月。畫院待詔蘇漢臣敬畫」。

又《鍾馗嫁妹圖》卷，卷尾款署：「漢臣畫」。

又《長春百子圖》卷，卷尾篆書款署：「漢臣製」。

南宋‧朱銳《春社醉歸圖》卷，卷尾款識：「紹定二年三月，朱銳筆」。

南宋‧江參《摹范寬廬山圖》軸，幅左下款題：「范華原廬山圖。江參摹」。

又《秋山蕭寺圖》卷，卷尾款署：「江貫道」。

南宋‧林椿《十全報喜》軸，幅左款題：「畫院待詔林椿畫」。

又《翰音圖》卷，卷尾款署：「錢塘林椿」。

又《四季花卉》卷，卷尾款署：「林椿製」。

南宋‧劉松年《羅漢》軸，幅右下石壁款題：「開禧丁卯，劉松年畫」。

又《博古圖》軸，幅左下角石上款題：「嘉定四年，劉松年製」。

又《補衲圖》軸，幅左下款署：「畫院待詔賜金帶劉松年敬繪」。

又《麻姑採芝仙》軸，幅右下山壁款署：「劉松年」。

又《山亭高會圖》卷，卷尾款識：「嘉泰三年八月四日，劉松年畫」。

又《江鄉清夏圖》卷，卷尾款識：「嘉定元年春日製。劉松年」。

又《春社圖》卷，卷尾款識：「淳熙四年秋七月，劉松年造」。

又《山水》卷，卷尾款署：「畫院待詔劉松年製」。其另一幅《山水》卷，卷尾則只款署：「松年」二字。

又《養正圖》卷，卷上隨圖楷書識文十段，卷尾第十段識文末，款識：「臣劉松年敬畫謹書」。

又《樂志論圖》卷，卷前篆書：「樂志論」三字，卷尾款署：「劉松年造」。

南宋‧李嵩《歲朝圖》軸，幅右下角款書：「臣李嵩進」。

又《豐年民樂圖》卷，卷尾篆書款題：「邨社圖。李嵩製」。

又《市擔嬰戲》冊，幅左上枝椏間空白處款識：「嘉定庚午李嵩畫」。

南宋‧馬遠《秋浦歸漁圖》軸，幅右下角款署：「馬遠」。

又《板橋踏雪圖》軸，幅左下石上款書：「河中馬遠」。

又《畫水二十景》卷，各景皆標二至四字不一之景名，卷尾款識：「紹興十一年睿思殿奉詔作進」。

又《山徑春行》冊，幅左下角款署：「馬遠」。

南宋‧馬麟《靜聽松風圖》軸，幅左下角款署：「臣馬麟畫」。

又《花鳥》軸，幅左下款署：「臣馬麟」。

又《秉燭夜遊》紈扇冊，幅右下款署：「臣馬麟」。

又《暮雪寒禽》冊，幅右下款署：「馬麟」。

南宋‧夏珪《夏珪眞蹟》卷，卷尾款署：「夏圭」。

又《觀瀑圖》冊，幅右款署：「夏圭」。

南宋‧陳居中《無量壽佛像》軸，幅右下篆書款署：「陳居中敬繪」。

又《出獵圖》卷、《觀獵圖》卷，卷尾款識皆爲：「嘉泰元年，臣

陳居中奉勅畫」。

又《畫馬》卷，卷尾篆書款識：「□定二年春，陳居中畫」。

又《茄子圖》卷，卷尾篆書款署：「居中製」。

南宋・梁楷《東籬高士圖》軸，幅右下角款署：「梁楷」。

又《觀瀑圖》軸，幅右下石上款署：「梁楷」。

又《潑墨仙人》冊，幅左下款署：「梁楷」。

南宋・陳容《霖雨圖》軸（圖 25），幅下大字行書由左至右題：「玉龍謁帝游鈞天，玉女大笑金蛇奔。為言下土正焦灼，飜江捲海蘇黎元。所翁為表弟雙澗作」。

又《神龍沛雨圖》軸，幅右款署：「所翁」。

南宋・方椿年《諸仙彙祝圖》卷，卷尾款識：「淳祐八年戊申歲畫院待詔賜金帶方椿年繪」。

南宋・法常《寫生》卷，卷尾款識：「咸淳改元。牧溪」。

南宋・龔開《天香書屋》軸，幅左上角篆書題識：「寶祐癸丑仲秋，淮陰龔開，為國泉總管畫天香書屋圖」。

又《鍾進士移居圖》卷，卷尾山壁款署：「淮陰龔開畫」。

南宋・錢選《畫馬》軸，幅右上款題：「至正二年秋八月。吳興錢選」。

又《四季平安》軸，幅左下款題：「四季平安圖。至正八年陽月，吳興錢選舜舉製」。

又《三陽開泰》軸，幅右下款識：「至正癸卯秋七月。雪川錢選」。

又《秋瓜圖》軸（圖 26），幅上款題：「金流石爍汗如雨，削入冰盤氣似秋。寫向小牕醒醉目，東陵聞說故秦侯。吳興錢選舜舉。」

又《秋瓜圖》軸（圖 27），幅上偏左款題：「金爍石流汗如雨，削入冰盤氣似秋。寫向小圖醒醉目，東陵聞說故秦侯。吳興錢選舜舉。」。

又《端陽景》軸，幅左下款署：「吳興錢選舜舉」。

又《得喜圖》軸，幅左款署：「吳興錢選」。

又《三元送喜》軸，幅左樹幹上款署：「吳興錢選繪」。

又《畫貨郎圖》軸，幅右偏上款署：「錢舜舉」。

又《仿李公麟沐象圖》軸，幅右上款識：「至元十年五月九日，仿龍眠翁沐象圖，畫于南山書院。錢舜舉。」。

又《畫鵝》軸，幅右上款題：「粉衣朱掌又能啼，落日東風得意時。我已無心對寒食，且須留汝伴清陂。吳興錢選舜舉。」。

又《煙江待渡圖》卷（圖 28），卷尾款題：「山橫一帶接秋江，茅屋數間更漏長。渡口有舟呼未至，行人佇立到斜陽。吳興錢選舜舉。」。

又《牡丹》卷（圖 29），卷尾款題：「萬卉何能繼後塵，蜂喧蝶駐亦鍾情。莫嫌開處春還暮，長向西都見太平。霅谿翁錢選舜舉。」。

又《渭水訪賢圖》卷，卷尾款識：「至正辛未仲夏，吳興錢選舜舉寫。」。

又《時苗留犢圖》卷，卷前款題：「時苗留犢」。卷尾款署：「吳興錢選作」。

又《錦灰堆》卷（圖 30），卷尾款題：「世間棄物，余所不棄，筆之於圖，消引日月，因思明物理者，無如老莊，其間榮悴皆本於初，榮則悴，悴則榮，榮悴互爲其根，生生不窮，達老莊之旨者，無名公，公既知言，余復何言。吳興錢舜舉。」。

又《七賢圖》卷（圖 31），卷尾款題：「晉人好沉酣，人事不復理。但進杯中物，應世聊爾耳。悠悠天地間，媮樂本無愧。諸賢各有心，後世毋輕議。錢選舜舉。」。

又《忠孝圖》卷（圖 32），卷尾款題：「葵萼傾心向太陽，萱花樹背在高堂。忠臣孝子如佳卉，憑仗丹青爲發揚。吳興錢選舜舉畫并詩。」。

又《文殊洗象圖》卷（圖 33），卷尾款題：「文殊普賢，法出一途。或駕獅象，有何所俱。洗爾塵障，得見眞如。唐人形容，流傳此圖。物則有相，吾心則無。吳興錢舜舉畫并贊。」。

　　由以上畫蹟題款的情形，可知兩宋畫家認為畫上的題字是外加的，為了不破壞畫面的整體性，在題款時常選擇題在畫幅上不起眼的角落或山峰樹石間，且字跡小、字數少，題款的目的僅是為表明此畫為其所繪，間或加上創作時間及畫名，而標記創作者並非只有用題款方式，因此有的畫作僅鈐印而不署款，如趙昌《花鳥》軸，只鈐「趙昌寫」鼎式印；文同《墨竹》軸，無名款，鈐「文同與可」印；李公麟《大士十八阿羅漢》軸，無款，鈐「龍眠居士」印。有的畫作承襲唐、五代畫家不在畫上題款及鈐印的情形，如李成《羣峯霽雪》軸、《寒林圖》軸、《寒林平野圖》軸；范寬《臨流獨坐圖》軸、《雪山蕭寺》軸、《谿山行旅圖》軸；郭熙《寒林圖》軸、《雪山行旅圖》軸；趙伯駒《春山圖》軸、《阿閣圖》軸、《漢宮圖》軸、《漢宮春曉》軸、《停琴摘阮圖》軸、《海神聽講圖》軸、《飛仙圖》軸；揚無咎《獨坐彈琴》軸；李唐《雪景》軸等等。同一位畫家在其完成畫作後，常是無款印、有款無印、有印無款、有款印，四種方式都會採用的。由於宋代繪畫構圖完整性強，因此在畫上題字常有破壞畫面之虞，因此即使要在畫上題字，畫家也要絞盡腦汁考慮題寫位置，因而出現許多小款、隱款，若不細查常不易發現，如范寬《谿山行旅圖》軸，其名款長久以來一直未被發現，直至民國 47 年秋，始由李霖燦先生在該畫幅左下樹葉間發現小字款書：「范寬」二字〔註 53〕，題字書法與濃密的樹葉相雜，可算是隱款的代表。特殊的題款如李唐《萬壑松風圖》軸（圖 34），在幅左小峰石壁上以隸書由上而下題：「皇宋宣和甲辰春，河陽李唐筆」，此十二字恰將此小峰題滿，在視覺上猶如崖壁石刻，中國名山勝景常可見山壁石刻，歷史愈悠久的名勝石刻字跡愈多，李唐如此經營題款位置，或受此啓發亦未可知。

　　在畫幅上顯眼處題字，以現存畫蹟來看，在宋代應以宋徽宗為代表，雖然宋畫已經出現各種內容的款識，但這些題款字跡的書寫位置

〔註 53〕許海欽《論題跋》，頁 54。

多在畫幅邊緣角落不顯眼處，而宋徽宗不管是自畫自題款或題他人畫，皆大刺刺的大字題寫於畫幅顯眼處，這或許是因其君王的尊貴身分，表現在繪畫題款上，不願屈尊題寫小款使然，題他人畫方面，如李成《寒林平野圖》軸，幅右上徽宗書：「李成寒林平野」；李成《寫清朝一品》軸，幅正上方徽宗題：「宣和殿觀清朝一品圖。上元日題。」並有御押；劉永年《商岩熙樂》軸（圖35），幅上徽宗橫書一行：「劉永年商巖熙樂圖」；李公麟《爲霖圖》軸，幅右上徽宗瘦金書：「李公麟妙筆」；李安忠《雪岸寒鴉》軸，幅上徽宗橫書：「李安忠雪岸寒鴉圖」。因爲有了徽宗的帶頭，到了南宋，帝王、后妃、權臣在畫上題款皆不願屈尊，書寫之字體大，且皆題在畫幅明顯位置，佔據了一大塊畫面，如馬遠《山徑春行》冊（圖36），幅右上南宋寧宗題：「觸袖野花多自舞，避人幽鳥不成啼。」。馬麟《暮雪寒禽》冊（圖37），幅左上寧宗題：「踈枝潛綴粉，並翅不禁寒。」。馬遠《竹鶴》軸（圖38），幅正上方南宋寧宗皇后楊氏題：「不禱自安緣壽骨，人間難得是清名。淺斟仙酒紅生頰，永保長生道自成。賜王都提舉爲壽。」，題字行距頗大，自有一番氣勢。宋人《桃花》冊（圖39），幅左上楊皇后題：「千年傳得種，二月始敷華。」。馬麟《靜聽松風圖》軸（圖40），幅右上南宋理宗書：「靜聽松風」四字，字與字之間距亦大。李成《寒林圖》軸（圖41），幅上偏左南宋·賈似道隸書題：「營丘李夫子，天下山水師。放筆寫寒林，千金難易之。秋壑。」。到了宋末元初的錢選，終於正式將詩文題款與畫幅相結合，後爲元四家所承襲而使詩書畫之融合臻於成熟。

　　若論詩文與繪畫相結合，現存最早的畫蹟爲前已述及之唐·盧鴻《草堂十志圖》卷（圖16）。張彥遠《歷代名畫記》載：

　　　　盧鴻，一名浩然，高士也。工八分書，善畫山水樹石，
　　　　隱於嵩山。開元初徵拜諫議大夫，不受。〔註54〕

〔註54〕張彥遠《歷代名畫記》卷九〈唐朝上〉，頁118。（收錄於《畫史叢書（一）》）。

盧鴻不願爲官，自隱於嵩山，此圖與其志節風格正相呼應。此卷以水
墨畫十幅山水，每幅畫前皆書一志並一詞，志爲對畫景內容之敘述，
詞則爲對畫景之讚頌，如第一景題云：

> 草堂。草堂者，蓋因自然之磧阜，當墉溫，資人力之締
> 構，後加茅茨，將以避燥濕，成棟宇之用。昭簡易，叶
> 乾坤之德道，可容膝休閑，谷神同道，此其所貴也。及
> 靡者居之，則妄爲靡飾，失天理矣。詞曰：山爲宅兮草
> 爲堂，芝蘭兮藥房。羅薜蘿兮拍薜荔，荃壁兮蘭砌。薜
> 蘿薜荔兮成草堂，陰陰邃兮馥馥香。中有人兮信宜常，
> 讀金書兮飲玉漿。童顏幽操兮長不易。

　　這樣的詩文實已將繪畫的意境做了深層的引申展現，可惜現存唐
畫詩文與繪畫相結合者僅此一例，在傳世唐畫中屬於特例，無法驟論
唐代繪畫已是詩畫交融。

　　畫幅上題記在北宋已有畫例，北宋・米芾《岷山圖》軸及趙宗漢
《雁山敘別》軸，幅右上皆有一篇自題記文，米芾之題記書法豪放自
由，與畫幅水墨風格相應，已達書畫合一之境。遼寧省博物館藏宋徽
宗《瑞鶴圖》卷（圖42），畫後有徽宗瘦金書題記：

> 政和壬辰上元之次夕，忽有祥雲拂鬱，低映端門，眾皆
> 仰而視之。倏有群鶴飛鳴於空中，仍有二鶴，對止於鴟
> 尾之端，頗甚閑適，餘皆翱翔，如應奏節。往來都民，
> 無不稽首瞻望，嘆異久之。經時不散，迤邐歸飛西北隅
> 散。感茲祥瑞，故作詩以紀其實。

記後題七律一首：

> 清曉觚稜拂彩霓，仙禽告瑞忽來儀。飄飄元是三山侶，
> 兩兩還呈千歲姿。似擬碧鸞棲寶閣，豈同赤鴈集天池。
> 徘徊嘹唳當丹闕，故使憧憧庶俗知。

詩後款署：「御製御畫并書」並有御押。另外，宋徽宗的《文會圖》
軸、《蠟梅山禽》軸、《犢牛圖》軸、《十八學士圖》卷，皆有徽宗自
題詩。北京故宮博物院藏的宋徽宗《芙蓉錦雞圖》軸（圖43），幅右

上有徽宗瘦金書題詩：

　　　　秋勁拒霜盛，戕冠錦羽雞。已知全五德，安逸勝鳧鷖。

北京故宮另藏宋徽宗《祥龍石圖》卷，卷尾亦有徽宗題紀及七律一首，形式一如其《瑞鶴圖》卷。北京故宮藏宋徽宗《聽琴圖》軸（圖44），幅右上徽宗瘦金書題：「聽琴圖」三字，畫幅上方則有蔡京題詩：

　　　　吟徵調商竈下桐，松間疑有入松風。仰窺低審含情客，

　　　　似聽無絃一弄中。（臣京謹題）

台北故宮藏宋徽宗《花鳥》軸（圖45），幅左上有徽宗臣子何執中題讚：

　　　　翰墨淋漓，寫決雲霓。金星作眼，玉雪爲衣。何當解索，

　　　　萬里高飛。恭承寵命，謹作讚詞。（大學士臣何執中拜書）

由此可以確定題畫詩、題畫記、題畫贊文字題寫於畫作上應是從北宋開始。又宋徽宗的《文會圖》軸（圖21），除徽宗自題詩外，在畫幅左上方另有蔡京和詩：

　　　　明時不與有唐同，八表人歸大道中。可笑當年十八士，

　　　　經綸誰是出羣雄。（臣京謹依韻和進）

則畫上題和詩亦自北宋始。

　　南宋畫上題詩除台北故宮藏寧宗皇后楊氏題馬遠《竹鶴》軸，及賈似道題李成《寒林圖》軸二幅外，北京故宮藏馬遠《踏歌圖》軸（圖46），畫幅正上方有寧宗題詩：

　　　　宿雨清畿甸，朝陽麗帝城。豐年人樂業，壟上踏歌行。（賜

　　　　王都提舉）

北京故宮藏馬麟《層疊冰綃圖》軸（圖47），寧宗楊皇后於幅中偏左題：「層疊冰綃」畫名，又於畫幅上方大字題詩：

　　　　渾如冷蝶宿花房，擁抱檀心憶舊香。開到寒梢尤可愛，

　　　　此般必是漢宮粧。

台北故宮藏北宋・米芾《岷山圖》軸（圖20），在米芾之題記後有南宋・魏了翁題詩：

淡淡雲林小小山，誰家茅屋隱松間。石橋雨過天台遠，
采藥仙人去未還。（魏了翁）

在自畫自題方面，除前述南宋・陳容《霖雨圖》軸外，有日本德川黎
明會藏南宋・若芬《遠浦帆歸圖》卷（圖48），卷左作者自題：

無邊利境入毫端，帆落秋江隱暮嵐。殘照未收漁火動，
老翁閑自說江南。（遠浦帆歸）

廣東省博物館藏陳容《雲龍圖》軸（圖49），幅右下有作者自左至右
所題三字詩文：

抉河漢，觸華嵩。普厥施，收成功。騎元氣，游太空。
（所翁作）

南宋繪畫除承繼北宋在畫上題詩外，帝王、帝后也常在畫上題句後賜
予臣子，此當承襲自徽宗。而南宋・陳容《霖雨圖》軸，在自題詩後
書：「所翁爲表弟雙澗作」，則是畫家爲他人而作畫題款，後世畫家在
畫上題款時連帶題贈與對象之名字後舉以贈人的情形可說由此發端。

　　宋末元初的錢選，在其現存的畫蹟上可以見到自題詩、自題記、
自題贊，在題他人畫方面，台北故宮藏唐・周昉《內人雙陸圖》卷，
卷尾有錢選題詩：

周昉當年號神品，能傳宮禁眾名姬。因看雙陸思纖手，
想見唐家極盛時。（吳興錢選舜舉）

錢選可說是集兩宋題畫文學之大成，而將之帶入了元代。錢氏爲浙江
吳興人，工詩、書、畫、印，宋景定間鄉貢進士，元朝初年與趙孟頫
等人合稱吳興八俊，後來趙孟頫被荐仕元，諸公亦相附入宦，獨錢選
鄙之，流連詩畫以終，其人品高，畫品亦高，塑造了元代文人畫的楷
式。

　　自北宋末至南宋，詩文已融入繪畫，詩畫交融的情形也表現在版
畫作品中，南宋・宋伯仁所著《梅花喜神譜》，爲現存最早的宋代版
畫與詩合刻者，今可見最早刊本爲上海博物館所藏南宋景定辛酉金華
双桂堂重鋟本，《梅花喜神譜》圖繪梅花百種樣貌，每圖皆有一名及

一首五言詩，如其〈龍爪〉圖（圖 50）之詩云：

> 蒼生望雲霓，難作池中物。孔明臥龍中，天子勢亦屈。
> 〔註 55〕

從梅花綻放的形態想像其似龍爪之形，再由龍的意象作詩。這百圖百詩的組合，顯然受到宋代詩畫結合的影響。

　　漢唐畫上文字以榜題為主，具有教化作用，到了宋代，畫上榜題仍然存在，但許多畫作題字已開始朝詩情化文字發展，從畫名、題句而至題詩，終至詩畫結合，這與文人開始加入繪畫創作有關。五代、兩宋皆設有畫院，畫院畫師所繪之畫，題字多為小款、隱款，文人如蘇軾、文同、米芾加入繪畫創作行列後，由於抒發胸中塊磊可經由作詩、作畫的方式來達成，文人的繪畫將文學性的詩文納入繪畫中，實因詩畫在精神境界上有其共通點，北宋・郭熙在其《林泉高致》中便言：

> 更如前人言，詩是無形畫，畫是有形詩，哲人多談此言，
> 吾人所師。〔註 56〕

可見蘇軾所言之「詩畫一律」並非其創，乃北宋文人畫家共同認同接受並實踐的時代風氣。

　　非職業畫家的文人投入繪畫行列後，繪畫的發展便開始走向兩種不同的風格，一是宮廷畫院職業畫家所作之畫，畫史上以「院體畫」稱之，以精細的構圖、繁複的技巧見長，畫上題款仍用小款、隱款。一是兼善繪畫的文人所作之畫，稱「士夫畫」或「士大夫畫」，明以後稱「文人畫」，筆法粗放、風格寫意，畫上題詩、題詞、題記、題贊，內容豐富且皆題於畫面顯眼處，題款文字與畫面結合、題款位置納入畫面構圖安排，題款成為畫面不可或缺的一部份。文人畫的表現

〔註 55〕南宋・宋伯仁《梅花喜神譜》卷下〈爛熳二十八枝・龍爪〉，頁 92。（收錄於上海古籍出版社編《中國古代版畫叢刊二編》第一輯，上海：上海古籍出版社，1994 年 10 月第 1 版第 1 次印刷）。
〔註 56〕北宋・郭熙《林泉高致》〈畫意〉，頁 72。（收錄於沈子丞編《歷代論畫名著彙編》，臺北：世界書局，民國 63 年 6 月初版）。

方式在兩宋形成，而由宋末元初的錢選承繼，至元四大家而發揚光大，成爲中國繪畫的重要流派。

三、元　代

　　台北故宮博物院藏之元代繪畫〔註 57〕自題款的情形，元初的趙孟頫畫蹟，無款印、有印無款、款題畫名與創作年月及名款等情形皆有，僅少數題有詩文，如《萬柳堂圖》軸（圖 51），款題：

> 萬柳堂前數畝池，平鋪雲錦蓋漣漪。主人自有滄州趣，
> 游女仍歌白雪詞。手把荷花來勸酒，步隨芳草去尋詩。
> 誰知咫尺京城外，便有無窮千里思。（野雲招飲京城外萬柳
> 堂，召解語花劉姬佐酒，姬左手持荷花，右手舉杯，歌驟雨打新
> 荷曲，因寫此以贈。子昂。）

　　元四家黃公望、吳鎮、倪瓚、王蒙，黃公望在畫上的題款以簡短的名款、識語爲主，吳鎮則多有題識、題詩之作，如《漁父圖》軸（圖52），款題：

> 西風瀟瀟下木葉，江上青山愁萬疊。長年悠優樂竿線，
> 簑笠幾番風雨歇。漁童鼓枻忘西東，放歌蕩漾蘆花風，
> 玉壺聲長曲未終。舉頭明月磨青銅。夜深船尾魚撥刺，
> 雲散天空煙水闊。（至正二年，爲子敬戲作漁父意。梅花道人
> 書。）

《竹石》軸（圖 53），款識：

> 梅花道人學竹半生，今老矣！歷觀文蘇之作，至於眞蹟
> 未易得，獨錢塘鮮于家藏脫堵一枝，非俗習之比，力追
> 萬一之不及。何哉？蓋筆力未熟之故也如此。友人出紙

〔註57〕以下元代諸畫蹟圖版，軸的部份見《故宮書畫圖錄（四）》（臺北：國立故宮博物院，民國79年6月初版）。《故宮書畫圖錄（五）》（臺北：國立故宮博物院，民國79年6月初版）。兩冊，卷的部份見《故宮書畫圖錄（十七）》（臺北：國立故宮博物院，民國87年6月初版一刷）。、《故宮書畫圖錄（十八）》（臺北：國立故宮博物院，民國88年6月初版一刷）。兩冊。

索勉爲之，以爲他年有鑒識之士，方以愚言之不謬也。

至正七年丁亥初冬，作于檇李春波之客舍。

《箟簹清影圖》軸，題有七言古詩。《秋江漁隱》軸，題有五律一首。《溪山雨意圖》軸，題有七絕一首。《墨竹》卷，每段竹後題五言詩一首。《晴江列岫圖》卷，在畫幅中段有題識一則。《竹譜》卷，每段竹後皆有題詩、識文。

倪瓚幾乎每畫必題，或題詩，或題識並詩，識與詩相連而書，佔據了畫幅大片位置。如其。《古木竹石》軸（圖 54），幅右上自題詩：

盈盈秋水眼波明，脈脈遠山螺翠橫。西北風帆江路永，
片雲不度若爲情。（戊申正月十七日。倪瓚。）

《水竹居圖》軸（圖 55），幅右上題識並詩：

僦得城東二畝居，水光竹色照琴書。晨起開軒驚宿鳥，
詩成洗研沒游魚。（至正三年癸未歲八月望日，進道過余林下，
爲言僦居蘇州城東，有水竹之勝，因想像圖此，併賦詩其上云。
倪瓚題。）

《江岸望山圖》軸（圖 56），幅右上自題：

江上春風積雨晴，隔江春樹夕陽明。疎松近水笙聲逈，
青嶂浮嵐黛色橫。秦望山頭悲往蹟，雲門寺裏看題名。
寒余亦欲尋奇勝，舟過錢塘半日程。（癸卯二月十七日，賦
此詩，并寫江岸望山圖，奉送惟允友契之會稽。倪瓚。）

這是先賦詩，而後寫圖，這種先詩後圖的情形在題畫詩中是屬於較特殊的例子，明三家承襲了這種創作方式，亦有這類畫作。

王蒙畫上的自題款主要爲年月名款，部份畫蹟如：《林泉清趣》軸、《谷口春耕圖》軸、《桃源春曉圖》軸、《修竹遠山》軸、《花溪漁隱》軸、《竹石流泉》軸，題有詩文。

其他元代繪畫自畫自題詩之畫蹟，如曹知白《山水》軸，自題五古一首。任仁發《橫琴高士圖》軸，自題七絕一首。王冕《南枝春早》軸，自題七絕一首。趙麟《相馬圖》軸，自題七古一首。楊維禎《歲寒圖》軸，自題七古一首。宇文公諒《山水畫》軸，自題五律一首。

戴淳《匡廬圖》軸，自題七絕一首。

　　元代畫家雖然已經開始在畫作上題詩，但並未成為定式，同一位畫家在其作品上，有的畫題詩，有的畫僅題識或年月名款，倪瓚幾乎每畫必題的情形在元代是較為特殊的。明代的沈周、文徵明皆善仿倪瓚山水，除了仿其筆意，倪瓚的每畫必題也為沈、文所沿襲，沈、文所創之吳派諸畫家繼之，吳派畫家引領有明一代畫壇，人數眾多，畫上題詩乃成為風氣，除院體畫外，文人畫少有不題詩者，其影響直至清代、民初。

　　在畫面上題詩主要為立軸，自題或他題皆直書於畫面，他題亦有書於上方詩塘或兩側裱邊者。長卷題於畫面者多題於卷尾，他題則題於拖尾，除乾隆外，少有題於畫面者。冊頁畫面題詩較少見，若題詩多題於對幅。扇面則題詩、題句的情形皆有，自題或他題皆書於畫面，扇子有兩面，通常正面畫畫，背面則可題書，但經歷代的遞藏，由於成扇收藏較為不易，一般多將扇骨除去裱成扇頁，畫的部份歸入扇面繪畫，書的部份則歸入扇面法書，二者各自流傳，因此畫家若為正面畫畫，背面題詩，一經拆散流傳，便不容易像冊頁一樣有機會相互參照。

　　在漢唐具教化或說明作用的榜題之後，畫上詩文題跋的發展脈絡可從唐・盧鴻《草堂十志圖》卷為起始，經北宋・趙宗漢《雁山敘別》軸，至宋徽宗而使詩文成為繪畫組成元素之一，其後在題畫文學發展上扮演關鍵角色者為宋末元初的錢選及元代的倪瓚，明代沈周、唐寅、文徵明承繼了倪瓚的題畫方式，儘管唐寅畫風兼融院體畫與文人畫，題畫方式則顯然受到相與交游的沈、文之影響。經明三家的創作實踐，題畫詩乃成為文人繪畫不可或缺的組成部份，繪畫題跋亦自元明的大量題寫，成為具有文學、藝術與史料價值的珍寶。

第二章　明代蘇州地理環境、士民關係與文人繪畫創作的態度

蘇州自古人文薈萃，從春秋時代吳王闔閭在此建都，發展至明代，人才輩出，除經由科舉而登仕途者位列全國前茅，在藝術方面，明四家之沈周、文徵明爲長洲人，唐寅爲吳人，仇英爲太倉人，後寓吳，皆出身蘇州府所轄州縣，而沈、文所創之吳門畫派，其弟子亦多屬蘇州地區人士，吳門畫派在有明一代獨領風騷，蘇州地區自有其特殊的條件以致之，而本章即要從地理環境、社會風尙、仕民關係等外在因素，探討培育這些文人畫家的環境背景，及在此環境背景下，文人繪畫的創作態度。

第一節　地理環境

明代將長江以南、太湖以東之地設置蘇州府，洪武元年置吳、長洲二縣，洪武二年復以常熟、崑山、吳江、嘉定爲縣，洪武八年將揚州府崇明縣歸屬蘇州府，弘治十年置太倉州，由是蘇州府共領一州七縣〔註1〕。和蘇州府相鄰的，北隔長江爲揚州府，西爲常州府，南屬

〔註 1〕明・王鏊《姑蘇志》卷一〈郡邑沿革表〉，頁 18。（景印文淵閣四庫全書本，第 493 冊，臺北：臺灣商務印書館，民國 75 年 7 月初版）。

湖州府、嘉興府，東傍松江府。

　　蘇州地區湖泊遍佈、水道縱橫，其陸地多爲湖泊淤積所形成的
平原，環蘇州府城四周較大的湖泊，北有馬涇湖、傀儡湖、陽城湖、
昆湖、承湖、尙湖、鵝肫蕩，東有巴城湖、沙湖，東南有陳湖、黃
天蕩，南有龐山湖、尹山湖、澹臺湖、石湖，西及西南爲太湖〔註2〕，
湖與湖之間有眾多的河渠相通，形成密如蛛網的水路交通網。《姑蘇
志》云：

> 蘇財賦甲天下，然其土壤不甚廣也，況江湖之間，水居
> 其半焉，觀其疆域可以知。〔註3〕

蘇州在水道縱橫的地理環境下，靠其魚米河運而賦甲天下。《姑蘇
志・風俗》云：

> 吳俗善漁，以其生長江湖，盡得水族之性。〔註4〕

吳民善漁，又由於居處水鄉，農耕命脈之灌漑水源不虞匱乏，因此吳
民所耕亦爲江南良田：

> 天下之利，莫大於水田，水田之美，無過於蘇州。〔註5〕

諺云：「蘇常熟，天下足。」唯一要解決的是水患問題。《三吳水考》
云：

> 吳地古稱澤國，襟江帶湖，延控大海，萬水所湊，觸地
> 成川，是故吳於天下郡國最爲卑下，古今治水者莫先
> 焉。……蘇州於吳地又最爲卑下，古今治水者莫先焉。
> 太湖爲東南巨浸，周五百餘里，在蘇州西南境五十里，
> 連蘇湖常三州之地可謂大矣！東達於三江以入海，三江
> 通，則太湖之水不爲害，太湖之水不爲害，則蘇常湖三

〔註2〕諸湖分布情形具見王鏊《姑蘇志》序末、卷一前所附〈蘇州府境圖〉，
　　　頁6。
〔註3〕王鏊《姑蘇志》卷七〈疆域〉，頁206。
〔註4〕王鏊《姑蘇志》卷十三〈風俗〉，頁288。
〔註5〕明・張內縕、周大韶《三吳水考》卷八〈水議考・(宋)郟亶水利書〉，
　　　頁262。(景印文淵閣四庫全書本第577冊，臺北：臺灣商務印書館，
　　　民國75年7月初版)。

州皆安，而蘇州尤被其利，三江不通，則太湖東注氾濫
爲災，常湖之境未爲患，而蘇已先受其害矣！〔註6〕

三江宣洩太湖之水，而三江淤積便會造成蘇州地區水患，三江據《姑
蘇志》載：

吳地記云，松江東北行七十里得三江口，東北入海爲婁
江，東南入海爲東江，并松江爲三江。按今三江一自太
湖從吳縣鮎魚口北入運河，經郡城之婁門者爲婁江。一
自太湖從吳江縣長橋東北合龐山湖者爲松江。一自大姚
分支過澱山湖東至嘉定縣界，合上海縣黃浦，由黃浦經
嘉定江灣青浦東北流，亦名吳松江者爲東江，其實皆太
湖之委也。〔註7〕

流經蘇州及其鄰近地區的三江一直以來並不安分，明朝建國以後仍時
有水患：

永樂二年，朝廷以蘇淞水患爲憂，命戶部尚書夏原吉
疏治。……正統五年六月，廷臣奏言，江南賦稅多取
給於蘇州，其田卑下，常有渰溺之患，宜設法疏浚以
利生民，從之。……正統七年吳中大水，繼以七月十
七日颶風。……景泰五年夏，大水渰浸田禾，經久不
退，侍郎李敏、知府汪滸，議當開浚白茆等塘以洩
之。……弘治四年、五年、七年，吳中大水，廷臣言
當疏濬水道。〔註8〕

水患成爲從中央到地方治蘇的重要工作，因此濬河、修隄、築壩之工
程持續的進行：

明洪武九年，開濬常熟、崑山二縣港汊堰壩。十年常
熟縣開奚浦。建文四年疏吳淞江。永樂元年，命戶部
尚書夏原吉治蘇松水患。二年復命夏原吉治水蘇
松。……五年修長洲、吳江、崑山、華亭、錢塘、仁

〔註6〕張內縕、周大韶《三吳水考》卷二〈水利大綱〉，頁103。
〔註7〕王鏊《姑蘇志》卷十〈水〉，頁238～239。
〔註8〕王鏊《姑蘇志》卷十二〈水利下〉，頁282～284。

和、嘉興隄岸。……九年修長洲至嘉興石土塘橋路七
十餘里，淺水洞百三十一處，疏福山官渠。十三年崑
山縣重濬太平河，是年從吳江縣丞李昇言，濬太湖下
流諸河港。……（弘治）八年，提督水利工部左侍郎
徐貫開濬蘇州府河港。……嘉靖元年，李充嗣同分督
水利郎中顏如環濬吳淞江。〔註9〕

水患解決，則若遇歲旱，蘇州眾多的湖泊便成為天然的水庫，使其可
免於旱災：

若歲大旱，則可引百瀆及橫塘之水灌溉民田，雖有水旱，
豈能侵歲哉！〔註10〕

蘇州因其地理環境，有水田之美，水運之利，故財賦甲天下：

今天下財賦多仰於東南，而蘇為甲。〔註11〕

米糧盛產、河運便利，貿易也隨之興盛，蘇州農商的發達也帶動了百
工技藝的發展，加速了蘇州經濟的繁榮，成為江南重鎮。

　　蘇州地區之山，多分布在府城西北及西方一帶，與太湖相接，最
有名者為西北方的虎丘山，春秋時吳王闔閭之墓即建於虎丘山劍池
下。自西北往西南，有陽山、光福山、支硎山、南峯、華山、天平山、
何山、獅山、穹窿山、靈巖山、黃山等山群，西南方的姑蘇臺、上方
山、橫山、高峯山、洞庭西山、洞庭東山與太湖相鄰〔註12〕。在地勢
卑下、河湖密佈的蘇州地區，這些並不高的山群成為重要的遊賞景
區，明三家多有以此為題的詩畫作品。

　　蘇州居此豐饒土地，百業興盛，人力工巧，經濟繁榮，歷史文化
淵遠流長，孕育出無數的文學藝術人才，其來有自。

〔註9〕清‧李銘皖等修、馮桂芬等纂《蘇州府志》卷十〈水利二〉，頁275
　　　～280。（臺北：成文出版社，據清光緒9年刊本影印）
〔註10〕王鏊《姑蘇志》卷十一〈水利上〉，頁266。
〔註11〕王鏊《姑蘇志》卷十五〈田賦〉，頁308。
〔註12〕諸山分布情形具見王鏊《姑蘇志》〈蘇州府境圖〉，頁6。

第二節　士民關係

　　明代文人並不全以做官爲其追求的目標，讀書不爲應科舉，布衣
文人散布於民間百業，原屬不受社會上層看重的百工之人，因爲有這
些優秀的參與者，而提升了百工的社會地位，朝野官吏亦相與交遊。
四民等級的首末關係在明代已經動搖，士商滲透、棄儒經商、官商融
合的情形屢見不鮮〔註13〕，這樣的情形實可從明初見其端倪，到了明
中葉享譽畫壇的明三家上交達官貴人、下結販夫走卒，不以畫師爲
恥，吳門畫派且不乏中舉入仕者，亦並不因做官而賤畫業，此皆當時
社會風氣有以致之。

一、文人不必皆仕宦

　　明代讀書人不仕的情形肇因於明初的用重典，後來反而成爲明代
士人有別於前代的特色。清‧趙翼《廿二史劄記》云：

> 明初文人，多有不欲仕者。……蓋是時，明祖懲元季縱弛，
> 一切用重典，故人多不樂仕進。解縉疏云：陛下無幾時不
> 變之法，無一日無過之人，出吏部者，無賢否之分，入刑
> 部者，無枉直之判。練子寧疏云：陛下以區區小過，縱無
> 窮之誅，何以爲治。葉伯臣疏云：取士之始，網羅無遺，
> 一有蹉跌，苟免誅戮，則必屯田築城之科，不少顧惜。此
> 可見當時用法之嚴也。武臣被戮者，固不具論，即文人學
> 士，一受官職，亦罕有善終者。〔註14〕

沈周的祖父沈澄，永樂間以人才被徵，以生病爲由不肯做官。沈周父
沈恒，視榮利如浮雲，工部尚書周忱巡撫江南，知其賢，不以庶人待。
沈周亦終身不仕，承其祖風。這除了個人因素外，實亦有其時代背景

〔註13〕明代江南士商關係的改變情形及其例子，可參考吳仁安《明清江南
　　　　望族與社會經濟文化》第四章第一節〈明代江南社會風尚探索〉，頁
　　　　279～312。（上海：上海人民出版社，2001 年 12 月第 1 版第 1 次印
　　　　刷）。
〔註14〕清‧趙翼《廿二史劄記》卷三十二〈明初文人多不仕〉，頁 466～467。
　　　　（臺北：洪氏出版社，民國 63 年 10 月 15 日再版）。

的影響。

　　明代文人不乏以詩文書畫的成就名重當代而為翰林諸公所不及
者，故雖布衣，仍為翰林所敬重，如吳寬與沈周交厚、王鏊與文徵
明相善，前者為翰林，後者屬布衣、諸生，身分貴賤之別已不再清
楚劃分，這是對在野文人的肯定、鼓舞與接納，也是布衣文人不以
仕進為務的外在原因之一。趙翼肯定在詩文書畫上有成就，而非進
士出身者：

> 若祝允明、唐寅、黃省曾、瞿九思、李流芳、譚元春、
> 艾南英、章世純、羅萬藻，則非進士而舉人矣！并有不
> 由科目而才名傾一時者，王紱、沈度、沈粲、劉溥、文
> 徵明、蔡羽、王寵、陳淳、周天球、錢穀、謝榛、盧柟、
> 徐渭、沈明臣、余寅、王穉登、俞允文、王叔承、沈周、
> 陳繼儒、婁堅、程嘉燧，或諸生，或布衣山人，各以詩
> 文書畫，表見於時，并傳及後世。迴視詞館諸公，或轉
> 不及焉。〔註15〕

在以上諸人中，唐寅、李流芳、王紱、文徵明、王寵、陳淳、周天球、
錢穀、徐渭、沈周、陳繼儒、程嘉燧等皆善畫，明・姜紹書《無聲詩
史》及徐沁《明畫錄》載之甚詳。文人與畫家身分重疊的情形並不少
見，這也是明代文人畫興盛的重要因素。

二、文人畫家與仕宦的交游

　　唐代閻立本官拜右相，卻以丹青馳譽，他對於畫師的身分感到羞
愧，且告誡其子弟勿習此技，這是畫史上常被引以為例的，《舊唐書》
本傳載：

> 立本，顯慶中累遷將作大匠，後代立德為工部尚書，兄弟
> 相代為八座，時論榮之。總章元年（668），遷右相，賜爵
> 博陵縣男。立本雖有應務之才，而尤善圖畫，工於寫真，
> 秦府十八學士圖及貞觀中凌煙閣功臣圖，並立本之跡也，

─────────────

〔註15〕趙翼《廿二史箚記》卷三十四〈明代文人不必皆翰林〉，頁493。

時人咸稱其妙。太宗嘗與侍臣學士泛舟於春苑，池中有異
鳥隨波容與，太宗擊賞數四，詔座者爲詠，召立本令寫焉。
時閣外傳呼云：「畫師閻立本。」時已爲主爵郎中，奔走流
汗，俛伏池側，手揮丹粉，瞻望座賓，不勝愧赧。退誡其
子曰：「吾少好讀書，幸免牆面，緣情染翰，頗及儕流。唯
以丹青見知，躬廝役之務，辱莫大焉！汝宜深誡，勿習此
末伎。」立本爲性所好，欲罷不能也。〔註16〕

初唐仍然視畫師爲卑賤，視畫藝爲末技，文人高官而具畫師身分使閻
立本有羞恥感。到唐宣宗大中元年（847）張彥遠寫成《歷代名畫記》
時，對於畫藝與畫師的態度已有所改觀，《歷代名畫記》在記述閻立
本的這一則事蹟時將「勿習此末伎」易作「勿習此藝」，雖然《舊唐
書》成書晚於《歷代名畫記》，但從二者內容字句大部分完全相同，
及部份可爲互補的不同資料研判，《舊唐書》的資料應非錄自《歷代
名畫記》，二者應該都參考了相同的資料來撰書，而史書以存眞爲主，
應是將原始資料照錄，張彥遠站在肯定畫藝的立場，較有可能將原始
資料的「末伎」二字改爲「藝」字，這樣的改易顯示了畫家、畫藝的
地位已經開始上升。

　　文人爲官而兼善繪畫的代不乏人，《歷代名畫記》所記自軒轅至
唐會昌年間三百七十二位能畫者中，大多數都身居大小不等的官職，
亦有文壇上有名的文人〔註17〕，如後漢‧蔡邕、蜀漢‧諸葛亮、陳‧
顧野王、唐‧王維等，即帝王亦有善繪者，如梁元帝蕭繹。到宋代，
據宋‧郭若虛《圖畫見聞誌》所記，帝王如宋仁宗善畫，而「王公士
大夫依仁游藝，臻乎極至者」，有一十三人，如燕恭肅王、郭忠恕、
文同等〔註18〕，蘇軾與文同爲姻親，亦能畫，在宋‧鄧椿《畫繼》中，

<hr />

〔註16〕後晉‧劉昫等撰《舊唐書》卷七十七‧列傳第二十七〈閻立德弟立
　　　　本〉，頁2680。（北京：中華書局，1997年11月第一版第一次印刷）。
〔註17〕見張彥遠《歷代名畫記》第四卷至第十卷〈敍歷代能畫人名〉。
〔註18〕見宋‧郭若虛《圖畫見聞誌》卷三〈紀藝中‧仁宗御畫、王公士大
　　　　夫一十三人〉，頁179。（收入《畫史叢書（一）》）。

將蘇軾歸入「軒冕才賢」類〔註19〕。《畫繼》卷一，整卷只記載徽宗一人，帝王而善畫者當推宋徽宗爲首。降至明代，明宣宗畫藝亦高，現台北故宮尚藏其畫蹟多幅〔註20〕，而明代名臣通畫學者，僅吳中地區便有多位：

> 英雄與聖賢，俱非肉眼所能盡，前代名臣能臨池者多矣！鮮有以畫名者，三國時，諸葛亮及其子瞻俱善畫，已異矣！本朝吳中善畫名流，如文博士彭、王太學寵俱兼畫學，而人少知者，然猶曰其時六如、衡山諸公傳習所薰染也。若劉文成基之精於山水，酷似李營邱，岳文肅正之精於蒲桃，幾同溫日觀，而王文端直亦工繪事，尤非後生所及知。至於陳白沙理學名儒，其詩傳世已如宋廣平之梅花賦，乃盤礡之妙，與宋元名手幾齊驅。〔註21〕

由於能畫的帝王臣子引領風氣，文人從事繪畫創作而提升了繪畫的精神內涵，形成文人畫的繪畫風格，進而提升了文人畫家與繪畫作品的地位，社會上不再視繪畫爲賤業，達官貴人亦不以與畫家交游爲恥，反而認爲是風雅之事。

　　因此，明三家交游的對象不乏高官與地方父母官，或許這也與三人的背景有關，沈周祖上即受皇帝賞識，文徵明之父文林爲成化進士，曾任南京太僕寺寺丞、溫州知府，唐寅爲南京鄉試第一的舉人，和一般的平民百姓不同，然而仕宦與之交游並不完全考慮其身分背景，而多爲肯定其畫藝。吏部尚書吳寬、兵部尚書武英殿大學士王鏊，與沈周爲同鄉世交，文徵明與吳寬、王鏊、李東陽、李應楨亦交游甚密，唐寅亦因文林的引介而與吳寬、王鏊相交，蘇州知府曹鳳後來亦對沈周禮敬有加，從現存三家畫蹟題跋中也多可見三家與仕宦交游的痕跡。

〔註19〕宋・鄧椿《畫繼》卷三〈軒冕才賢〉，頁 281～282。（收入《畫史叢書（一）》）。

〔註20〕明宣宗畫蹟圖版見《故宮書畫圖錄（六）》，頁 139～160。（臺北：國立故宮博物院，民國 89 年 9 月初版）。

〔註21〕明・沈德符《萬曆野獲編》卷二十六〈名臣通畫學〉，頁 653。（北京：中華書局，1959 年 2 月第 1 版 1997 年 11 月湖北第 3 次印刷）。

文徵明終生未能中舉，然以其畫藝而令曾任工部都水司主事、禮部儀制司的陸師道以師視之，《無聲詩史》載：

> 時文待詔徵明里居，亦善詩及書與繪事，先生造門用師
> 禮禮之。人謂先生業已貴，胡折節乃爾，且不聞世以藝
> 目文先生耶。先生曰：「子言之誤，夫文先生以藝藏道者
> 也，自吾見文先生，無適而非師也者。」奉之益篤，文
> 先生亦篤好先生，即膠漆莫瑜也。〔註22〕

文人畫家與仕宦的交游，除相互敬重的感情因素外，仕宦與文人畫家交游則可附庸風雅，文人畫家因仕宦的禮遇而提升了社會地位與名聲，因此終明之世，文人畫家與仕宦多有交游的情形。

第三節　文人繪畫創作的態度

繪畫是一項技藝，具有實用、教育與欣賞功能，張彥遠《歷代名畫記》云：

> 夫畫者：成教化，助人倫，窮神變，測幽微，與六籍同
> 功，四時並運，發於天然，非由述作。〔註23〕

早期的繪畫以實用教化為主，尚不具商業性，而繪畫的技巧、內涵逐漸豐富後，繪畫乃由技進於藝而至近於道，成為品賞的對象。而畫家也形成了職業畫家的畫院畫師與民間畫師、畫工，以及非職業性的文人畫家兩個系統，職業畫家靠畫藝維生，而文人畫家有官階者雖不靠畫營生，但在野的文人畫家便不得不仰賴賣文與賣畫來維持生計了。

明以前，善畫文人侑於身分不願靠此謀生，繪畫創作屬「游於藝」的性質，繪畫為雅事，繪畫作品一旦計價而售便庸俗了，因此貧困如元四家之一的黃公望，亦以賣卜為業而不賣畫。明代由於布衣文人的

〔註22〕明‧姜紹書《無聲詩史》卷二〈陸師道〉，頁993。（收入《畫史叢書
　　　　（二）》）。
〔註23〕張彥遠《歷代名畫記》卷一〈敘畫之源流〉，頁5。

增加，布衣文人畫家也漸漸放下文人身分的矜持，加上商業經濟的蓬勃發展、四民平等思想的萌興、社會觀念的開放，文人畫家因生計所需已不再以賣畫為恥，為應付仕紳豪富與一般人民的廣大需求，文人書畫酬贈買賣的活動日趨頻繁，這也造成了書畫作偽的風氣，書畫作品已朝向商品化發展，故文人繪畫創作的態度雖從適意自娛出發，但也納入了人情酬酢與偶然生計，隨著不同的創作態度，繪畫作品乃呈現出高低不同的藝術水準，而明代文人書畫上題詩已經成為普遍的要素，其繪畫的創作態度亦反映在題畫詩的創作上，故探討題畫詩時，為詩所依附的畫之創作態度，乃是題畫詩內容解讀及品評其藝術價值之重要參考依據，實有詳加探討的必要。

一、適意自娛

　　文人旁涉繪事本屬不務正業，由於孔子曾言：「志於道，據於德，依於仁，游於藝。」〔註24〕，使繪畫活動因有聖人的言論而取得正當性的地位，郭若虛則推崇依仁游藝的文人畫作：

> 竊觀自古奇迹，多是軒冕才賢，巖穴上士，依仁游藝，
> 探賾鉤深，高雅之情，一寄於畫。〔註25〕

游藝自娛為早期文人作畫的基本態度。郭若虛在分類畫家時，將李成、宋澥歸為「高尚其事，以畫自娛者」〔註26〕，蘇軾肯定朱象先的畫，並且不認為文人而為畫師是可恥的：

> 松陵人朱象先，能文而不求舉，善畫而不求售，曰：「文以
> 達吾心，畫以適吾意而已。」惜閻立本始以文學進身，卒
> 蒙畫師之恥。或者以是為君病，余以謂不然。〔註27〕

有了重要文人的肯定，文人作畫自娛成為被普遍接受的高尚行為。元

〔註24〕《論語》〈述而篇第七〉，頁 67。（楊伯峻《論語譯注》，臺北：漢京文化事業有限公司，民國 76 年元月 15 日景印一刷）。

〔註25〕郭若虛《圖畫見聞誌》卷一〈論氣韻非師〉，頁 155。

〔註26〕郭若虛《圖畫見聞誌》卷三〈紀藝中〉，頁 183。

〔註27〕宋・蘇軾《經進東坡文集事略》卷六十〈書朱象先畫後〉，頁 998。（臺北：世界書局，民國 81 年 3 月三版）。

代文人畫家承續了這樣的認知，吳鎮在《梅竹雙清圖》卷中題：「圖畫書之緒，豪情寄所適。」〔註28〕倪瓚在〈答張藻仲書〉中亦言：「僕之所謂畫者，不過逸筆草草，不求形似，聊以自娛耳。」〔註29〕適意自娛的創作延續到明代亦爲繪畫創作的主要態度，但畫家已不似前代之純粹，以畫抒發一時逸興以自娛，或作爲人情酬贈爲主要創作動機，間亦有賣畫的情形。

　　從現存的沈周畫蹟題跋中，可以見到許多乘興所作的畫作，如台北故宮藏的沈周《仿房山山水》軸，上題：「弘治壬戌春三月二日，偶過西山僧樓信宿，時雨初霽，見雲山吞吐，若有房山筆意，因得佳紙，遂潑墨信手圖此以紀興云耳。」上海博物館藏沈周《西山紀游圖》卷，拖尾題：「余生育吳會六十年矣，足跡自局，未能裹糧仗劍，以極天下山水之奇觀以自廣，時時棹酒船，放遊西山，尋詩採藥，留戀彌日，少厭平生好遊未足之心，歸而追尋其迹，輒放筆想像一林、一溪、一巒、一塢，留几格間自翫。」文徵明追摹古人作山水自娛的創作態度，乘興作畫贈友，台北故宮藏文徵明《關山積雪圖》卷，自題：「古之高人逸士，往往喜弄筆，作山水以自娛，然多寫雪景者，蓋欲假此以寄其孤高拔俗之意耳。……曩於戊子冬，同履吉寓於楞伽僧舍，值雪飛幾尺，千峯失翠，萬木僵仆，履吉出佳紙索圖，乘興濡毫，演作關山積雪，一時不能就緒，嗣後携歸，或作或輟，五易寒暑而成，但用筆拙劣，不能追蹤古人之萬一，然寄情明潔之意，當不自減也，因識歲月以歸之。」既自娛也娛人。紀興自翫的創作，除了在題跋中直書創作動機的作品外，大多數的作品是只作畫題詩落款而已，一般而言適意自娛的作品藝術水準較受推崇。

〔註28〕見陳擎光《元代畫家吳鎮》書末圖版壹玖，吳鎮《梅竹雙清圖》卷卷上題跋，頁214。（臺北：國立故宮博物院，民國72年6月初版）。
〔註29〕元・倪瓚《清閟閣全集》卷十，頁309。（景印文淵閣四庫全書1220冊・集部159冊・別集類，臺北：臺灣商務印書館，民國75年7月初版）。

二、人情酬酢

人際往來而以書畫作爲禮物饋贈在明代文人畫家中是很普遍的情形，對於畫家而言是舉手之勞，由於畫家在贈畫時也常將贈送的對象書於畫作上，因此對於受贈者而言乃是得到了專屬的、無可取代的物品，以畫酬贈一則風雅、二則有其人情交誼的紀念意義，因此文人畫家在這方面的畫作數量頗多，人情酬酢是除了自娛外最主要的創作動機。

以書畫爲禮物贈人，從台北故宮現存的畫蹟題跋中，可以找到北宋‧趙宗漢《雁山敘別》軸，畫上題：「吾鄉汪君子卿，予幼時館契也。少常遊學浙中，登慶曆進士，謝官歸，徙雁山，將終老焉。漢適奉使出鎮廣南，便經浙中，過訪，承留敘月餘，臨行出紙索畫，遂作此圖，聊寄別意云。時嘉祐二年五月廿九日。定遠將軍趙宗漢記。」南宋‧陳容《霖雨圖》軸，上題：「所翁爲表弟雙澗作。」南宋‧龔開《天香書屋》軸，上題：「寶祐癸丑仲秋，淮陰龔開，爲國泉總管畫天香書屋圖。」這是朋友間的酬贈。皇帝以書畫賜臣下，歷代以來亦頗不乏例，宋徽宗以自己的畫作賜臣應屬最爲珍貴者，如其《寫生》卷，卷前題：「宣和殿御筆」，卷尾御押，款題：「賜駙馬都尉」。南宋寧宗則以他人之畫賜臣，如北京故宮藏馬遠《踏歌圖》軸，寧宗題：「賜王都提舉。」皇帝以書畫爲賞賜臣下之舉直至清代不輟，清遜帝溥儀也曾賞賜其弟溥傑許多珍貴書畫。

元代趙孟頫曾以畫贈妓，如台北故宮藏之《萬柳堂圖》軸，題：「野雲招飲京城外萬柳堂，召解語花劉姬佐酒，姬左手持荷花，右手舉杯，歌驟雨打新荷曲，因寫此以贈。」元四家之吳鎮《漁父圖》軸，乃爲子敬而作：「至正二年，爲子敬戲作漁父意。」倪瓚《江岸望山圖》軸，屬爲友而作：「癸卯二月十七日，賦此詩，并寫江岸望山圖，奉送惟允友契之會稽。」明三家屬酬酢性質的畫蹟，流傳至今者也不少。

人情酬酢的情形以親友間的過訪、送行較爲普遍，贈送地方父母

官或鄉紳者較爲鄭重，作爲祝壽者則依對象的身分地位及與畫家的交情深淺而異，隨著酬酢的對象之不同，反映在畫作的創作態度上也有很大的不同，如台北故宮藏沈周《廬山高》軸，乃沈周爲其師陳寬七十壽誕所畫：「成化丁亥端陽日，門生長洲沈周詩畫，敬爲醒庵有道尊先生壽。」這幅畫被畫壇公認爲沈周現存畫蹟中最傑出的作品之一。從現存畫蹟之題跋來看，沈周屬酬贈性質的畫作數量頗多，如台北故宮藏《雨意》軸：「丁未季冬三日，與德徵夜坐，偶值興至，寫此以贈云。」《山水》軸：「成化丙申四月廿九日，約陪石居吳水部爲虎丘之遊，獨予弗果，明日携壺追往，而石居已發舟矣，徘徊泉聲松影間，迺有此詩，因吉之求畫，錄填紙空。吉之，石居表弟，亦在遊者。」《古松圖》軸：「長洲沈周奉祝。」這是祝壽圖，但祝何人壽則不詳。《參天特秀》軸：「獻之劉先生，遼陽材士，來吳，予與識于姑蘇臺，因寫參天特秀圖，俟詩贈之。」《白頭長春圖》軸：「沈周爲宗瑞寫壽。鄧宗盛八十，宗瑞蓋其婿，能勤敬如此，可謂半子矣。」《芝鶴圖》軸：「鄉生沈周，奉壽璞庵先生金石之算。」上海博物館藏《仿倪山水》軸：「舟泊城陰，爲紹宗圖而詩之。癸巳五月既望。」《仿倪山水》軸：「乙巳暮夏十日，訪天泉師，因詩畫志別。」《泛舟訪友圖》卷：「弘治丁巳正月二十二日大司成李先生泊，顧君應和見過，先生有詩見贈，余故奉答此篇，顧君出紙索圖仙舟故事，復索寫前篇，蓋欲牽連以見同行之意云。」《苔石圖》軸：「余幼時於他人鈔本中，見苔石翁：『門當車馬道，簾隔利名心。』之摘警語，心雖驚悚其超妙，而昧其爲人。今年及八十，始獲見其遺稿，妄贅拙語以致景仰云。正德改元十月望，後學長洲沈周敬題。沈周咏之不足，復爲苔石圖以致餘仰爲其孫復端贈。」《京口送別圖》軸：「辱以妙句見贈，慰老念舊，藹然至情，佩感之餘，敬和高韻請教。友生沈周再拜匏庵少宰先生閣下。」《爲吳寬作山水》扇：「承寄未和章，聊申懷仰而已。沈周上匏庵少宰先生。」《樹林小亭圖》扇：「沈周爲義林畫并題。」南京博物院藏《山谷雲呑圖》扇：「沈周爲雲谷寫。」安徽省博物館藏《正軒

圖》軸：「繆君復端，別號正軒，長洲沈周作圖并詩以贈。」山東省煙臺市博物館藏《夜雪燕集圖》卷：「楊儀部君謙、趙憲副立夫，夜雪燕集聯句，此卷書贈座客陳景東者，景東是夕參遊其間，風致可想見，因索余圖于卷首，以成此勝迹云。」山東省平度市博物館藏《仿倪雲林山水》軸：「理之梅雨中慰余洽旬，其意甚勤，殊移悶悶，因漫此數語系于圖端贈之，且記時事也。」雲南省博物館藏《山水》扇：「八十三翁沈周贈新安文輝。」江西省博物館藏《竹窗圖》軸：「竹窗圖，時弘治丙辰秋九月，爲明古老社兄寫。」北京故宮藏《荔柿圖》軸：「右近作一首，侑以荔柿圖奉吾宿田老兄新春一笑。」《溪山晚照圖》軸：「文美趙君別一載，再會方暑，赫赫晚涼，爲作溪山晚照圖。」《紅杏圖》軸：「布甥簡靜好學，爲完庵先生曾孫，人以科甲期之，壬戌科，果登第。嘗有桂枝賀其秋園，茲復寫杏一本以寄，俾知完庵遺澤所致也。」《爲惟德作山水》軸：「惟德見過，予出不果迎，以此贖慢。」《春雲疊嶂圖》軸：「久美趙君，知余老抱拙靜，遠以漢鼎爲贈，用助蕭齋，日長焚沉悦性，其惠多矣。久美讀書好古，於書畫尤萃意焉，因作春雲疊嶂報之，愧莫敵施也。」美國綠韻軒藏《承天寺夜遊詩圖》：「育庵兄長及歲不相見，偶值承天僧寓，燈下引觴情話，因洗久渴，詩以識之并圖，永爲好也。」民間收藏《秋林靜釣》軸：「予謬交志剛、彭君父子間幾三十年，志剛有古道，通予有年，非市郭拍肩執袂者比也，乙未長至後一日，志剛携酌至有竹居，秉燭寫此圖并題其上，聊寓感感而已，詩畫云乎哉。」《虎丘別戀圖》軸：「送浦守庵茅山濟民。弘治甲寅三月友生沈周。」《雲石風泉》軸：「此圖舊爲惟允作者，不意裝潢如是，況以正於鹿冠老先生，是出予之醜多矣，茲又微題其上，題之匪以自文，殊不知嫫母效顰，反累人笑，惟允若能相愛，委之墻角可也。」天津市藝術博物館藏《壽陸母八十山水》軸、浙江省博物館藏《爲祝淇作山水》軸、廣東省博物館藏《贈黃生淮序并圖》卷、福建省博物館藏《爲竹西作山水》軸，則從畫名即可知爲酬贈作品。

　　唐寅現存畫蹟亦有許多酬贈作品：台北故宮藏《坐臨溪閣》卷：「輒作小絕并畫，以為贈存道老兄，其儔昔之歡，并居處之勝焉。」《金閶別意》卷：「侍下唐寅詩畫，奉餞鄭儲矦大人先生朝覲之別。」《守耕圖》卷：「唐寅為守耕賦。」《山路松聲》軸：「治下唐寅畫呈李父母大人先生。」《西洲話舊圖》軸：「與西洲別幾三十年，偶爾見過，因書鄙作并圖請教，病中殊無佳興，草草見意而已。」上海博物館藏《款鶴圖》卷：「吳趨唐寅奉為款鶴先生寫意。」《落霞孤鶩圖》軸：「晉昌唐寅為德輔契兄先生作詩意圖。」《南湖春水圖》扇：「唐寅寫贈景瞳。」揚州市文物商店藏《懷樓圖》軸：「懷樓圖，唐寅為鳴遠蔣鄉兄寫。」北京故宮藏《沛台實景圖》頁：「正德丙寅，奉陪大冢宰太原老先生登歌風臺，謹和感古佳韵，併圖其實景，呈茂化學士請教。」《王鏊出山圖》卷：「門生唐寅拜寫。」《風木圖》卷：「唐寅為希謨寫贈。」《步溪圖》軸：「姑蘇侍生唐寅作步溪圖并題奉呈黎老大人先生。」《風竹圖》軸：「南塘郜蠡溪過余學圃堂，因言及南沙知己，故寫此為寄。」《觀梅圖》軸：「蘇門唐寅為梅谷徐先生寫。」《枯木寒鴉圖》扇：「唐寅贈懋化發解。」《罌粟花圖》扇：「唐寅畫呈宗瀛解元。」美國弗利爾美術館藏《夢仙草堂圖》卷：「晉昌唐寅為東原先生寫圖。」民間收藏《山莊高逸》軸：「詩畫奉壽榆庵周老先生。」《花卉扇面》：「唐寅為一之作。」北京故宮藏《貞壽堂圖》卷，乃為賀周母壽而作，拖尾有李應禎、沈周、吳寬、唐寅、文壁等十餘人之祝壽詩文。

　　文徵明現存酬贈類的畫蹟，為數亦不少：台北故宮藏《疏林淺水圖》卷：「嘉靖庚子秋八月十又八日，南衡侍御過訪草堂，寫此奉贈。」《雨餘春樹》軸：「余為瀨石寫此圖，數日復來使補一詩，時瀨石將北上，舟中讀之，得無尚有天平靈巖之憶乎。丁卯十一月七日。文壁記。」《風雨歸舟圖》軸：「徵明為延望作并題。」《長松平皋圖》軸：「徵明為原承畫并題。」《春皋垂釣》卷：「春皋圖為節夫揚君作并題。」《喬林煮茗圖》軸：「久別耿耿，前承雅意，未有以

報，小詩拙畫，聊見鄙情。徵明。奉寄如鶴先生。」上海博物館藏
《桐山圖》扇：「徵明爲桐山畫并題。」南京博物院藏《古木蒼烟圖》
軸：「徵明戲用雲林墨法寫贈子寅，以爲如何。」天津市藝術博物館
藏《松石高士圖》軸：「履吉將赴南雍，過停雲館言別，輒此奉贈。」
《林樹煎茶圖》卷：「徵明爲祿之作。」浙江省湖州市博物館藏《雨
中訪友圖》扇：「遣齋冒雨過訪，寫此爲贈，兼賦短句。」廣東省博
物館藏《淞江圖》軸：「徵明爲西江畫并題。」北京故宮藏《永錫難
老圖》卷：「大學士存齋先生九月寔維降誕之辰，從子瑜索詩稱慶，
徵明於公，固有不能已於言者，既爲製圖，復贅短什。」《紅杏湖石
圖》扇：「小詩拙畫奉贈補之翰學。」《蘭亭修禊圖》卷：「曾君曰潛，
自號蘭亭，余爲寫流觴圖，既臨禊帖系之，復賦此詩發其命名之意。」
美國樂藝齋藏《樓居圖》軸：「南坦劉先生謝政歸而欲爲樓居之舍，
其高尚可知矣，樓雖未成，余賦一詩并寫其意以見之，它日張之座
右，亦樓居之一助也。」民間收藏《溪橋覓句》卷：「右圖千巖競秀
萬壑爭流，乃余爲子傳而作也，子傳與余相友善，每有所往，必方
舟相與，乘閒即出此絹索余圖，數筆興闌則止，如是者凡十有三年
始克告成。」

　　除了在畫上題跋書寫贈與對象的畫蹟外，另有許多酬贈畫作並不
書寫受贈對象，但仍可從畫上詩文中得知，如安徽省博物館藏沈周《椿
萱圖》軸：「靈椿壽及八千歲，萱草同生壽亦同。白髮高堂進春酒，
鳳皇飛下采雲中。沈周。椿萱天地長生物，白髮嚴慈八十同。此日高
堂稱壽處，華封三祝一盃中。長洲袁耿和。」這是賀人母壽的畫作。
北京故宮藏沈周《松石圖》軸，沈周僅在畫上題：「成化十六年四月
七日，沈周寫。」再看畫上楊循吉的題款：「從來松老方生子，老得
兒郎必定賢。況是先生年未老，生兒當復見參天。春雨先生有佳子俟
生久矣，斯松之圖所以祝也。楊循吉。」便可知曉此畫乃爲祝人早生
貴子。

　　畫家以己畫爲禮品贈人，以其屬舉手之勞，惠而不費，受贈者亦

覺高雅，這樣的贈畫方式形成風氣後，不管是畫家或非畫家皆喜贈人以畫，非畫家固然以他人之畫贈人，即使是有名的畫家也有以他人之畫贈人者，如董其昌便曾在唐寅的畫上題詩贈人，上海博物館藏唐寅《觀杏圖》軸，上有董其昌題識：「唐解元觀杏圖，以王右丞詩題之贈汝文兄南游。乙卯秋七月一日。董其昌。」當畫作成爲增進人際關係的重要媒介，則需求量自然增加，因此促進了書畫買賣的行爲，書畫買賣的熱絡也進而產生了書畫作僞的風氣，而這些都是書畫商品化的現象。

三、偶然生計

職業畫家靠畫畫維生乃理所當然，文人畫家由於有著文人的身分，因此歷來的文人畫家都不願以賣畫爲主要的營生方式，元以前的文人畫家是否有直接以畫換取金錢或物質上的報酬，由於畫史上少有這方面的記載，因此不易窺知，到了明代，文人畫家賣畫已是不需諱言的行爲，但是賣畫的動機則大多是迫於生計，若無生計上的考量，文人畫家仍然不願將繪畫作爲獲利的商品，這應是受到自古文人清高尊貴的觀念所影響，不願放下身段與畫工爲伍。

明代由於布衣文人與文人畫家的增加，文人謀生的方式也變得多樣化，除了傳統的靠爲人寫墓誌銘之類的賣文方式外，能書、能畫的文人也有以此藝資生的情形，如《明畫錄》載：

> 居節，字士貞，吳縣人。工詩，著《牧豕集》。少從文嘉習畫，待詔（文徵明）見其運筆，驚喜，遂授以法，書畫兼肖，而清媚自喜。後忤織璫孫隆，家破，僦屋虎丘南村，得筆資招朋劇飲，或絕糧，則晨起寫疎松遠岫一幅，令童子易米以炊，年六十，竟以窮死。〔註30〕

居節畫藝得文徵明指點，有此畫壇盟主的賞識，若要靠賣畫維生應非

〔註30〕明・徐沁《明畫錄》卷四〈山水・居節〉，頁 1164。（收入《畫史叢書（二）》）。

難事，但其僅在絕糧等迫不得已的情形下才賣畫，最後竟以窮死，這可說是文人畫家的基本寫照。其實在居節之前的畫家已公開的賣畫維生，有南京解元頭銜的唐寅亦常因生計而賣畫，且不諱言的寫在其詩中：

> 十朝風雨苦昏迷，八口妻孥併告飢。信是老天真戲我，
> 無人來買扇頭詩。書畫詩文總不工，偶然生計寓其中。
> 肯嫌斗粟囊錢少，也濟先生一日窮。青衫白髮老痴頑，
> 筆硯生涯苦食艱。湖上水田人不要，誰來買我畫中山？
> 荒村風雨雜鳴雞，燎釜朝廚愧老妻。謀寫一枝新竹賣，
> 市中筍價賤如泥。儒生作計太癡呆，業在毛錐與硯台。
> 問字昔人皆載酒，寫詩亦望買魚來。〔註31〕

儒生的筆硯生計是辛苦的，即如唐寅之才名、畫名震一時，仍為生計所苦，所寫的青山似乎賣不出好價錢，只能換酒喝而已，《四友齋叢說》記載：

> 六如晚年亦寡出，與衡山雖交款甚厚，後亦不甚相見。
> 家住吳趨坊，常坐臨街一小樓，惟求畫者攜酒造之，則
> 酣暢竟日。雖任適誕放，而一毫無所苟。其詩有「閑來
> 寫幅青山賣，不使人間作業錢」之句，風流概可想見矣！
>
> 〔註32〕

任誕風流的唐伯虎，最後還是潦倒以終。當社會富裕時，固可靠賣文、賣字畫營生，若處於人民生活困苦時，真是「誰來買我畫中山」？清代的揚州八怪也多有以賣畫營生者，但與明代相較，顯然要好得多了。

文徵明主明中葉吳中畫壇數十年，享壽九十，其生前死後都在畫壇享有舉足輕重的地位，將其與賣畫扯上關係似乎有失其身分，但在

〔註31〕清・唐仲冕編《唐伯虎全集》補遺・詩〈風雨浹旬廚烟不繼滌硯吮
　　　　筆蕭條若僧因題絕句八首奉寄孫思和〉，頁220。（臺北：水牛出版社，
　　　　民國67年10月31日再版）。

〔註32〕明・何良俊《四友齋叢說》卷十五，頁16。（收入《百部叢書集成》
　　　　十六・紀錄彙編十，臺北：藝文印書館）。

明中葉文人畫家賣畫已是普遍之事，雖然畫史記載中多不提文人畫家賣畫的情形，但從書畫題跋中仍可找到蛛絲馬跡，雲南省博物館藏文徵明《幽居圖》軸，畫上自題五律一首，詩末款題：「徵明爲東沙買家作」，可知這幅畫是應買家之請而畫的，但不知買家之名，因此逕題買家二字於畫上。

畫名高則求畫者眾，這是理所當然的，一般而言，書畫通常都是經過轉手之後乃成爲商品，畫家較少直接賣畫，書畫具有古董與藝術品的收藏價值，又可攀附風雅，自有其一定的市場需求，文人畫家不願公開賣畫有其身分上的矜持與繪畫境界的考量，高雅的畫一旦與金錢掛鉤便庸俗了，文人畫畫一旦以射利爲目的，其畫便落入了下乘，其人品也打了折扣，文人畫家受儒家「君子謀道不謀食」的思想影響，因此多諱言賣畫，歷來畫史評畫，亦常將畫品與人品等同而觀，《歷代名畫記》云：「自古善畫者，莫匪衣冠貴胄，逸士高人。」〔註33〕《圖畫見聞誌》亦云：「竊觀自古奇迹，多是軒冕才賢，巖穴上士，……人品既已高矣，氣韻不得不高。氣韻既已高矣，生動不得不至。」〔註34〕畫之氣韻高低與人品有關，文人畫又以追求氣韻爲主，因此文人畫家不願直接賣畫乃有其顧慮。至於間接的書畫交易則時有所見，如明代的文人畫家金琮、陳洪綬、孫克弘皆曾以書畫換取物質報酬，或贈人書畫使其轉售以取得生活所需〔註35〕。不論是直接或間接賣畫，書畫商品化的現象已經形成，而書畫收藏買賣與作僞的風氣也隨之產生。

書畫作僞有取今人畫而僞作古人畫者，有以無名之古畫而冒做名人古畫者，亦有僞作當代名家之畫者，僞作方式繁多〔註36〕。明三家

〔註33〕張彥遠《歷代名畫記》卷一〈論畫六法〉，頁20。
〔註34〕郭若虛《圖畫見聞誌》卷一〈論氣韻非師〉，頁155。
〔註35〕相關例證可參考單國霖〈明代文人書畫交易方式初探〉一文，頁26。（載於《上海博物館集刊》第六期，上海：上海古籍出版社，1992年10月第1版第1次印刷）。
〔註36〕各種書畫作僞情形，可參考楊仁愷《中國書畫鑑定學稿》第四、五

畫名盛於吳中，在當時及後世皆不乏僞作，又因畫家本人的不追究，
使僞作之風更盛。沈周因畫名盛，爲人又寬厚，因此索畫者不斷，贗
品亦充斥，他不但不加追究，甚至爲造假之畫題款，認爲作畫乃易事，
而能有微助於人，不必吝惜。

　　文徵明對於僞作自己畫作者的態度和沈周相仿，《吳郡丹青志》
載文徵明：

> 晚歲德尊行成，海宇欽慕，縑素山積，喧溢里門，寸圖
> 纔出，千臨百摹，家藏市售，眞贗縱橫；一時硯食之士，
> 沾脂泡香，往往自潤。〔註37〕

除了臨摹其書畫販售圖利外，更有甚者，將贗品持請題款，文徵明亦
略無難色：

> 衡山精於書畫，尤長於鑑別。凡吳中收藏書畫之家，有
> 以書畫求先生鑑定者，雖贗物，先生必曰此眞蹟也。人
> 問其故，先生曰：「凡買書畫者必有餘之家。此人貧而
> 賣物，或待此以舉火，若因我一言而不成，必舉家受困
> 矣！我欲取一時之名而使人舉家受困，我何忍焉？」同
> 時有假先生之畫求先生題款者，先生即隨手書與之，略
> 無難色。則先生雖不假位勢，而吳人賴以全活者甚眾。
>
> 〔註38〕

因爲沈、文對待自己的贗畫如此，因此今人在鑑定二人的畫蹟上，稍
不仔細便有可能將贗畫視作眞蹟，兩岸藏畫中都有原先認爲眞品的畫
蹟後來又被鑑定爲僞作的情形。

　　唐寅也因其畫名盛，求畫者眾，在畫史上有倩人代筆的記載：

> 唐六如畫法受之東村（周臣），及六如以畫名世，或懶於
> 酬應，每倩東村代爲之。今伯虎流傳之畫，每多周筆，

　　章〈書畫作僞種種〉，頁127～273。（瀋陽：遼海出版社，2000年10
　　月第1版第1次印刷）。

〔註37〕明・王穉登《吳郡丹青志》〈妙品志・文待詔先生〉，頁1439。（收入
　　《畫史叢書（三）》）。

〔註38〕何良俊《四友齋叢說》卷十五〈史十一〉，頁12。

在具眼者辨之。〔註39〕

代筆之外，另有冒用畫家之名者，不管是作偽或代筆，至少在繪畫風格上都儘量趨近原畫家，而冒名畫作則多不類該畫家風格，當時的許多春畫亦多有用唐寅與仇英之名來販售圖利者。書畫作偽的風氣可說從明中葉開始逐漸盛行，至明末、清代而達於極盛，蘇州、松江等地甚至出現了專門作偽畫的作坊，在書畫鑑定上一般將此類偽畫以「蘇州片」稱之。

　　畫家的創作素材來自其所居住的環境，社會活動豐富其創作內涵，創作態度則直接影響作品的水準，對於文人畫家其畫、其詩的解讀，實有賴於對其詩畫創作整體背景的了解，有此認知便能深入探究文人畫詩畫關係的各個層面。

〔註39〕明・姜紹書《無聲詩史》卷二〈周臣〉，頁 987～988。另何良俊《四友齋叢說》卷廿九，亦有類似記載：「聞唐六如有人求畫，若自己懶於著筆，則倩東村代為之，容或有此也。」關於周臣是否曾為唐寅代筆之事，至今學界尚有頗多爭議。可參考勞繼雄〈關於唐寅的代筆問題〉，頁 284。(《文物鑑賞叢錄・書畫（二）》，北京：文物出版社，1996 年）。

第三章　明三家的文學與繪畫

　　明三家生當明朝中葉文學擬古運動的洪流中，由於地域的關係，吳中詩人之詩風並未受到影響，抒寫性情、間雜俗俚之語，眞實自然，鄭振鐸認爲：

> 成化到正德間的許多吳中詩人，其作風別成一派，不受何、李的影響。他們以抒寫性情爲第一義，每傷綺靡，亦時雜凡俗語，卻處處見出他們的天眞來。在群趨于虛僞的擬古運動之際而有他們的挺生于其間，實在可算是沙漠中的綠洲。這些吳中詩人們，以唐寅爲中心，祝允明、文徵明、張靈附和之，獨往獨來，不復以世間毀譽爲意。在他們之前的，有沈周，已獨樹一幟，不雜群流。〔註1〕

明三家在詩文上的成就常爲其畫名所掩，鄭振鐸的肯定，使明三家的文學在中國文學史上也有一席之地，被歸類爲「山林隱逸的吳中詩人」〔註2〕，被認爲「能在詩文上表現出一些特色，不爲擬古的習氣所束縛。」〔註3〕在肯定明三家繪畫成就的同時，對於三家的詩文也應給

〔註1〕鄭振鐸《插圖本中國文學史》第五十五章，頁 838。（北京：北京出版社，1999 年 1 月第 1 版第 1 次印刷）。

〔註2〕王忠林等《增訂中國文學史初稿》，第七編第四節，頁 897。（臺北：福記文化圖書有限公司，民國 74 年 5 月修訂三版）。

〔註3〕劉大杰《中國文學發展史》第二十四章，頁 912。（臺北：漢京文化事業有限公司，1992 年 6 月 20 日臺版一刷）。

予關注。

　　本文論述明三家的題畫詩，對於其人習文的過程及文學風格的形成亦當有所探討；明三家的繪畫，歷代研究成果頗爲豐碩，因題畫詩與畫有密切的關係，故對於明三家的繪畫藝術亦應有所認知；明三家在文學與繪畫上的風格與成就與其人格特質與生命歷程息息相關，故對該人生平的掌握有助於對其文學與繪畫的理解，這些都是本章討論的內容。

第一節　沈周的文學繪畫藝術

　　在明中葉以前「浙派」〔註4〕畫風興盛的情形下，沈周的出現，對於明代繪畫而言是一個重要的轉折，其所創立的「吳門派」〔註5〕

〔註 4〕 浙派據王伯敏言：「浙派山水，以戴進爲創始人，……取法於南宋的李唐、馬遠和夏珪，多作斧劈皴，行筆有頓跌，有『鋪敘遠近』，『疏豁虛明』的特色。浙派山水，在明代中葉之前，畫家如周文靖、周鼎、陳景初、鍾欽禮、王諤、朱端、陳璣、夏芷、方鉞、王世祥等，都屬此派。王諤爲畫院中畫家，有『今之馬遠』之稱。可見這派繪畫與馬遠、夏珪的關係。他如郭詡、杜菫、李在等，也具此派的特點。明代中葉以後，吳門派興起，浙派雖有郭岩、仲昂、盧鎮等繼此派畫風，卻是強弩之末。」（王伯敏《中國繪畫通史》，頁 878。臺北：東大圖書股份有限公司，民國 86 年 11 月初版）。

〔註 5〕 吳門派依王伯敏言：「吳門派繪畫在明中葉以後盛極一時。他們的畫法，上探北宋董、巨諸家，近追元代四家，與浙派途徑不同。吳門派山水，屬文人畫體系，被稱爲『利家』畫。強調『畫有士氣』。在當時左右畫壇，對發展文人畫作出了貢獻。這一派的繪畫主張，集中地反映在沈、文諸家的觀點中，後來經過董其昌、陳繼儒的綜合與發揮，表現得更加系統化。」（王伯敏《中國繪畫通史》，頁 877）。又「吳門畫家」、「吳門畫派」（簡稱吳門派）、「吳派」並非同一概念，以地域劃分的「吳門畫家」，不一定全屬「吳門派」，「吳門派」並非全是蘇州人，其流風遍及江南；「吳派」包容「吳門派」，兩者有大小之分。「吳門畫派」是指明代在蘇州地區創立、形成的一個繪畫流派，它是承繼元代文人畫傳統的派系，後世諸多畫史以此風格劃派，於是許多非吳門畫家，卻承沈、文衣缽的宗法者亦被歸入此派。唐寅曾以沈周爲師，仇英曾獲文徵明賞識而對其加以指導，但唐、仇二人畫風與沈、文有很大的不同，故唐、仇與沈、文雖並稱吳門四

繪畫取得了畫壇主流的地位，影響有明一代畫風；其詩文古樸自然，在前七子擬古運動的風潮中卓然自立，不被潮流所影響，其認真的活出自我，進而影響了當代及後世，這或是沈周始料未及的，其生平與文學繪畫藝術，就在這恬澹平凡的生活中展現其不凡。

一、生平概述

　　沈周，字啓南，號石田，人稱石田先生，晚號白石翁。世居蘇州府長洲縣相城里。高祖沈懋卿，原爲長洲望族，在元末兵亂時，財產散失，於是家道中衰。其曾祖沈良琛於元末來到相城，娶徐道寧爲妻，與良琛共營生計，由是「居宇鼎新，資産益充，勝前者多」〔註6〕，沈良琛雅好書畫，與王蒙爲好友，使沈家不僅在家業上有了穩固的基礎，更與繪畫結緣。沈周的祖父沈澄，字孟淵，號介軒、繭菴，永樂間以人才被徵，以病爲由辭之，不願爲官，故人稱沈徵君，隱居讀書爲樂，德望鄉里，能詩善繪，雅好賓客，生二子，長子沈貞（字貞吉），次子沈恒。沈恒即沈周父，字恒吉，號同齋，亦視榮利如浮雲，人品高逸，宣德年間鄉里推其爲賦長，時常濟助鄉民，眾感其德，生三子，沈周爲嫡長子，胞弟沈召，庶出弟沈闇。沈周生於明宣宗宣德二年（1427），生而娟秀玉立，聰朗絕人，少學詩文於陳寬，學畫於杜瓊、劉珏，年十五貸父爲賦長，後獲免其役。〔註7〕明英宗正統九年（1444），沈周十八歲，娶吳郡陳原嗣之女爲

<hr>

家，但卻不宜歸入「吳門派」；沈、文創立「吳門派」，有較多的共同點：唐、仇改革了「院體」傳統，兩人比較接近。（單國強〈明代吳門繪畫概論〉，收在李毅華、關佩貞編《明代吳門繪畫》，上述説明見頁9、12。臺北：臺灣商務印書館，民國79年8月臺灣初版）。

〔註6〕《故良琛妻徐氏墓誌銘》，轉引自阮榮春《沈周》，頁4。（長春：吉林美術出版社，1996年5月第1版，1997年9月第2次印刷）。

〔註7〕以上沈周事蹟見文徵明《甫田集》卷二十五〈沈先生行狀〉，頁584～589。（臺北：國立中央圖書館，民國57年7月初版。據明嘉靖間原刊本影印，復據康熙本輯補入〈文先生傳〉一篇）。沈周《石田先生集》收錄王鏊〈石田先生墓誌銘〉，頁17～21。錢兼益輯〈石田先生事略〉，頁863～919。（臺北：國立中央圖書館，民國57年7月初

妻，明代宗景泰元年（1450）生長子雲鴻，沈周共生子女五人，「雲鴻，文學稱家，嘗爲崑山縣陰陽訓術。側出子復，郡學生。女三，長適崑山縣學生許貞，次適徐襄，又次適太學生吳江史永齡。」〔註8〕除了養育子女，還要照顧母親及弟妹，母親張夫人年幾百齡而卒，弟弟沈召病瘵，沈周和他同臥起者歲餘，後來沈召去世，沈周撫其孤如子庶。一妹早寡，沈周養之終其身，其天性孝友如此，也可見沈周早年生活負擔的沈重。

　　由於聰慧又有良師的教導，沈周在文學與繪畫方面的才華乃爲眾所知，於是「所至賓客墻進，先生對客揮灑不休，所作多自題其上，頃刻數百言，莫不妙麗可誦。下至皁賤夫，有求輒應，長縑斷素，流布充斥，內自京師，遠而閩浙川廣，莫不知有沈周先生也。」〔註9〕因爲遠近知名，明代宗景泰年間，郡守汪公滸欲以賢良舉之於朝，沈周筮易得到「遯之九五曰『嘉遯』」〔註10〕，於是辭謝不應，雖然辭不爲官，但一時從監司以下都以殊禮相待，尤爲太子太保王恕所知。沈周雖不爲官，卻關心國政，「先生每聞時政得失，輒憂喜形於色，人以是知先生非終於忘世者。」〔註11〕。

　　雖有終身不仕之念，沈周卻也無法眞正過著隱逸的生活，沈周的經濟來源是其祖上所開墾出來的低窪農地的農耕收穫，雨季時常被水淹沒，從沈周的詩文及畫蹟題跋中，常可見其對於久雨淹田的描寫。這些生活及家庭的負擔，使沈周的前半生爲其所困，直到明憲宗成化三年（1467），沈周將生活瑣事交由其子雲鴻管理，而在離宅不遠處建別業有竹居，才實現了其想望的隱士雅逸的生活，在有竹居的生活，「佳時勝日，必具酒肴，合近局，從容談笑，出所蓄古圖書器物，

版。據明萬曆陳仁錫編刊分體本影印，復自崇禎本輯詩餘、文鈔、事略各一卷附後，並輯其行狀、墓誌銘列載卷首）。
〔註8〕文徵明《甫田集》卷二十五〈沈先生行狀〉，頁589。
〔註9〕文徵明《甫田集》卷二十五〈沈先生行狀〉，頁586。
〔註10〕文徵明《甫田集》卷二十五〈沈先生行狀〉，頁586。
〔註11〕文徵明《甫田集》卷二十五〈沈先生行狀〉，頁587。

相與撫玩品題以爲樂。」〔註12〕到其晚年，名氣越來越大，造訪的客
人也越來越多，他爲人謙沖自牧，又喜獎掖後進、救人疾苦，因此極
受鄉里、後輩的敬仰。

　　沈周雖不做官，但卻不拒絕與官宦來往，沈周的交游中頗不乏京
官，吳寬（1435～1504）是沈周最親密的朋友，其字原博，號匏庵，
長洲延陵人，小沈周八歲，官至吏部尚書，沈周詩畫中多有與其酬唱
之作。朝中重臣如太子太保王恕，對其頗爲推譽，到吳中必定找他談
話，日夜不休。沈周的晚輩王鏊（1450～1524），也是吳人，官至戶
部尚書、文淵閣大學士、加少傅兼太子太傅，對於沈周知之最深，今
存沈周畫蹟中亦可見王鏊題詩，沈周卒後，王鏊且爲其撰〈石田先生
墓誌銘〉。沈周雖然認識了這麼多朝中大官，但卻不仰仗，所以才發
生了地方官蘇州知府曹鳳徵召其畫壁的事件：

> 有曹太守者，籍諸畫史繪察院壁。黠者竄入先生姓名，
> 曹不知爲何許人也，遣隸人趣之。或曰：「此賤役也，盍
> 謁貴游以祈免乎？」先生曰：「義當往役，非辱也。」具
> 老人巾服，往供事焉。曹入覲，屬太宰首問先生起居，
> 相國長沙公，問沈先生有書來否？曹錯愕無以應。吳文
> 定在詹端，以己所畜畫遺曹，令致諸公，且教之言曰：「來
> 時沈先生方病，無書也。」曹歸，亟謁先生於相城，先
> 生歡然逢迎，無幾微見顏色。投謁郡治以謝，卒不見曹
> 而歸。〔註13〕

由此事件更能看出沈周的爲人。沈周與京官交往，與地方官及吳中地
方文人也多有交游，如楊循吉、徐有禎、文林、周鼎、史鑒、祝顥、
祝允明、徐禎卿、都穆、蔡羽等人，文徵明、唐寅更以其爲師，亦卓
然有成。

　　沈周雖然離家住在有竹居，但卻也不得清靜，因其好客，所以「每

〔註12〕文徵明《甫田集》卷二十五〈沈先生行狀〉，頁587。

〔註13〕張時徹撰〈石田先生傳〉，收入沈周《石田先生集》卷十‧錢謙益輯
　　　　〈石田先生事略〉，頁878～879。

黎明門未闢，舟已塞乎其港矣！先生固喜客，至則相與讌咲咏歌。」
〔註14〕酬對之餘，沈周也常作畫贈人，即使販夫牧監持紙來索，他也
不會拒絕，即使「或爲膺作，求題以售，亦樂然應之。」〔註15〕於是
「數年來，近自京師，遠至閩浙川廣，無不購求其蹟以爲珍玩，風流
文翰照映一時。」〔註16〕由於沈周有這種爲膺作題跋的情形，所以研
究沈周畫蹟者，乃有畫膺、題眞的鑑定結果，今存沈周畫中也可見到
這類畫蹟。

　　沈周八十歲時，其母以百齡高壽而終，其子雲鴻則早數年即卒，
明武宗正德四年（1509），八月二日，沈周以八十三歲的高齡去世，
正德七年（1512）十二月二十一日葬於相城西牒字圩之原，結束了他
平凡中不平凡的一生。

二、文學風格

　　沈周少從陳寬學詩文，陳寬字孟賢，號醒庵，陳寬之父陳繼是其
父親沈恒吉與其伯父沈貞吉的老師，陳繼曾官至翰林五經博士領閣
事，與元四家的王蒙、倪瓚都有交往，亦能繪事。陳寬或許就是因爲
其父與沈家的關係，乃被聘爲沈周幼年時的老師，陳寬雖僅是沈周十
五歲以前的老師，但沈周對其非常尊敬，成化三年（1467）丁亥，沈
周曾畫《廬山高》圖，並題詩其上，詩畫爲陳寬祝壽，此畫現藏台北
故宮博物院，爲沈周重要的畫蹟。據文徵明對沈周的記載：

> 少學於陳孟賢先生，孟賢故檢討嗣初先生子也，諸陳皆
> 以文學高自標致，不輕許可人，而先生所作輒出其上，
> 孟賢遂遜去。年十五貸其父爲賦長，聽宣南京。時地官
> 侍郎崔公雅尚文學，先生爲百韻詩上之，崔得詩驚異，
> 疑非己出，面試鳳凰臺歌，先生援筆立就，詞采爛發，
> 崔乃大加激賞，曰：「王子安才也。」即日檄下有司蠲其

〔註14〕沈周《石田先生集》收錄王鏊〈石田先生墓誌銘〉，頁8。
〔註15〕沈周《石田先生集》收錄王鏊〈石田先生墓誌銘〉，頁9。
〔註16〕沈周《石田先生集》收錄王鏊〈石田先生墓誌銘〉，頁9。

役。先生既長益務學，自群經而下，若諸史子集、若釋
老、若稗官小説，莫不貫總，淹浹其所得，悉以資於詩。
其詩初學唐人，雅意白傅，既而師眉山爲長句，已又爲
放翁近律，所擬莫不合作，然其緣情隨事、因物賦形、
開闔變化、縱橫百出，初不拘拘乎一體之長，稍輟其餘
以游繪事，亦皆妙詣，追踪古人。〔註17〕

可見沈周少有文才，所學淵博，其爲世所重的繪事，只是「稍輟其餘」
的結果，這並非文徵明個人的看法，吳寬亦言：「啓南詩餘，發爲圖
繪，妙逼古人，或謂掩其詩名，而卒不能掩也。」〔註18〕可見沈周的
詩在當時即受推重。《四庫總目》云：

周以畫名一代，詩非其所留意。又晚年畫境彌高，頹然
天放，方圓自造，惟意所如。詩亦揮灑淋漓，自寫天趣，
蓋不以字句取工，徒以棲心丘壑，名利兩忘，風月往還，
煙雲供養，其胸次本無塵累，故所作亦不琱不琢，自然
拔俗，寄興於町畦之外，可以意會而不可加之以繩削，
其於詩也，亦可謂教外別傳矣！……吳寬序，稱其詩餘
發爲圖繪，妙逼古人，核實而論，周故以畫之餘事溢而
爲詩，非以詩之餘事溢而爲畫，寬序其詩，故主詩而賓
畫耳。〔註19〕

這是清人對於沈周詩畫的看法，不管詩與畫誰主誰賓，不可否認的，
沈周在詩與畫方面都有很高的成就，從《四庫總目》對其詩的評語，
也可看出沈周的詩風。沈周詩學唐宋，除了師授，也有父祖之教，還
有地域的關係，吳寬言：

唐人若陸魯望是矣！今其詩具在，予嘗讀而愛之。魯

〔註17〕文徵明《甫田集》卷二十五〈沈先生行狀〉，頁585〜586。

〔註18〕明・吳寬《家藏集》卷四十三〈石田稿序〉，頁385。（景印文淵閣四
庫全書1255冊・集部194冊・別集類，臺北：臺灣商務印書館，民
國75年7月初版）。

〔註19〕清・永瑢等撰《四庫全書總目》卷一七○・集部・別集類二三〈石田
詩選十卷〉，頁1489〜1490。（北京：中華書局，1965年6月第1版，
1995年4月北京第6次印刷）。

望吳人也，吳之詩自魯望首倡，盛於宋尤莫盛於元，然其人多生於季世，身雖隱，其時則窮，則其詩亦悲而已，予嘗讀而傷之。入皇朝來，偃兵息民，天下向治，及承平日久，人情熙熙，士之求仕者，爭治經義、取科第而出，若相城有沈氏，顧獨好隱，蓋自繭菴徵士，已有詩名於江南，二子貞吉、恒吉繼之，至吾友啟南，資更秀穎，雖得於父祖之教，自能接乎宋元之派，以上遡乎魯望。且其宅居江湖間，不減甫里之勝，賓客滿坐，尊俎常設，談笑之際，落筆成篇，隨物賦形，緣情敘事，古今諸體，各臻其妙，溪風渚月，谷靄岫雲，形蹟若空，姿態倏變，玩之而愈佳，攬之而無盡，所謂清婉和平、高亢超絕者兼有之，故其名大播，不特江南而已。〔註20〕

吳寬與沈周為知交，從其對沈周詩歌的描述，可以看出沈周詩歌既師古人，也師自然，這與其亦從事繪畫創作當有關係。

沈周繪畫臨摹古人，亦以自然為師，山水畫所繪乃自然景物，在詩歌的學習過程中，固然要師古人，但最後仍以自然為師，故其詩「古今諸體，各臻其妙，溪風渚月，谷靄岫雲，形蹟若空，姿態倏變」，從其題畫詩中，正可獲得如此的感受，所作「不彫不琢，自然拔俗，寄興於町畦之外」是沈詩的特色，這些也都可以在其題畫詩中得到印證，沈周的文學風格就這樣建立了起來，儘管當時文壇前七子擬古風氣大熾，沈周卻認真的活出自我，寫出抒發性靈的詩歌，正所謂教外別傳、自成一派，其弟子唐寅、文徵明皆受其影響，而為後世歸為具有地域色彩的吳中隱逸詩人。

沈周著有《石田稿》、《石田文抄》、《石田詠史補忘》、《客坐新聞》、《沈氏交游錄》若干卷，其詩生前已大行於世，後人編有《石田先生集》，收錄其詩詞文章，集中多可見其題畫詩作。

〔註20〕吳寬《家藏集》卷四十三〈石田稿序〉，頁385。

三、繪畫藝術

　　沈周學習繪畫而有大成，包括家庭環境的薰陶、先天的稟賦與後天的學習。早在其曾祖沈良琛時，便與畫家交往，家中多蓄古書畫，祖父沈澄能詩善繪，其父親與伯父亦皆能繪事，沈周在這樣的家庭環境下成長，學畫便成爲很自然的事了。沈周曾跟杜瓊、劉珏學畫。〔註21〕杜瓊（1396～1474）字用嘉，號東原，晚號鹿冠道人，世稱東原先生，吳縣人，工山水、人物，杜瓊前曾爲沈周父沈恒的繪畫老師，所以其爲沈周師，與陳寬一樣，都是與其家有相當的淵源，杜瓊生平，據畫史載：

> 少孤，能自刻厲讀書，書無所不通，旁及翰墨皆精。好
> 畫，亦遒麗，效南唐董北苑、元王叔明。爲人敦茂長者，
> 一時品望甚貴，郡守況鍾迫欲見之，匿弗肯就。晚歲持
> 方竹杖出遊朋舊間，逍遙自娛，號鹿冠道人，菜羹糲食，
> 怡怡如也。家有小圃，不滿一畝，植竹蒔雜花，築瞻綠
> 亭居其間，醇和安定，道韻襲人，年八十卒。嘗割股愈
> 母疾，而祕之不使人知，及卒，會葬千餘人，門人私諡
> 之爲淵孝先生。〔註22〕

杜瓊卒後被奉入鄉賢祠，沈周編有〈杜東原先生年譜〉，年譜前繪《東原圖》，此《東原圖》卷，今藏北京故宮博物院，杜瓊實爲沈周最敬重的老師。

〔註21〕據姜紹書《無聲詩史》卷六〈趙同魯〉載：「趙同魯，字浚儀，沈石田之師。」（頁 1055）。徐沁《明畫錄》卷三〈趙同魯〉載：「沈周嘗師事之。」（頁 1154）。今人研究，有認爲此論不足信者（見阮榮春《沈周》，頁 16）。因爲有爭議，故在此不將其列入沈周繪畫老師來討論。又高居翰《江岸送別—明代初期與中期繪畫》言：「沈周最初隨一位名爲陳孟賢者習畫，此人名不見經傳，後人只知道他曾經是沈周的老師。」（頁 77。臺北：石頭出版股份有限公司，1997 年 6月初版一刷）。在筆者所見相關資料中皆未見陳寬有教沈周繪畫的記載，高居翰不知何據，其或許直覺的認爲沈周除了向陳寬學詩文，同時也兼學畫。

〔註22〕姜紹書《無聲詩史》卷二〈杜瓊〉，頁 975。

　　沈周另一位繪畫老師劉珏，字廷美，號完菴，長洲人，與沈周父
及伯父曾一起從學於陳繼，於正統三年中舉，景泰三年由刑部主事遷
山西按察使僉事，五十歲時致仕返回長洲，成化八年卒，享年六十三
歲。其「詩長於七言，清麗可詠。寫山水林谷，泉深石亂，木秀雲生，
綿密幽媚，風流藹然，幾於升巨然之堂，入仲圭之室矣！」〔註23〕沈
周詩文集多有寫與劉珏的詩作。

　　沈周從師學畫，但並不完全模仿老師，學於師只是啓蒙的過程，
後來沈周以臨摹古人名蹟來增進自己繪畫的造詣，這也是每一位畫家
都會做的事，他臨仿的對象據畫史載〔註24〕，包括五代南唐的董源（董
北苑），五代宋初的巨然、李成（李營丘），元代的倪瓚等人。江兆申
則認爲：

> 　　沈周的畫，四十歲至五十歲，這時期醉心於王蒙、黃公
> 望，用筆細緻雅澹，濃淡枯濕，相當調勻。五十歲至六
> 十歲，比較喜歡北派畫，從南宋的馬（馬遠）、夏（夏珪），
> 到初明的戴進，都從筆底陶融。濃墨粗筆，線條直挺，
> 漸趨枯辣。六十五歲以後，興趣轉趨吳鎮，大小米（米
> 芾、米友仁），高房山（高克恭），濕墨漸多，有時構景，
> 在追求雨後模糊的趣味。直至七十五歲左右，都是他高
> 峰時期。〔註25〕

江兆申從研究沈周現存的畫蹟來論沈周學習古人的情形，從五代以至
宋元名家，都是沈周臨摹的對象，對於沈周的各期畫風，有所謂「細
沈」與「粗沈」的分別，從江兆申的研究，細沈當爲沈周四十至五十
歲時「用筆細緻雅澹」，粗沈則是沈周五十至六十歲的風格「濃墨粗
筆」。文徵明言沈周「少時作畫已脱去家習，上師古人，有所模臨，
輒亂眞蹟，然所爲率盈尺小景，至四十外始拓爲大幅，粗株大葉，草

<hr />

〔註23〕姜紹書《無聲詩史》卷二〈劉珏〉，頁975。
〔註24〕徐沁《明畫錄》卷三〈沈周〉，頁1154。
〔註25〕江兆申《雙溪讀畫隨筆》〈畫人敘傳・沈周〉，頁125。（臺北：國立
　　　　故宮博物院，民國76年3月再版）。

草而成，雖天眞爛發，而規度點染不復向時精工矣！」〔註26〕這樣看來，沈周在四十歲以前以臨摹古人爲主，四十歲以後才開始展現自己的面貌，文徵明以四十歲爲沈周畫風轉變的分界點，但未如江兆申有更細的劃分，因此江氏的說法當較可代表沈周各時期的繪畫風格，文徵明對於粗沈之畫認爲「雖天眞爛發，而規度點染不復向時精工」這是依其個人的感受而有的評價，但也因爲沈周從師法古人中走出了自己的風格特色，因此才能在繪畫上開拓出自己的天地，成爲吳派繪畫的創立者。

第二節　唐寅的文學繪畫藝術

　　唐寅一生曲折的生命經歷，對於其文學風格有很大的影響，其繪畫兼融院體畫與文人畫的特色，成就其獨特的畫風，再加上其才華橫溢、放浪不羈，因此後人多對其生活加以美化，事實上只要是對唐寅的生平稍有了解者，便知道其生活不管在精神上或物質上都是困頓的，在這樣的狀況中，唐寅卻成就了動人的文采與不凡的畫藝，《三笑姻緣》中風流倜儻的唐伯虎與眞實的唐寅實有天壤之別，對於其人眞實生命的了解，對研究其文學與繪畫，具有相當的重要性。

一、生平概述

　　唐寅，字伯虎，因虎而復字子畏，別號六如。明憲宗成化六年（1470），二月初四日生，是年歲次庚寅，故以寅爲名。蘇州府吳縣吳趨里人。唐寅先祖，據清・唐仲冕記：

> 吾宗以國爲氏，自前涼陵江將軍輝徙居晉昌，其曾孫瑤、諮皆爲晉昌守；諮子揣，瑤孫褒，皆封晉昌公，褒來孫儉，從唐太宗起晉陽，封莒國公，圖像凌烟；後世或郡晉昌，或郡晉陽，皆莒公後。迄宋皇祐爲侍御史介以直

〔註26〕〈文徵仲題石田臨王叔明小景〉，收入沈周《石田先生集》卷十・錢謙益輯〈石田先生事略〉，頁890。

諫謫渡淮；至明爲兵部車駕司主事秦死土木之難；子孫
分居白下橋李間，珏籍富順，珪籍益都，其季子瑾乃籍
豐城。子畏先生蓋白下橋李間近派。〔註27〕

從這段文字，可知唐寅先祖遷徙的大致情形，晉昌爲唐氏郡望，故唐
寅畫中常可見「晉昌唐寅」的款署。唐寅之父唐廣德，據祝允明云：
「廣德，賈業而士行。」〔註28〕可知唐寅之父乃是有士人行徑的商人，
唐寅在〈與文徵明書〉中言：「計僕少年，居身屠酤，鼓刀滌血，獲
奉吾卿周旋，頡頑婆娑，皆欲以功名命世。」〔註29〕又在〈答文徵明
書〉中言：「昔僕穿土擊革，纏雞握雉，恭雜輿隸屠販之中。」〔註30〕
可知唐寅少年時曾從父行賈業，雜於販夫走卒之間。

　　唐寅開始讀書乃是其父刻意的栽培，祝允明云：「（唐廣德）將用
子畏起家，致舉業，歸教子畏，子畏不得違父旨。」〔註31〕雖然開始
讀書，但卻不如何認眞，以至後來在唐廣德去世後，祝允明對唐寅說：
「子欲成先志，當且事時業，若必從己願，便可襭襴襆、燒科策，今
徒籍名泮廬，目不接其冊子，則取舍奈何？」〔註32〕唐寅受激，於是
發憤讀書：「子畏曰：『諾！明年當大比，吾試捐一年力爲之，若弗集，
一擲之耳。』即坃戶絕交往，亦不覓時輩講習，取前所治毛氏詩與所
謂四書者，繙討擬議，祇求合時義。」〔註33〕終於在次年弘治十一年
戊午（1498）應天府鄉試，高中第一名解元，是年唐寅二十八歲，從
這裡可以看出其天資之聰穎，才華之橫溢。

〔註27〕明·唐伯虎《唐伯虎全集》，清·唐仲冕序，序頁7。（臺北：水牛出
　　　　版社，民國67年10月31日再版）。
〔註28〕明·祝允明《懷星堂集》卷十七〈唐子畏墓誌并銘〉，頁604。（景印
　　　　文淵閣四庫全書1260冊·集部199冊·別集類，臺北：臺灣商務印
　　　　書館，民國75年7月初版）。
〔註29〕唐伯虎《唐伯虎全集》書〈與文徵明書〉，頁161。
〔註30〕唐伯虎《唐伯虎全集》書〈答文徵明書〉，頁163。
〔註31〕祝允明《懷星堂集》卷十七〈唐子畏墓誌并銘〉，頁604。
〔註32〕祝允明《懷星堂集》卷十七〈唐子畏墓誌并銘〉，頁604。
〔註33〕祝允明《懷星堂集》卷十七〈唐子畏墓誌并銘〉，頁604。

　　次年，唐寅進京參加己未（1499）會試，發生科場舞弊案，唐寅
受到牽連而下獄，此一事件改變了唐寅的一生，據祝允明記：

　　　己未往會試，時傍郡有富子亦已舉於鄉，師慕子畏，載
　　　與俱北。既入試二場後，有仇富子者抨于朝，言與主司
　　　有私，并連子畏。詔馳勑禮闈，令此主司不得閱卷，亟
　　　捕富子及子畏付詔獄，逮主司出同訊于廷，富子既承，
　　　子畏不復辯，與同罰黜掾于浙藩。歸而不往，或勸少貶
　　　異時，亦不失一命，子畏大笑，竟不行。〔註34〕

經過這次事件後，唐寅乃絕意功名，到處遊歷，後返蘇州，築室桃花
庵居住。正德十年（1515），唐寅四十五歲，曾應有意謀反的寧王朱
宸濠之聘而入其府，何良俊《四友齋叢說》記：

　　　宸濠甚慕唐六如，嘗遣人持百金至蘇聘之。既至，處以
　　　別館，待之甚厚。六如住半年餘，見其所爲多不法，知
　　　其後必反，遂佯狂以處。宸濠差人來饋物，則倮形箕踞，
　　　以手弄其人道，譏呵使者。使者反命。宸濠曰：「孰謂唐
　　　生賢，直一狂生耳！」遂遣之歸，不久而告變矣！蓋六
　　　如於大節能了如此。〔註35〕

唐寅用計而離開了寧王。晚年在蘇州「歸心佛氏，自號六如，取四
句偈旨。治圃舍北桃花塢，日般飲其中，客來便共飲，去不問，醉

〔註34〕祝允明《懷星堂集》卷十七〈唐子畏墓誌并銘〉，頁 604～605。關於
　　　唐寅科場案的記載，祝允明所言較爲省略，其他記載中有言此洩題
　　　案是由都穆所引起，都穆是年也參加會試，後來唐寅因爲此一事件
　　　的緣故而與都穆交惡，由於此事對於唐寅一生影響很大，故研究唐
　　　寅者皆對此事有相當的討論，如江兆申《關於唐寅的研究》〈唐寅的
　　　遭遇〉，頁 36～49。（臺北：國立故宮博物院，民國 75 年 5 月三版）。
　　　譚銀順《唐寅生平及其詩文研究》第四章〈會試弊案始末及影響〉，
　　　頁 27～40。（政治大學中國文學研究所碩士論文，民國 82 年 6 月）。
　　　譚錦家《唐寅書藝研究》第三章〈唐寅生平及其交游〉，頁 78～81。
　　　（臺北：漢光文化事業股份有限公司，民國 88 年 8 月 1 日出版）。
　　　諸書皆徵引許多資料對此事件之始末有完整的討論，可以參考，故
　　　在此不做深入的討論。
〔註35〕何良俊《四友齋叢說》卷十五，頁 15 背～16 正。

便頹寢。」〔註36〕從其自號六如可知其已看透世情，《金剛經》云：
「一切有爲法，如夢幻泡影，如露亦如電，應作如是觀。」〔註37〕，
這就是其晚年的人生觀，其後唐寅靠著賣畫與賣文維生，窮困潦倒，
過著自放的生活。嘉靖二年癸未（1523），十二月二日，以病卒，得
年五十四歲。

　　唐伯虎點秋香之三笑姻緣故事〔註38〕家喻戶曉，因此世人所熟
悉的唐寅多從此故事而來，因而對其人有美好的想像之錯誤認識，江
兆申自己也說：

　　　唐寅的生活情形，在我沒有實際從事研究之前，把他構
　　　想得非常美妙。初次讀到他的五十言懷詩時，認爲很可
　　　能是一種詩人的誇張，但讀了很多他的詩文後，與所知
　　　的事實來參看，發現他的詩與文都是很寫實的。〔註39〕
由此可見對作者生平的了解，於其作品解讀上之重要性。

　　唐寅生平交游的情形，較重要者有沈周、吳寬、王鏊、文徵明、
祝允明、徐禎卿、張靈、周臣、杜堇、仇英等人，從其所留下來的詩
文書畫中，可以見到其與諸人交往的痕跡。

二、文學風格

　　唐寅學文是由於其父對他的期望「將用子畏起家」，可是唐寅卻
「一意望古豪傑，殊不屑事場屋。」〔註40〕所以起初也沒有很認真的
讀書，在他二十五歲左右的一兩年內，父親、母親和妹妹相繼去世，
家庭遭此劇變，對於唐寅而言應是相當大的打擊，所以後來祝允明規
勸他時，他乃發憤讀書，僅一年的時間便高中南京解元，可見其天賦

〔註36〕祝允明《懷星堂集》卷十七〈唐子畏墓誌并銘〉，頁605。
〔註37〕釋迦牟尼佛與須菩提師徒問答《金剛經》〈應化非眞分第三十二〉，
　　　頁621。（新竹：仁化出版社，民國87年7月三版）。
〔註38〕三笑故事與唐寅間的關係之討論，可參考譚銀順《唐寅生平及其詩
　　　文研究》第三章〈三笑故事之源流與考證〉，頁20～26。
〔註39〕江兆申《關於唐寅的研究》，頁17～18。
〔註40〕祝允明《懷星堂集》卷十七〈唐子畏墓誌并銘〉，頁604。

之聰穎，至於其所讀何書，有記載的是其科舉考試用的四書與毛詩，
這些應是唐寅文學的基礎。

　　至於唐寅詩文的特色，祝允明記：

> 爲文或麗或澹，或精或泛，無常態，不肯爲鍛鍊功，其
> 思常多而不盡用，其詩初喜穠麗，既又放白氏，務達情
> 性而語終璀璨，佳者多與古合。嘗乞夢仙游九鯉神，夢
> 惠之墨一擔，終以文業傳焉。〔註41〕

可見唐寅的詩文才華在當時已經被認爲乃有神授。唐寅早期的詩文較
爲穠麗，那應是其二十九歲發生科場案以前的文風，其早年曾作〈嬌
女賦〉、〈惜梅賦〉、〈金粉福地賦〉三篇賦，三賦中最重要的是〈金粉
福地賦〉，有六朝華美之風，江兆申認爲：

> 我們讀了唐寅的詩文，很容易發覺他對《昭明文選》曾
> 經下過很深的功夫。他早年所作的三篇賦，是很規矩的
> 選體。〈金粉福地賦〉的鍊字鍊句，似乎更盡力的在摹倣
> 六朝晚期的庾子山。但是在那一時期，重心都放在字句
> 方面，對於文氣格局的鍛鍊，並沒有臻於至善，這也許
> 是爲功力所限之故。〔註42〕

可知唐寅「不屑事場屋」這段時間，應該對《文選》下了功夫，其前
期的詩文有較多的形式而缺乏眞實的感情，後期則因爲痛苦的生命經
歷，因此以詩文抒發性情，雖不復以往的穠麗，但予人俚俗卻深刻的
感受。其詩不避俚辭，有白居易之風，但卻比白氏更爲俗俚，然而在
俗俚之中卻顯露出其眞實的生命體驗，因此有時使人讀之亦感凄惻，
其題畫詩中亦多可見此類詩作。

　　唐寅在文學上的成就除了詩文方面還有散曲，《唐伯虎全集》中
收錄甚多曲作，鄭振鐸認爲：「唐寅、祝允明、文徵明三人，在弘、
正間也皆以南曲著名，唐寅尤爲白眉。他們都是吳人，又皆相友善。

〔註41〕祝允明《懷星堂集》卷十七〈唐子畏墓誌并銘〉，頁605。
〔註42〕江兆申《關於唐寅的研究》，頁76～77。

寅北曲未必當行出色，南曲則顯露著很超絕的天才。」〔註43〕鄭氏認為唐寅的北曲：「唐寅以南曲著稱於時，但寫北曲也饒有風趣。……這樣的情調，都是由憤懣的內心裡噴吐而出的。」〔註44〕從唐、祝、文三人都精於南曲的創作來看，當時地方文人應多有散曲的創作，只是較少被拿來與詩文一起討論，散曲的創作是唐寅的文學特色，也應是當時吳中地方文人共同的創作文類，而唐寅以其才高，獲得了相當高的成就，討論唐寅的文學，其散曲方面的成就，實不應忽略。

三、繪畫藝術

唐寅何時開始學習繪畫，以何人為師，史無記載，現存唐寅早期畫蹟中，可以看到其於明宣宗宣德元年（1426），十七歲時所繪《貞壽堂圖》卷，這時唐寅已與文徵明、沈周等人交往，其畫藝當已受沈周的指導，《吳郡丹青志》云其：「近交沈周，可當半席。」〔註45〕其畫藝與沈周有一定的關係。〔註46〕弘治十一年（1498）歲末，唐寅赴北京準備參加會試，當時畫家杜堇〔註47〕也滯留北京，因此唐寅曾與杜堇有所交往，在《唐伯虎全集》中可以見到其寫給杜堇的詩，後人從唐寅畫風研究，認為唐寅在繪畫方面曾受到杜堇與周臣〔註48〕的影響。〔註49〕

〔註43〕鄭振鐸《插圖本中國文學史》第五十三章〈散曲的進展〉，頁 821。
〔註44〕鄭振鐸《插圖本中國文學史》第五十三章〈散曲的進展〉，頁 814。
〔註45〕明·王穉登《吳郡丹青志》〈唐解元〉，頁 1438。（收入《畫史叢書（三）》）。
〔註46〕江兆申《關於唐寅的研究》云：「在今天我們所能看到沈、唐二人遺作，特別是山水畫，在形跡上能發現沈對唐影響之處並不太多，而唐寅所受沈周的影響，應當是在作畫的思想方面。」，頁 23。
〔註47〕姜紹書《無聲詩史》卷二〈杜堇〉：「杜堇，字懼男，有檉居古狂、青霞亭之號，丹徒人，有籍於京師。……舉進士不第，遂絕意進取。……善繪事，山水人物、草木鳥獸無不臻妙，由其胸中高古，自然神采生動。」，頁 991。
〔註48〕姜紹書《無聲詩史》卷二〈周臣〉：「周臣，字舜卿，號東村，姑蘇人。畫法宋人，巒頭峻增，多似李唐筆。其學馬夏者，當與國初戴靜菴並驅，亦院體中之高手也。」，頁 987。
〔註49〕江兆申《關於唐寅的研究》云：「在繪畫方面唐寅曾受影響的畫師：

　　唐寅從北京回到蘇州後，開始正式從事繪畫工作，其〈畫譜・自序〉云：「予棄經生業，乃托之丹青自娛。」〔註50〕繪畫成爲他自娛與營生的手段，這時唐寅開始與同鄉的畫家周臣有較多的交往，因此也有人認爲唐寅部份畫作乃周臣代筆，姜紹書云：「唐六如畫法受之東村，及六如以畫名世，或懶於酬應，每倩東村代爲之。今伯虎流傳之畫，每多周筆，在具眼者辨之。」〔註51〕後人根據此記載，在鑑定唐寅畫蹟時，多有題爲周臣代筆之作，江兆申研究唐寅與周臣的畫蹟，認爲周臣既然是唐寅的老師，爲什麼要替唐寅代筆？周、唐應屬師友關係，未必有拜師儀式，周臣替唐寅代筆的事，雖然不敢言其必無，但也應是屬於偶一爲之，恐無傳說之甚。〔註52〕

　　由於畫史未明確記載唐寅繪畫的師承，因此研究者多從其畫風來推斷其與其他畫家的關係。在中國繪畫的學習中佔有重要地位的方式是臨摹古畫，唐寅在師古方面「自宋李營丘、李唐、范寬、馬遠、夏圭，以至勝國名家大癡，山樵之蹟無不探討。」〔註53〕以唐寅的天賦才華及不受拘束的個性，乃從學師、臨古而至擺脫諸家畫風，創造出其個人的特色，其畫風兼雜諸家，又有自己的面貌，不論山水或人物，工筆或寫意，都有相當的成就。

　　總括唐寅各時期的繪畫，江兆申認爲：

　　　　就已見的唐寅作品，再加上個人的若干推測，六如居士的
　　　　山水畫，最初應當是與文沈畫風相近。但早期作品大都不
　　　　可見。三十至三十七歲間，唐寅對周臣的畫風心擬手追，
　　　　用功甚勤，因此與周臣相當接近。這一時期，也是唐寅精

　　　　周臣、杜堇。」，頁21。劉芳如〈明中葉人物畫四家——（三）唐寅〉
　　　　云：「儘管唐寅與杜堇的交往經過，並未見諸於明、清著錄，但據『班
　　　　姬團扇』看來，唐寅顯然深受杜堇風格所影響。」（《故宮文物月刊》
　　　　第十八卷第七期，總期211期，民國89年10月。頁65）。
〔註50〕唐伯虎《唐伯虎全集》〈畫譜・自序〉，頁283。
〔註51〕姜紹書《無聲詩史》卷二〈周臣〉，頁987〜988。
〔註52〕江兆申《關於唐寅的研究》，頁30〜31。
〔註53〕姜紹書《無聲詩史》卷二〈唐寅〉，頁988。

力比較充沛而能專心於畫的時候，因此這一段時期的作品，大抵布置精嚴，才力鋒發，而含蓄醞釀之醇，微遜於晚年。但《函關雪霽》一幀，假若成於此時，亦可俯仰平生而無憾。三十八歲桃花庵成，這一段時間中，可能已經開始賣畫，他也有意從事新面目的嘗試，所以有細筆山水的產生。四十六歲以後，《山路松聲》是他的巨製，但隱約之間，已有體力就衰之感。他的藝術造詣，應當由此漸入頂峰，但性靈的揮發與生命力的支持，已有青黃不接的趨勢。他的卒年，正是文沈的中年或盛年，但他傳世的佳作，與文沈相較，可以雁行。若更推次第，似於衡山稍先，於石田則略後。倘若天假以年，則鍛鍊之功，與天資相副，恐未必安於現行雁序。〔註54〕

江氏認為唐寅的繪畫成就在沈周與文徵明之間，惜其早逝，若有沈文的高壽，其成就極可能超越沈文二人。

唐寅繪畫對後世的影響雖不若沈文的吳門畫派影響之大，但其對民間藝術的影響卻很大，培育了無數佚名的畫家，其直接傳人如門生錢貢、朱生、蕭琛，宗法者沈碩、朱竺等。其人物、山水題材的仕女畫風，對晚明興起的蘇州桃花塢年畫，尤有重大的影響〔註55〕，在中國繪畫史上是相當特出的一位文人畫家。

第三節　文徵明的文學繪畫藝術

吳門畫派由沈周創立，但卻是在文徵明手中壯大，因此後世談到吳門畫派時皆沈文並稱，認為二人共同創立此派，甚至以文沈稱之，將文徵明擺在沈周之前，足見文徵明在明代文人繪畫中的領袖地位。文徵明畫藝高，其在文學方面也有相當的成就，而其一生的歷程則介於沈、唐之間，未能如沈周終身不仕，屢試屢挫後亦未曾如唐寅後半

〔註54〕江兆申《關於唐寅的研究》，頁 108～109。
〔註55〕單國強〈明代吳門繪畫概論〉，頁 16～17。（收在李毅華、關佩貞編《明代吳門繪畫》）。

生之棄經生業，後得任翰林院待詔，文徵明以九十歲的高齡去世，其文學繪畫的藝術生命相較於沈、唐，可說最為豐富。

一、生平概述

　　文徵明，名壁〔註56〕，字徵明，更字徵仲，蘇州府長洲縣人，以世本衡山人，號衡山居士，學者稱衡山先生。生於明憲宗成化六年（1470），十一月初六日。據文嘉〈先君行略〉言其祖上：

> 文氏姬姓，裔出西伯，自漢成都守翁，始著姓於蜀。後唐莊宗帳前指使輕車都尉諱時者，自成都徙盧陵，傳十一世至宋宣教郎寶，與丞相信國公天祥同所出。寶官衡州教授，子孫因家衡山。元有諱俊卿者，為鎮遠大將軍，……生六子，次定聰，侍高皇帝為散騎舍人，贅為浙江都指揮蔡本婿。定聰生惠，自杭來蘇，婿於張聲遠氏，遂為蘇之長洲人。惠生洪，字公大，始以儒學起家，中成化乙酉科舉人，仕為淶水縣學教諭。洪生林，字宗儒，成化壬辰進士，歷知永嘉、博平二縣事，進南京太僕寺寺丞，仕終溫州府知府，公之父也。〔註57〕

文徵明之父曾任縣令、知府，為官清正，因此文徵明幼年時，生活甚為清苦，到文林卒於任上時，文徵明貧至衣不蔽體，屬縣募集了一些錢要給他，他固謝不受，於是那筆錢便拿來修了一座卻金亭，可見文徵明承其父清廉正直之性。

〔註56〕文徵明，名壁，此壁字從土不從玉，從其現存早年所作書畫之款署可知，畫史及後人研究文徵明的文章，大多將其字寫作「壁」，此乃皆依據錯誤史料而抄，研究其現存書畫之學者較無此錯誤。此錯誤之源，據周道振、張月尊考證（見周道振、張月尊同纂《文徵明年譜》卷一，頁6～7。周道振另撰有〈文徵明原名考證〉，發表於《書法研究》第四期，1982年），應從明‧王世貞所作〈文先生傳〉之誤書而來，相關畫史及《明史》因之，故不從其書畫而從其文獻史料研究者，多有此誤。（周道振、張月尊同纂《文徵明年譜》，上海：百家出版社，1988年8月第1版第1次印刷）。

〔註57〕文徵明《甫田集》卷三十六附錄明‧文嘉〈先君行略〉，頁893～894。

　　文徵明小唐寅約十個月，唐寅自幼聰慧，文徵明卻剛好相反，早年靈智未開，在唐寅高中南京解元時，文林在溫州任上寫信給徵明，言：「子畏之才宜發解，然其人輕浮，恐終無成。吾兒他日遠到，非所及也。」〔註58〕這是對文徵明的勉勵，但證之史事，亦皆被文林言中。文徵明除了個性耿直，亦有孝名，文林在溫州任上有疾，文徵明帶了醫生趕往，可惜慢了一步，在文徵明到達的前三日，文林便病逝了，文徵明「慟哭且絕，久之乃蘇。」〔註59〕隨著文徵明年齡越長，名聲也越來越大，和他交往的也多為當時有名的人，那時南昌的寧王宸濠派人以厚禮來聘，被他拒絕了，而當時的吳人如唐寅等，頗有往者，後來唐寅佯狂以歸，寧藩叛逆被平後，人始服文徵明的遠識，後人也常從此事上論唐、文高下。

　　文徵明自當了秀才後，九試而不能成舉人，明世宗嘉靖元年（1522），文徵明五十三歲，八月赴應天鄉試，仍不售，這是他參加的最後一次鄉試。時尚書李充嗣巡撫吳中，荐貢徵明於朝，嘉靖二年（1523）四月，文徵明到達京師，只十八天便得旨授翰林院待詔，當時翰林院以進入的先後為坐次，因文徵明年長有德，翰林中多有其晚輩者，乃被公推上坐。在任上，文徵明修國史、侍經筵，除了俸祿外，年節的賜幣也不少，但文徵明卻生活的不快樂，因其個性與官場殊不相合，三次上疏乞歸而得致仕，嘉靖六年（1527）春抵家，築玉磬山房而居，以至於卒。

　　文徵明致仕後，將全部精力皆用在詩文書畫的創作上，其擅長書畫，尤精於鑑別，家中亦多藏古書畫圖書，當時許多的書畫收藏家皆請其鑑定，但顯然其鑑定書畫的態度與其正直的個性並不相合，《四友齋叢說》載：

　　　　衡山精於書畫，尤長於鑒別，凡吳中收藏書畫之家，有
　　　　以書畫求先生鑒定者，雖膺物，先生必曰：「此真蹟也」，

〔註58〕文徵明《甫田集》卷三十六附錄明・文嘉〈先君行略〉，頁896。
〔註59〕文徵明《甫田集》卷首，王世貞〈文先生傳〉，頁4。

人問其故，先生曰：「凡買書畫者，必有餘之家，此人貧
而賣物，或待此以舉火，若因我一言而不成，必舉家受
困矣，我欲取一時之名而使人舉家受困，我何忍焉！」
同時有假先生之畫求先生題款者，先生即隨手書與之，
略無難色。則先生雖不假位勢，而吳人賴以全活者甚眾，
故先生年至九十而聰明強健如少壯。〔註60〕

將假畫鑑定爲眞蹟雖然不對，但從其所持理由，足見其人之寬厚。因
爲文徵明如此的寬厚，連別人仿他的假畫請他題款他都沒有難色的題
寫，以至於當時他的假畫充斥市面，《吳郡丹青志》載：「晚歲德尊行
成，海宇欽慕，縑素山積，喧溢里門，寸圖纔出，千臨百摹，家藏市
售，眞膺縱橫。」〔註61〕王世貞言：「先生書畫遍海內外，往往眞不
能當膺十二。」〔註62〕雖以書畫名世，人膺其作亦不在意，但他也有
他的原則與堅持：「所許獨書生、故人子，屬爲姻黨而窘者，即強之，
竟日不倦。其他郡國守相、貴戚連車騎，富人子行珍寶里門外，不能
博一赫蹄，而所最不輕許者，藩王、中貴人，曰：『此國家法也。』。」
〔註63〕外國人無法求得文徵明的書畫，即使要見他亦不可得：「四夷
貢道吳門者，望先生里而拜，以不得見先生爲恨。」〔註64〕可見文徵
明雖寬厚卻不鄉愿，自有其操守。

　　由於德高望重、爲人寬厚，故受鄉里愛戴，其書畫名滿海內外，
承其傳者長子文彭、次子文嘉、姪文伯仁皆有畫名，門生弟子眾多，
所從游者沈周、吳寬、李應禎、都穆、唐寅、張靈、徐禎卿、祝允明、
蔡羽等人皆一時名士，對其詩文書畫之創作皆有相當的影響。

　　嘉靖三十八年己未（1559），二月二十日，文徵明已高齡九十，
正在案上爲嚴御史母書墓志時，擲筆而逝，諸生訃於有司，祀之學宮，

〔註60〕何良俊《四友齋叢説》卷十五，頁十二正。
〔註61〕王穉登《吳郡丹青志》〈文待詔先生〉，頁1439。
〔註62〕文徵明《甫田集》卷首，王世貞〈文先生傳〉，頁12。
〔註63〕姜紹書《無聲詩史》卷二〈文徵明〉，頁985～986。
〔註64〕文徵明《甫田集》卷首，王世貞〈文先生傳〉，頁11。

私諡爲貞獻先生。

二、文學風格

　　文徵明在詩文書畫方面都有良好的師承，其父文林與吳寬是同年進士，因爲這層關係，文徵明乃從吳寬學古文，又與所游都穆、唐寅等人共耽古學，文嘉記：

> 溫州於吳文定公寬爲同年進士，時文定居憂於家，溫州
> 使公往從之游，文定得公甚喜，因悉以古文法授之，且
> 爲延譽於公卿間。……南濠都公穆，博雅好古，六如唐
> 君寅，天才俊逸，公與二人者，共耽古學，游從甚密，
> 且言於溫州，使薦之當路。〔註65〕

後來唐寅於弘治十一年（1498）中南京戊午解元，都穆高中弘治十二年己未（1499）進士，文徵明卻屢試不利，究其原因，乃文徵明好爲古文：

> 稍長讀書作文即見端緒，尤好爲古文詞。時南峰楊公循
> 吉，枝山祝公允明，俱以古文鳴，然年俱長公十餘歲。
> 公與之上下其議論，二公雖性行不同，亦皆折輩行與交，
> 深相契合。〔註66〕

當時有人勸他考試要緊，先在程文上下功夫，考上了科舉，到時再來寫古文也不遲，文徵明回答：

> 侍先君宦游四方，既無師承，終鮮麗澤，倀倀數年，靡
> 所成就。年十九還吳，得同志者數人，相與賦詩綴文，
> 于時年盛氣銳，不自量度，僴然欲追古人，及之未幾，
> 數人或死或去，其在者亦或叛盟改習，而某亦以親命選
> 隸學官，於是有文法之拘，日惟章句是循，程式之文是
> 習，而中心竊鄙焉。稍稍以其間隙，諷讀左氏、史記、
> 兩漢書及古今人文集，若有所得，亦時時竊爲古文詞，
> 一時曹耦莫不非笑之以爲狂，其不以爲狂者則以爲矯、

〔註65〕文徵明《甫田集》卷三十六附錄明・文嘉〈先君行略〉，頁895～896。
〔註66〕文徵明《甫田集》卷三十六附錄明・文嘉〈先君行略〉，頁894～895。

為迂，惟一二知己憐之，謂：「以子之才，為程文無難者，
盍精於是，俟他日得雋，為古文非晚。」某亦不以為然，
蓋程試之文有工拙，而人之性有能有不能，若必求精詣，
則魯鈍之資無復是望，就而觀之，今之得雋者不皆然也，
是殆有命焉！苟為無命，終身不第，則亦將終身不得為
古文，豈不負哉？〔註67〕

由於對程文鄙視，專好古文的結果，使他在考場上屢屢失利，但他仍
堅持自己的立場，古文乃成文徵明為文的特色。

在詩歌方面，由於文徵明詩畫皆精，因此其詩風與畫風非常類
似，《四庫總目》言：

徵明與沈周皆以書畫名，亦並能詩。周詩揮灑淋漓，但
自寫其天趣，如雲容水態，不可限以方圓。徵明詩則雅
飭之中，時饒逸韻。朱彝尊《靜志居詩話》記其告何良
俊之言曰：「吾少年學詩，從陸放翁入，故格調卑弱，不
若諸君皆唐音也。」此所謂如魚飲水，冷暖自知，皎然
不誣其本志。然周天懷坦易，其畫雄深而蒼茫，詩格如
之。徵明秉志雅潔，其畫細潤而瀟灑，詩格亦如之。要
亦各肖其性情，不盡由於所倣效也。〔註68〕

後人對於文徵明詩風的評語多從總目，言其詩「雅飭之中，時饒逸韻」
〔註69〕，王世貞言其詩：「傳情而發，娟秀妍雅，出入柳柳州、白香
山、蘇端明諸公。」〔註70〕今觀其題畫詩，亦相彷彿。

吳中詩人在散曲的創作上頗有成績，唐寅、祝允明皆是其中魁
楚，文徵明與之游，亦以南曲著名，所作曲今雖已不多見，但仍可見
其與詩畫相類的清秀特質。

〔註67〕文徵明《甫田集》卷二十五〈上守谿先生書〉，頁 565～566。

〔註68〕永瑢等撰《四庫全書總目》卷一七二・集部・別集類二五〈甫田集
　　　　三十五卷、附錄一卷〉，頁 1503～1504。

〔註69〕如王忠林等著《增訂中國文學史初稿》即加引用，見頁 899。

〔註70〕文徵明《甫田集》卷首，王世貞〈文先生傳〉，頁 12。

三、繪畫藝術

文徵明學畫於沈周，共同創立吳門畫派，世以沈、文並稱，文徵明早年隨做官的父親文林於任上，十九歲返回蘇州始與諸生學詩文書畫，其學畫於沈周，學書於李應禎。文林與沈周交游，故其子文徵明亦時與沈周過從，沈周乃指導文徵明繪畫，現存文徵明畫蹟中多可見其學沈的痕跡，江兆申認為：「若據現留畫蹟來觀察：他的青綠山水和人物蘭草都很像趙孟頫，淺絳設色和水墨山水很像王蒙，粗筆山水和水墨花卉都學沈周。」〔註71〕中國傳統畫家學師亦學古，文徵明在師古人方面，據《明畫錄》載：「其山水出入趙吳興（趙孟頫）、叔明（王蒙）、子久（黃公望）間，間得北苑（董源）筆意。」〔註72〕其仿倪瓚亦甚勤，今存畫蹟多有仿倪之作。一位傑出的畫家必須能師古而自化，一味的泥古，終無所成，據文嘉言其父徵明：「性喜畫，然不肯規規摹擬，遇古人妙蹟，惟覽觀其意，而師心自詣，輒神會意解，至窮微造妙處，天真爛漫，不減古人。」〔註73〕由於文徵明不但能學習前人畫技，更能對古人畫意心領神會，終能跳脫師古摹擬而創造出自我的風格。今人研究明四家，取其與其他三家相較，認為：

> 由於他廣泛學習和吸收前人技法，並根據題材內容的不同而產生了風格的多樣化。有細緻的，也有豪放的。如果把他的作品，孤立起來看，他的獨特風格就似乎難於捉摸。我們如果把他和同時代的師友沈周、唐寅、仇英的山水畫風格來比較一下，不難看出：沈周的畫風溫厚而淳樸，唐寅的格調豪放而幽奇，仇英的風範精練而富麗；而文徵明的風格則是深秀而簡勁，剛柔相濟，是壯美與秀美的結合。
> 〔註74〕

〔註71〕江兆申《雙溪讀畫隨筆》〈畫人敘傳・文徵明〉，頁140。

〔註72〕徐沁《明畫錄》卷三〈文徵明〉，頁1157～1158。

〔註73〕文徵明《甫田集》卷三十六附錄明・文嘉〈先君行略〉，頁901。

〔註74〕張安治〈文徵明〉，收在曹齊編《中國歷代畫家大觀—明》（上海：

沈、唐、文三人亦師亦友，三人所師古人亦多相同，從五代的董源，
到元四家皆有臨習，但是由於生命性情的不同，又各自發展出不同的
畫風，沈、文影響了後世的文人畫，唐、仇則改革了院體畫，影響達
於民間，但若就門人弟子而言，其他三家是無法與文徵明相匹敵的，
這固然由於文徵明的畫藝高，而其高尚的人格與長壽，應也是重要因
素。

　　依據現代學者對於吳門畫派的研究，認爲：

　　　文徵明的學生、傳人，據畫史記載有三十餘人，實際不止此
　　　數，加上學生的再傳弟子，不下七、八十人。文氏一門承緒
　　　家學，傳至清代即有約三十人，子姪輩有子彭、嘉、臺，姪
　　　伯仁：……入室弟子也很多，較著名有陳淳、陸治、錢穀、
　　　周天球、王穀祥、陸師道、居節、朱朗、彭年等。〔註75〕

由於有這一批傳承追隨者，吳門畫派乃能引領有明一代畫壇，雖然到
了後期出現了很多弊病，而由董其昌重整文人畫，取代吳門而居正統
地位，但吳門畫派仍持續影響著董其昌及清初四王，今人乃將四王與
董皆歸入吳派，足見其影響之深遠。

　　　上海人民美術出版社，1998 年 8 月第 1 版第 1 次印刷）。，頁 195。
〔註75〕單國強〈明代吳門繪畫概論〉，頁 16～17。（收在李毅華、關佩貞編
　　　《明代吳門繪畫》）。

第四章　明三家畫題畫詩與繪畫之關係

　　題畫詩與繪畫的關係是題畫詩研究中很重要的一環，但是由於歷代畫蹟不若文字容易流傳，因此宋以前的題畫詩因著畫蹟的湮滅，無法將畫與詩結合討論，而元明以來的畫蹟傳世仍多，因此可進行詩畫間關係的探討，又題畫詩流傳的數量遠比畫蹟為多，大部分的題畫詩所題之畫已不傳，因此在方法上便要以現存畫蹟為主體，再整理畫上題詩，歷代相關著錄則僅供參照，現存畫蹟中有一部份在歷代著錄中可找到其畫目或題跋內容的著錄，但據筆者整理明四家現存畫目所得，歷代著錄的畫目與題跋絕大多數都已不傳，而現存之畫蹟，大多數未經前人著錄，故在材料選擇上，筆者以自輯之《明三家畫題畫詩輯》為主要討論的範圍，以畫家詩文集與書畫題跋所錄相關題畫詩之資料作為輔助，本章中所舉明三家畫蹟著錄之詳細資料具見附錄一《明四家現存畫目》，畫上題跋文字內容及出處具見附錄二《明三家畫題畫詩輯》，本章行文中不作註說明。

　　畫上的題跋文字，有畫家自題者，有同時代及後人題者，除了先作畫後作詩者，亦有先作詩後補畫者，各種情形不一而足，不同的情形，其詩畫關係亦會有所不同，這些都是本章討論的範圍。

第一節　自畫自題詩

　　畫家自畫自題詩，依現存畫蹟考察，在宋代已經出現，北宋徽宗、南宋陳容皆有題詩畫蹟傳世，至宋末元初的錢選及元四大家，自畫自題詩的創作方式已經成為常態，明代文人畫已將詩畫做了緊密的結合，幾乎已達無畫不題詩的程度，因此明三家的畫蹟上多可見畫家自題詩。自畫自題的創作，對於研究畫家之畫或題畫詩，乃屬最重要的材料，本節從詩畫創作的先後切入，討論詩畫之關係。

一、詩畫同時完成

　　能詩的文人畫家兼具詩人與畫家的身分，當一幅畫完成後，在畫上題一首己詩是很自然的事，在詩畫完成的先後上是先完成畫，再據畫題詩，這也是一般對於題畫詩的認定方式，即先有畫，後有詩，雖有先後順序，但其相距時間相當短暫，在文人畫創作的習慣上，必須完成畫的繪製才在畫上題詩、題記、落款，若一幅畫尚未全部完成，是不會在畫上書寫任何文字的，而一幅畫若繪製完成，畫家未在畫上落款或鈐印，該畫也不算全部完成，而屬於畫稿，如張大千最後遺作《廬山圖》尚未全部完成而畫家即謝世，因此該畫乃屬未完稿，但因該畫受到社會矚目，因此畫未完成即開始公開展覽，為應展出而於畫上題詩，這乃屬較為特殊的情形，雖然在畫上題字但卻不鈐印，因此《廬山圖》乃以未完成的畫作開始展出，張大千原擬於展出結束後再完成該畫，但未能如願而謝世，成為畫壇憾事。〔註1〕由於題畫詩多

─────────────

〔註1〕關於張大千作《廬山圖》始末，詳見黃天才《五百年來一大千》〈叁、鬢翁胸次有廬山〉，頁49～82。（臺北：羲之堂文化出版事業有限公司，1998年11月初版）。黃天才於該文記：「當年，《廬山圖》匆匆送去裱褙參展，沒有簽名，沒有鈐印，沒有署款，沒有題識，當然不能算已完成。」（頁79）。又記《廬山圖》上所題的兩首詩：「從君側看與橫看，疊嶂層巒杳靄間。彷彿坡仙開口笑，汝真胸次有廬山。遠公已遠無蓮舍，陶令肩輿去不還。待說瘴煙橫霧盡，過溪亭坐我看山。」（頁80）。此圖真蹟現藏臺北故宮博物院，歸藏故宮前、後展出多次，筆者皆曾前往參觀。

爲後於畫完成，因此一般討論題畫詩者即以此界定題畫詩：「創作的時間必須在畫後。」〔註2〕其實題畫詩的完成有多種情形，但是以創作時間在畫後的情形爲主，這類題畫詩在畫上題記通常不會說明，而畫完成後過了一段時間才補題詩，或先作詩後補的情形較會在畫上題記中記載說明，因此只要畫上無特別說明者，皆將該畫上題詩納入此範圍討論。

　　明三家畫題畫詩屬自畫自題者爲數最多，依其詩畫關係可分爲幾類，以下分別論述之。

（一）據畫吟詠

　　題畫詩書寫的對象爲畫，吟詠的對象也大多爲畫，畫是一件物品，故吟詠畫作之詩乃被歸類爲詠物詩，題畫詩爲詠物詩，在這裡是可以被接受的，題畫詩的內容亦以此爲大宗，由於歷代流傳下來的題畫詩其畫多已不傳，故題畫詩如何的詠畫，後人只好從詩句中加以臆測，沒有畫爲參照的解讀畢竟會有所誤差，因此從現存畫上題詩與畫面比較其內容之相關程度，當能完整的了解題畫詩據畫吟詠的情形。

　　明三家現存畫上題詩屬據畫吟詠者，如沈周《雞》軸（圖57）：

　　昨夜客窗下，三聲曉夢驚。不眠思早起，布被覺霜清。（弘
　　治改元清和月。沈周。）

畫上一雞昂立，雞後繪一叢花樹點景，畫幅上方題詩，此詩不黏畫吟詠，以第二句「三聲曉夢驚」點出畫題，將人與雞與畫做了巧妙的結合。又《蒼厓高話圖》軸（圖58）：

　　長松落落不知暑，高坐兩翁無俗情。琴罷清談猶伴鶴，
　　不妨新月印溪明。（長洲沈周）

畫面爲高崖蒼松，松下一亭，臨流石上兩翁閒坐交談，翁側置琴一張，詩的內容呈現了畫景，也賦予了畫面盎然的生意。再看其《春華晝錦》軸（圖59）：

〔註2〕李栖《題畫詩散論》序，頁1。

　　　　春風滿地百花枝，烏帽乘春半醉時。漫放玉鞭催馬急，
　　　　瓊林還記宴歸遲。(沈周)

畫面背景春山花樹中錯落亭台數間，並騎二人頭戴紗帽正欲過橋，馬
後一童挑書與行李擔相隨，畫幅春意融融，騎馬二人亦滿面春風，一
派金榜題名、春風得意之情躍然紙上，詩情與畫意做了緊密的結合，
二者可說相得益彰。

　　唐寅《溪山漁隱》卷（圖60），畫心題：

　　　　茶竈魚竿養野心，水田漠漠樹陰陰。太平時節英雄懶，
　　　　湖海無邊草澤深。(唐寅畫)

此卷畫頗長，詩首句「茶竈魚竿」之景具見於畫中，當然尚有其他畫
景未寫入詩中，題畫詩據畫吟詠並不會也無必要將畫景一一寫入，取
其中一二爲代表即可，詩第三句「太平時節英雄懶」，寫出無法畫出
的含意，題畫詩深化畫意的作用由此可見。

　　唐寅《山路松聲》軸（圖61），繪層巖絕壑，長松流泉，山路上
一人憑欄觀瀑，一僕攜琴相隨，畫上題：

　　　　女几山前野路橫，松聲偏解合泉聲。試從靜裏閑傾耳，
　　　　便覺冲然道氣生。(治下唐寅畫呈李父母大人先生)

從題詩及款可知此詩爲據畫吟詠之題畫詩，亦屬詩畫酬酢之作，此畫
乃畫贈吳縣縣令李經，畫中觀瀑者應即李經，據王鏊《姑蘇志》載：
「（吳縣）李經。眞陽人，進士，（正德）九年任。」〔註3〕唐寅畫贈
地方父母官，當然免不了要歌頌一番，詩末句「便覺冲然道氣生」，
生道氣者決非唐寅本人，而是贈與的對象李經，李經觀畫及詩後，心
情應會非常愉快，如此便達到了酬酢的用意。

　　唐寅《蘆汀繫艇》軸（圖62），繪蘆葦湖畔泊一漁舟，明月升於
湖上，披著蓑衣的漁人插篙湖中，畫上題詩完全據畫吟詠：

　　　　插篙葦渚繫艀艋，三更月上當篙頂。老漁爛醉喚不醒，
　　　　起來霜印蓑衣影。(唐寅畫)

〔註3〕王鏊《姑蘇志》卷四，〈古今守令表下〉，頁104。

題畫詩吟詠畫景多只在前數句，其後便多跳脫畫景另作抒發，整首詩都在描述畫景、畫意者，便可依詩想像其畫，詩畫關係最爲密切。唐寅的冊頁畫中，也可見到這樣的題詩，如唐寅《野芳介石》冊（圖63），圖繪太湖石峰，湖石下雜卉荣蔬聚生，自題：

> 雜卉爛春色，孤峯積雨痕。譬若古貞士，終身伴菜根。
>
> （唐寅）

原本爲繪畫構圖中常見的太湖石，詩中將其比擬爲古貞士，畫中之物乃因詩而鮮活了起來，具有補充畫意的作用。

文徵明《三友圖》卷，畫分三段，先繪蘭花，次繪菊花，後繪竹，詩分書於每段畫後，詩云：

> 風裾月佩紫霞紳，翠質亭亭似玉人。要使春風常在目，
> 自和殘墨與傳神。（右詠蘭）
> 寒英翦翦弄輕黃，百卉彫零見此芳。天意也應憐晚節，
> 秋光端不負重陽。郊原慘澹風吹日，籬落蕭條夜有霜。
> 輸與陶翁能領略，南山在眼酒盈觴。（右詠菊）
> 手種琅玕十尺強，春來舊節長新篁。瑣窗暎日鬖眉綠，
> 翠簟含風喚語涼。坐令塵居無六月，醉聞秋雨夢三湘。
> 不須解帶圍新粉，看取南枝過短墻。（右詠竹。壬寅九月，
> 徵明。）

單一景物之畫，其題詩由於無複雜的畫面構圖可作畫景的吟詠，故多取該物之精神或典故發揮，此卷之詩畫關係即是如此。

（二）藉畫紀事

友朋過從總有可記之事，畫家於是藉畫與詩紀一時之勝或當時之情，以供他日留念，這類詩畫因興而生，興之所至詩畫紀之，非刻意而爲，因此畫與詩皆有一份閒適之意。

這類作品如沈周《雨意》軸（圖64），題詩云：

> 雨中作畫借溼潤，燈下寫詩消夜長。明日開門春水潤，
> 平湖歸去自鳴榔。

詩的內容乃記述雨中作畫寫詩的情形，而因何作畫寫詩？原來是與女婿夜坐清談，乘興而為，畫上題記云：「丁未季冬三日，與德徵夜坐，偶值興至，寫此以贈云。沈周。」德徵乃沈周之婿史永齡，現存沈周畫蹟中多有畫贈德徵者。此畫繪煙雨濛濛的群山，朦朧群樹間臨溪一茅屋，兩人坐在屋內對談，畫景描繪了沈周與德徵夜坐的情形，屋外正下著濛濛的雨，沈周乘興提筆將此情此景用畫與詩記錄下來送給德徵，這首題畫詩並非吟詠畫作，而是敘述作畫背景，而畫面則描繪出當時的情形，是藉畫敘事，亦是藉詩敘事，畫家將畫與詩相結合，詩畫同時呈現此情此景，德徵他日披覽此圖時，相信當時情境必會一一浮現腦際。

　　藉畫紀事的作品可以記錄親友交往的瑣事，有時也會應親友之請而繪，如沈周《聚塢楊梅圖》軸（圖 65）即是，此圖繪溪岸邊林樹下一屋，對岸溪畔泊一舟，岸上遍植梅樹，一人攜童在梅樹間尋覓。畫幅上方沈周題云：

> 饞饕聚塢楊家果，慳柰詩人食祿何。千樹已空嗟太晚，
> 一丸聊足記曾過。屬厭往腹宜為少，適可濡唇不在多。
> 亦勝矯同文仲子，忌沾滋味似哇鵝。（堯鄉薛君嗜食楊梅，
> 暑中犒農功，駕舟特往，時採摘殆盡，僅獲一丸紫而大者啖之，
> 且云一不為少，卻邀余作圖與詩識其事，末語及徵明，以素不喜
> 食者，亦發徵明一笑。弘治壬戌夏五下浣，沈周。）

畫與詩及題記，生動的記錄下這一趣事。

　　沈周《牡丹》軸（圖 66），為沈周於東禪寺秉燭賞牡丹花時所作，圖繪牡丹一枝，題云：

> 我昨南遊花半蕊，春淺風寒微露腮。歸來重看已如許，
> 寶盤紅玉生樓臺。花能待我渾未落，我欲賞花花滿開。
> 夕陽在樹容稍斂，更愛動颻風微來。燒燈照影對把酒，
> 露香脉脉浮深杯。（東禪此花不及賞者已越六年，昨過松陵，
> 來尋舊遊，時花始蕊。今還，正爛熳盈目，逼夜呼酒秉燭賞之，
> 更留此作。三月六日，沈周。）

詩及題記將賞花的情形記錄了下來，藉畫紀事之詩畫，事件的內容多從詩中表現，畫則僅取其主要之景為代表。

　　吳中地勢卑下，久雨便會造成水患，連月降雨一旦雨晴，人的心情也會跟著開朗，文徵明便曾於連月雨晴後作畫題詩以紀之，其《雨晴紀事圖》軸（圖67），題云：

> 入春連月雨霖霪，一日雨晴春亦深。碧澗平添三尺水，
> 綠榆新派一庭陰。（徵明雨晴紀事，庚寅三月八日。）

是年為嘉靖九年（1530），文徵明六十歲，用詩畫將久雨乍晴的情形記錄了下來。沈周亦有記梅雨的題畫詩，其《仿倪雲林山水》軸，題云：

> 江雨不知上，江田何憚煩。濕氣蒸枕衾，困頓不能存。
> 鄉氓悠往患，稍稍移故村。老矣守弊廬，滿壁滋漏痕。
> 鳴蛙神獨王，終夜殊喧喧。田稊沒及杪，焉得有生根。
> 王子為我留，慰慰語時溫。但恐有歸楫，怊悵莫成言。
> （理之梅雨中慰余洽旬，其意甚勤，殊移悶悶，因漫此數語系于
> 圖端贈之，且記時事也。壬子，沈周。）

久雨及其所造成的水患，一直是吳地居民最苦惱之事，梅雨造成的生活不便、農田的淹沒與心情的苦悶，沈周皆用詩記了下來。

（三）以畫比擬

　　在詩歌創作中，比擬法是很常用的寫作技巧，文人畫構圖之主題亦不乏可為比擬者，如：松、竹、梅、蘭、菊等主題，在中國詩歌與繪畫中都已具有特定的意涵，此特定意涵並非單一的，而是一意涵群，如松、竹、梅為歲寒三友，竹與梅又是四君子之一，這樣的意象比喻，在詩文中呈現，亦表現在文人畫中，文人畫除了這些已經定型的比擬內容外，其他的比擬方式亦廣泛採用，以畫比擬的表現，有賴於伴隨於畫上的題畫詩來完成，該畫若無題詩，則畫景之比擬用意即無法彰顯，在此，題畫詩與題記對於畫意的解讀便具有不可或缺的重要地位，二者相依相成。

　　這類的例子如沈周《參天特秀》軸（圖 68），圖繪一參天松樹之中段樹幹與枝葉，若無題詩題記，則此畫便無多少內涵，沈周在此畫上題古詩：

> 我聞東海豎巫閭，山中有樹青瑤林，參天直上有奇氣，
> 文章滿身雲霧俱，無雙自以國士許，況是昔時稱大夫，
> 人間草木各適用，大材必待明堂須。嗚呼！大材必待明
> 堂須，不與樗櫟論區區。

如此便知道此乃以松之材擬人之材，再看詩旁題記：「獻之劉先生，遼陽材士，來吳，予與識于姑蘇臺，因寫參天特秀圖，侑詩贈之。」原來此松所擬的對象是遼陽材士劉獻之，如此便將畫意完全顯現出來了，此畫既爲材士而作，天下任何材士皆可爲喻，非獨喻劉獻之一人而已，因此劉獻之得此畫又舉以贈人，沈周又題記於畫：「予作是障子於己亥，迨今乙巳，凡七寒暑，蓋以松爲材木，以其材擬獻之之材也，獻之謙不自擬，而轉贈陳君鳳翔，鳳翔常熟材士，爲士林之喬木，則予之誦於松者，前言盡之已，茲不復贅。長至日，長洲沈周重題。」劉獻之得此畫，畫上之松便比劉獻之，陳鳳翔得此畫，畫上之松也可以是比陳鳳翔。這樣以畫景主題及題詩比擬歌頌的表現方式，部份屬無特定對象的創作，有一部份則屬人情酬酢之作，而人情酬酢之作，除了部份以比擬表現，大多屬一般的詩畫，只是將其舉以贈人而已。

　　沈周《廬山高》軸（圖 69），爲其現存重要畫蹟，此畫爲賀其師陳寬之壽而作，繪群山瀑布，一人籠袖立眺，上題：

> 廬山高
>
> 高乎哉！鬱然二百五十里之盤踞，岌乎二千三百丈之巃
> 嵸，謂即敷淺原，培塿何敢爭其雄，西來天塹濯其足，
> 雲霞日夕吞吐乎其胸，迴崖沓嶂軒手擘，磵道千丈開鴻
> 蒙，瀑流淙淙瀉不極，雷霆殷地聞者耳欲聾，時有落葉
> 於其間，直下彭蠡流霜紅，金膏水碧不可覓，石林幽黑
> 號綠熊，其陽諸峰五老人，或疑緯星之精墮自空。陳夫
> 子，今仲弓，世家廬之下，有元厥祖邅江東，尚知廬靈

有默契，不遠千里鍾于公，公亦西望懷故都，便欲往依
五老巢雲松，昔聞紫陽妃六老，不妨添公相與成七翁，
我嘗遊公門，仰公彌高盧不崇，丘園肥遯七十裸，著作
摺摺白髮如秋蓬，文能合墳詩合雅，自得樂地於其中，
榮名利祿雲過眼，上不作書自薦下不公相通，公乎浩蕩
在物表，黃鵠高舉凌天風。(成化丁亥端陽日，門生沈周詩畫。
敬為醒庵有道尊先生壽。)

詩的前半首寫盧山，後半首寫陳寬，乃以陳寬比擬盧山，此畫若無題
詩，則此比擬用意便無法彰顯。

（四）因畫起興

中國詩歌中賦比興的表現方式，在題畫詩上便是將對自然景物之
所興，轉換為因畫景或畫題而興，因畫起興之題畫詩內容與畫景畫意
皆無關連，可由作畫緣由、作畫動機、仿臨對象而成詩，其詩畫關係
較不密切。

這類的例子如沈周《倣倪瓚筆意》軸（圖70），此畫以倪瓚筆意
繪就，圖繪遠山平湖，山間湖畔草木數株，一舟停於岸邊，畫幅上方
題：

迂叟秋風客，晚年江海家。致仙當化鶴，語淨已湌霞。
南國天宜放，西湖月可賒。而今清秘閣，誰與一澆茶。

（長洲沈周）

全詩皆在吟詠倪瓚，沈周畫法倪瓚之處頗多，臨仿倪瓚之畫蹟亦有許
多流傳至今，由於畫乃倣倪筆意，因此題詩詠倪，其起興之源頭乃有
迹可尋。

因畫而聯想到某人，再回到自我的感慨，這樣的詩畫令人咀嚼再
三，唐寅《震澤煙樹》軸（圖71），自題：

大江之東水為國，其間巨浸稱震澤。澤中有山七十二，
夫椒最大居其一。夫椒山人耿敬齋，與我十年為舊識。
晝耕夜讀古人書，青天仰面無慙色。令我圖其所居景，
煙樹茫茫渾水墨。我也奔馳名利人，老來靜掃塵埃跡。

　　　相期與君老湖上，香飰魚羹首同白。（晉昌唐寅）

這是一幅應友之請而繪的畫，從圖其所居景而想到兩人十年的交誼，再反觀自己的勞碌奔波，而有與君相期首同白的願望。此圖繪太湖波渺，一舟隨波而動，湖畔竹林茅屋，從詩中知乃耿敬齋居處，詩前四句據畫吟詠，其後便因畫起興而生感慨。由於唐寅一生並不如意，因此詩中感慨之語頗多。

（五）詩畫酬酢

　　詩畫酬酢之畫作可以是任何主題，其題詩也可以是據畫吟詠、藉畫紀事等等的內容，此處乃是將畫的主題與詩的內容皆爲受贈者而作者歸入之，這類的畫乃是從任何繪畫主題歸到受贈者，詩的內容亦指向受贈者，換言之即量身打造，這樣的詩畫酬酢贈品，由於獨一無二，因此對於受贈者而言更顯其意義與價值，與一般的畫作及題詩，只在畫上增題受贈者名字，或連在畫上題受贈者名字也省略的酬贈畫作，自不可等同而論，由於明三家交遊廣闊，因此這類畫與題畫詩流傳下來的也不少，既如此費心的爲受贈者量身打造，可以想見該受贈者必非等閒，作畫動機亦不尋常，這類畫作以賀壽及送行最爲常見，又除了畫家本人的畫與詩外，通常還會有一群人一起參與，因此做爲贈品的畫上，時賢親朋題詩常佈滿畫幅，長卷形式之畫則有題滿詩文之長幅拖尾，受贈者越是德高望重，則時賢題詠越多。

　　鄧宗盛八十大壽，其婿宗瑞請沈周畫一幅賀壽圖以賀，於是沈周乃畫《白頭長春圖》軸（圖72），題：

　　　堂前種此靈椿樹，滿地碧雲宜白頭。壽到八千還健在，
　　　人間又見一莊周。沈周爲宗瑞寫壽。鄧宗盛八十，宗瑞
　　　蓋其婿，能勤敬如此，可謂半子矣。

畫上又有唐寅等多人題賀壽詩：

　　　白頭偏喜說椿年，八十從今到八千。不向明堂作梁棟，
　　　深山貞節老彌堅。（吳瑞）
　　　摩挲老樹千年物，廮我百年雙白頭。左右瑟琴忘把弄，

四時花草度春秋。（浦應祥）

霜皮溜雨色參天，閱到春秋已八千。玉潤冰清相照映，

新圖聊祝壽彌堅。（沈誠）

八十詩翁隱者流，手栽椿樹破青丘。而今枝幹大於斗，

下有長春上白頭。（唐寅）

這樣的贈禮，贈者意誠，受贈者光彩，可說皆大歡喜。至於畫景主題
則多採相應之動植物，此幅繪一椿樹，樹旁以奇石草卉點景，樹上兩
隻白頭翁。其他常見的賀壽畫，或松樹、或靈芝、或白鶴，皆取長壽
成仙之意，詩與畫或相關、或不相關，但其主題則一。

　　沈周另一幅賀壽圖《芝鶴圖》軸（圖73），畫修篁巖石，白鶴彩
芝，一人臥於臨流石旁席上，靜觀芝鶴流水，畫右上題：

已知仁術壽生涯，壑國高垣槩太霞。小住人間一千歲，

青精為飯酒松花。鄉生沈周，奉壽璞庵先生金石之算。

詩為賀壽詩、畫為祝壽畫，詩與畫皆指向同一主題，即為賀壽而作。
從款題可知，畫中人物即璞庵先生，行醫為業，此畫若無題款，其屬
長壽主題亦可由芝、鶴二景得知，畫中人物可為任何人，有了題款則
知此畫的作用與受贈者的身分，若僅看題畫詩，是不可能知道該畫的
畫面內容的，若以詩臆測，極有可能將末句「青精為飯酒松花」與畫
聯繫，而認為畫有松樹。

　　親友往來相互饋贈，畫家詩畫便是最好的饋贈禮物，沈周《春雲
疊嶂圖》軸（圖74），便是回贈之禮，圖繪群山間雲氣繚繞，上題：

□□消閒障子成，看君堂上白雲生。有人若問誰持贈，

萬疊千重是我情。（久美趙君，知余老抱拙靜，遠以漢鼎為贈，

用助蕭齋日長，焚沉悅性，其惠多矣。久美讀書好古，於書畫尤

萃意焉，因作春雲疊嶂報之，愧莫敵施也。弘治新元七夕日，沈

周。）

此圖與漢鼎相比，沈周有愧莫敵施之感，然朋友過從豈會計較，由此
益可見沈周之為人。

　　唐寅《枯木寒鴉圖》扇（圖75），乃畫贈戀化之作，自題：

風捲楊花逐馬蹄，送君此去聽朝鷄。誰知後夜相思處，
一樹寒鴉未定棲。(唐寅贈戀化發解)

戀化將發解，唐寅爲其送行而繪此扇，朋友間的情誼也在這樣的詩畫
酬酢活動中深化。

文徵明《永錫難老圖》卷（圖 76），屬賀壽畫，爲應請之作，拖
尾題：

經綸黃閣履憂端，五十纔臨鬢已斑。早際風雲裨衮職，
久依日月近龍顏。天教昌熾應難老，身繫安危未許閒。
白髮野人何所頌，短章聊賦信南山。(大學士存齋先生九月
寔維降誕之辰，從子瑜索詩稱慶，徵明於公，固有不能已於言者，
既爲製圖，復贅短什。時歲嘉靖三十六年丁巳，長洲文徵明頓首
上。)

此卷乃爲賀徐階壽而繪，徐階字子昇，號少湖、存齋，松江華亭人，
嘉靖二年進士，官居東閣大學士。畫景爲松下一人趺坐，身旁置書，
近處樹下花鹿二隻，靈芝長於樹根，一鹿口銜靈芝，一童持盤盛蟠桃
過橋而來，是賀壽常見的吉祥構圖。此卷繪於文徵明八十八歲時，爲
其晚年得意之作，畫家繪贈身分地位較高的對象之畫，作畫時通常較
爲用心，因此這類畫作常成爲畫家的重要作品，如前舉之沈周《廬山
高》軸，乃爲賀其師陳寬而作，爲現存沈周畫之重要代表作品。文徵
明此卷畫上題詩內容爲對徐階的稱頌，並不描述畫面景物，對於某一
對象而作的詩畫大都如此，乃是詩與畫皆指向同一對象。

文徵明《滸溪草堂圖》卷，乃繪沈天民居處，拖尾題：

沈君天民，世家滸墅，今雖城居，而不忘桑梓之舊，因
自號滸谿。將求一時名賢詠歌其事。余既爲作圖，復賦
此詩，以爲諸君倡。滸墅一名虎墅，按圖經秦始皇求吳
王寶劍，白虎蹲於丘上，西走二十五里而失，故名虎疁，
吳越諱鏐，因改爲疁墅，又譌虎爲滸云。嘉靖乙未臘月。
何處閒雲築草堂，虎疁谿上舊吾鄉。百年魚鳥常關念，
一曲風烟儗自藏。南望帆檣依樹轉，西來墟落帶山長。

最憐出郭紅塵遠，春水還堪著野航。（文徵明）

文題後有陸粲題滸溪草堂記，及顧蘭、王穀祥等十餘人題詩文，此幅圖繪友人居處的酬酢詩畫與賀壽送行詩畫一樣，都有許多人一起參與，詩畫關係亦建立在同一對象上。

二、先作畫後作詩

通常題畫詩大多作於畫完成時，有些畫畫成後並未題詩，而是過了一段時間才因某種原因補題詩於畫上，這類題畫詩有的與畫面相關，有的則與畫面較少聯繫，而是抒發補題時的心境。

（一）與畫相關

文徵明《雨餘春樹》軸（圖77），繪丘山溪流、石橋林屋，溪邊遊人散處，自題：

雨餘春樹綠陰成，最愛西山向晚明。應有人家在山足，隔溪遙見白烟生。（余為瀨石寫此圖，數日復來使補一詩，時瀨石將北上，舟中讀之，得無尚有天平靈巖之憶乎。丁卯十一月七日。文壁記。）

由題記可知圖先成，圖成時未題詩，過了幾天才把詩補上，雖然如此，但詩與畫仍有相當聯繫，與詩畫同時完成之據畫吟詠之作無甚差異，若無此題記，並無法從詩中看出其為補題之作。這樣的補題，有時是畫完成後詩尚未作好，故遲一些時日才題於畫上，有時則是原畫並無題詩，得之者不滿意而請畫家補題詩，這兩種情形的補題詩作多與畫景、畫意相關。

補題詩為原畫無詩故補題之，另一種先作畫後作詩的情形是重題詩，畫上已有詩，經過一段時間後，畫家重觀此畫，心有所感而再題其畫，如文徵明《綠陰草堂圖》軸（圖78），繪山雲橫嶺、溪橋飛泉，一人持杖過橋，溪邊草堂旁綠樹垂陰，原題詩云：

原樹蕭疎帶夕曛，塵蹤渺渺一溪分。幽人早晚看花去，應負山中一段雲。（文壁）

由署名可知此畫乃文徵明早期作品，後又有蔡羽、王寵、陸師道的題詩，事隔二十年後，文徵明再看此畫，又題詩其上：

> 尺楮相看二十年，林巒蒼翠故依然。白頭點筆閒情在，
> 莫道聰明不及前。（乙未中元，徵明重題。）

原詩依畫而作，重題詩第二句「林巒蒼翠故依然」也是描述畫景，但詩中多了今昔的感慨。

由於文徵明享壽九十，故其晚年重觀舊作畫蹟，常會有所感慨，或從畫上他人題詩興人事已非之感，或從自己陳舊的畫蹟中生歲月不饒人的感觸，這些感慨為重題詩的特點，文徵明《影翠軒圖》軸（圖79），繪一軒建於竹樹間，軒中兩人清談，一童烹茶，圖成時僅在右上方題：「正德庚辰四月徵明寫影翠軒圖」，三十年後重觀此畫，乃於左上方題：

> 墨痕漫渙紙膚殘，竹樹依然翠雨寒。三十年來頭白盡，
> 卷中猶作故人看。（徵明重題）

首句寫畫件的歲月痕跡，第二句寫畫景，末二句寫感觸，與其《綠陰草堂圖》重題之詩寫法類似。

（二）與畫無關

沈周《崇山修竹》軸（圖80），畫崇山峭壁，峭壁下一竹屋，屋旁修竹數叢，竹旁清溪流過，又有小橋林木，這些都是山水畫常見的構圖。沈周畫成此圖時並未在畫上題款，僅在畫左下角鈐上「啟南」朱文方印，此圖原來是送給了馬抑之，後為劉以規所得，並倩立齋、吳寬、劉珏、文林等人題詩其上，當沈周再見到這幅舊作時，人事已非，乃有感而題：

> 水墨微踪認始真，品題流落兩傷神。瞻烏爰止知誰屋，
> 化鶴能來待故人。白髮聊隨山玩世，青氈雖在物何珍。
> 悠悠往事詩重訴，又是浮生一夢新。（此圖舊與馬抑之，展
> 轉以規所，凡題者□人，唯匏庵如醺在，餘並抑之以規皆化去，
> 感慨乃有是篇。辛酉七夕後一日。沈周。）

此詩乃睹物思人，感慨成篇，與畫意並無相關。

三、先作詩後作畫

　　先有詩後有畫有幾種情形，圖繪前人詩意以成圖，稱為詩意圖，依己詩而作畫亦屬之，但創作者為同一人時，不管是先作畫後題詩或先作詩後作畫，在詩畫關係上有時並無差別，依畫作詩與依詩作畫，詩與畫作者相同，若無其他資料說明其詩畫完成之先後順序，在解讀上並不會產生太大差異，有時則是畫家完成一幅畫後，在畫上錄題一首或多首舊作，只為填補畫上空白，詩的內容與畫意不一定相關，有時畫家畫了一幅畫贈人，順便在畫末拖尾錄幾首舊詩請受贈者品評，就形式而言這樣的詩也屬題畫詩，但就內容與創作精神而言，並不能納入題畫詩的範疇，若要納入題畫詩來討論，便須依附於該畫。又文人雅集唱和之後，請能繪者圖繪雅集情形，再將眾人雅集唱和之詩錄於畫上，以紀一時之盛，這也是先作詩後補畫常見的情形，以下分別述之。

（一）依詩作畫

　　依詩作畫之詩與畫關係較為密切，若未在題記上說明詩先於畫而作，或在其他資料上獲知，通常無法在詩句上察覺。如沈周《汲泉煮茗圖》軸（圖81），繪山徑上一童左手提壺，右手持杖，抬頭望向前路，山徑旁土坡林木數株。畫上題詩曰：

　　　　夜扣僧房覓潤腴，山童道我客村沽。未傳盧氏煎茶法，
　　　　先執蘇公調水符。石鼎沸風憐碧縷，甕甌盛月看金鋪。
　　　　細吟滿啜長松下，若使無詩味亦枯。

以山童汲泉引出煮茗主題，詩與畫有著密切的連結。詩後題記云：「去歲泊虎丘，汲三泉煮茗，因有是詩，為惟德作圖，錄一過，惟德有暇，能與重遊，以實故事何如。沈周。」虎丘山上之泉，曾由唐代之陸羽品評為天下第五泉，因此蘇州文人茶事品茗多喜至虎丘，此詩乃作畫之前一年在虎丘汲泉煮茗時所作，因為要作圖贈惟德，因此取此舊詩並依詩作畫以贈，並希望真正能與惟德實畫中故事，若無此題記，便

無法知道此詩乃先於畫完成，而會逕以詠畫之作解之，由此亦可見題畫詩之詩後題記在詩畫解讀上之重要性，惟一般題畫詩集或畫家詩文集收錄題畫詩時常將題記略去，至爲可惜。

　　沈周《草庵圖》卷（圖82），亦爲依詩作畫之作，此卷拖尾題云：

　　草菴紀遊詩引

　　　弘治十年八月十七日，余有役于城，來寓草庵爲始遊也，庵名本大雲，前有吉草庵者居之，吳人譌爲結草庵，遂使大雲之名掩而莫彰。庵近南城，竹樹叢邃，極類村落間，而謂城市山林也，隔岸望之，地浸一水中，其水從斠溪而西，過長洲縣治，由支港稍南，折而東，復南衍至庵左流入，環後如帶，滙前爲池，……是夕宿西小寮，低窗月色，耿耿無寐，因得五字律一首，聞之茂公曰，詩狀小處將無遺，尚須一圖，使畫中更見詩可也。余笑而領之，又引此數語系詩錄于圖左。詩云：

　　　塵海嵌佛地，迴塘獨木梁。不容人跬步，宛在水中央。

　　　僧定几蒲座，鳥啼空竹房。喬然雙石塔，和月浸滄浪。

　　（長洲沈周）

因沈周「聞之茂公曰，詩狀小處將無遺，尚須一圖，使畫中更見詩可也。」而作圖，此圖非常寫實，繪「竹樹叢邃……隔岸望之，地浸一水中……至庵左流入，環後如帶，滙前爲池」，庵左流入處有橋，如詩句「迴塘獨木梁」，庵前一片水塘，此庵眞乃「宛在水中央」。畫經畫家對實景的藝術處理後應與原來的樣子不完全吻合，獨木橋已換成平板橋，這是將寫生與創作結合發揮，以達到畫家的審美品味，這也是沈周繪畫作品的一個特色。此詩畫由於有實景，與其說是依詩作畫，毋寧說詩與畫皆依實景而作。

　　又沈周《野翁莊圖》卷（圖83），拖尾題：

　　　野翁未見見新莊，石子迴堦引石梁。高樹隔牆烟寺近，亂雲拖雨晚山長。自春載酒應無度，每日留詩定幾章。絕與輞川標致似，我爲裴迪亦何妨。（向歲雨中過野翁莊，

> 北野固不在，余得逕造成題以歸，茲為圖併錄前言，庸抵覿面云。
> 沈周。）

沈周訪友未果題詩而回，歸而爲圖錄詩，權當見了面來寬慰自己。野翁姓施名廉，此卷引首前裱邊，有清・阮元題識：

> 施野翁名廉，無錫人，築庄在惠山聽松菴右。野翁能詩
> 善醫，宏治中徵詣京師，辭職歸築此莊，莊有野翁泉。
> 廉號北野，爲碧山吟社十老之一。阮元藏并識。

此卷繪山林間一莊院，即野翁莊，詩畫皆描繪此莊，與其《草庵圖》卷之創作方式相同。

沈周〈落花〉詩三十首，爲其廣爲人知的作品，《石田先生集》全數收錄，此詩原爲弘治十七年春，沈周先作了十首〈落花〉詩，其弟子文徵明、徐昌谷見後各和了十首，沈周見了文、徐和詩又和了十首，後文徵明持此和詩呈太常卿呂嘉禾，呂見後亦和了十首，沈周見呂和詩又和了十首，在相互和韻下使得此詩在當時頗爲有名，因此沈、文二人屢爲人請書錄落花詩。〔註4〕因詩有名，沈周也就依詩作了幾幅落花圖，題上落花詩，沈周《落花圖并詩》卷（圖84），即爲沈周依詩作畫之作，此卷拖尾有沈周自書落花詩十首，但這十首並非原唱十首，原唱第五首未錄，而在第十首之後錄第二十一首，或因憑記憶而錄，因此畫卷題詩與《石田先生集》收錄之詩，在部份字句上略有出入。詩云：

> 富逞穠華滿樹春，香飄瓣落樹還貧。紅芳既蛻仙成道，
> 綠葉初陰子養仁。偶補燕巢泥薦寵，別修蜂蜜水資神。
> 年年爲爾添惆悵，獨是娥眉未嫁人。（其一）
> 飄飄蕩蕩復悠悠，樹底追尋到樹頭。趙武泥塗知辱雨，
> 秦宮脂粉惜隨流。癡情戀酒粘紅袖，急意穿簾泊玉鈎。
> 欲拾殘芳搗爲藥，傷春難療箇中愁。（其二）
> 玉勒銀罌已倦遊，東飛西落使人愁。急攙春去先辭樹，

〔註4〕阮榮春《沈周》，頁142。

嬾被風扶強上樓。魚沫劬恩殘粉在，蛛絲牽愛小紅留。
色香久在沉迷界，懺悔誰能倩比丘。（其三）

是誰揉碎錦雲堆，著地難扶氣力頹。懊惱夜生聽雨枕，
浮沈朝入送春杯。梢傍小剩鶯還掠，風背差遲鳩又催。
瞥眼興亡供一笑，竟因何落竟何開。（其四）

夕陽無那小橋西，春事闌珊意欲迷。錦里門前溪好浣，
黃陵廟裏鳥還啼。焚追螺甲教香史，煎帶牛酥囑膳娃。
萬寶千鈿眞可惜，歸來直欲滿筐携。（其六）

一園桃李只須臾，白白朱朱徹樹無。亭怪草玄加舊白，
窓嫌點易亂新朱。無方漂泊關遊子，如此衰殘類老夫。
來歲重開還自好，小篇聊復記榮枯。（其七）

芳菲死日是生時，李妹桃娘盡欲兒。人散酒闌春亦去，
紅消綠長物無私。青山可惜文章喪，黃土何堪錦繡施。
空記少年簪舞處，飄零今日鬢如絲。（其八）

供送春愁上客眉，亂紛紛地竚多時。儗招綠妄難成些，
戲比紅兒煞要詩。臨水東風撩短鬢，惹空晴日共遊絲。
還隨蛺蝶追尋去，墻角公然隱半枝。（其九）

昨日繁華煥眼新，今朝瞥眼又成塵。深關羊戶無來客，
漫藉周亭有醉人。露涕煙洟傷故物，蝸涎蟻迹吊殘春。
門墻蹊徑俱寥落，丞相知時卻不嗔。（其十）

百五光陰瞬息中，夜來無樹不驚風。踏歌女子思楊白，
進酒才人賦雨紅。金水送香波共渺，玉堦看影月俱空。
當時深院還重鎖，今出墻頭西復東。（其二十一）

（長洲沈周）

沈周落花詩後有文徵明行書和詩十首。由於詩畫流傳甚廣，故後人亦有僞作，如南京博物院藏沈周《落花詩書畫》卷，拖尾盡錄沈周三十首落花詩，但該畫經傅熹年鑑定，書畫均明人僞。文徵明除了題自己的十首落花詩於此卷上，亦於唐寅《坐臨溪閣》卷的拖尾題了四首落花詩，則這四首落花詩與唐寅畫可說毫不相關，因為長卷畫蹟在裝裱時常習慣在畫前加一引首，畫後增一拖尾，此卷引首有文徵明題「六

如墨妙」四大字，故拖尾乃隨意書錄四首舊作詩，好使長卷完整，這其實也是一種錄填紙空，只是非自畫自題的錄填紙空，而是題他人畫的錄填紙空。廣西壯族自治區博物館藏的文徵明《楷書落花詩并圖》扇（圖85），可見到文徵明完整的將其十首落花詩題於扇上：

撲面飛蘆漫有情，細香歌扇障盈盈。紅吹乾雪風千點，彩散朝雲雨滿城。春水渡江桃葉暗，茶烟圍榻鬢絲輕。從前不恨飄零事，青子梢頭取次成。

零落佳人意暗傷，爲誰憔悴減容光。將飛更舞迎風面，已褪猶嫣洗雨妝。芳艸一年空路陌，綠陰明日自池塘。名園酒散春何處，惟有歸來屐齒香。

蜂撩褪粉偶黏衣，春減都消一片飛。蒂撓圍風無奈弱，影搖庭日已全稀。樽前漫有盈盈淚，陌上空歌緩緩歸。未便小齋渾寂寞，綠陰幽草勝芳菲。

悵人無奈曉風何，逐水紛紛不戀柯。春雨捲簾紅粉瘦，夜涼踏影月明多。章臺舊事愁邊路，金縷新聲夢裏歌。過眼莫言皆物幻，別收功實在蜂窠。

戰紅酣紫一春忙，回首春歸屬渺茫。竟爲雨殘緣太冶，未隨風盡有餘香。美人睡起空攀樹，蛺蝶飛來卻過墙。脉脉芳情天萬里，夕易應斷水邊腸。

桃蹊李徑綠成叢，春事飄零付落紅。不恨佳人難再得，緣知色相本來空。舞筵意態飛飛燕，禪榻情懷裊裊風。蝶使蜂媒多懶漫，一番無味夕易中。

開喜穠華落更幽，樹頭何用勝溪頭。有時細數坐來久，盡日貪看忘卻愁。惹艸縈沙風冉冉，傷春恨別水悠悠。不堪舊病仍中酒，踈雨濃烟鎖畫樓。

風裊殘枝已不任，那堪萬點更愁人。清溪浣恨難成錦，紅雨塵香併作塵。明月黃昏何處怨，游絲白日靜中春。急須辦取東欄醉，倒地猶堪籍錦茵。

飛如有戀墮無聲，曲砌斜臺看得盈。細草栖香朱點染，晴絲撩片玉輕明。江風飄泊明妃淚，綠葉差池杜牧情。

賴是主人能愛客，不曾緣客掃柴荊。

情知芳事去還來，眼底飄飄自可哀。春漲平添棄脂水，
曉寒思築避風臺。沾衣成陣看非雨，點徑能勻襯有苔。
濃綠已無藏豔處，笑它蜂蝶尚徘徊。

正德丙子孟夏，偶作落花圖，畫系舊詩十首。衡山文徵
明。

此扇下方繪花枝，大部分的扇面皆用來書寫詩句，詩與畫以落花之主
題聯繫。較長的詩在依詩作畫時是無法把詩的內容盡數表現於畫景上
的，因此畫景多取所依之詩的主題而繪，沈周與文徵明之落花詩皆取
落花主題繪圖，唐寅居桃花塢，名其居室為桃花庵，作有桃花庵歌，
其《桃花詩畫》軸（圖 86），畫的下半部僅繪桃花一株，上半部題詩，
詩云：

桃花塢裏桃花庵，桃花庵裏桃花仙。桃花仙人種桃樹，
又摘桃花換酒錢。酒醒只在花前坐，酒醉還來花下眠。
半醒半醉日復日，花落花開年復年。但願老死花酒間，
不願鞠躬車馬前。車塵馬足貴者趣，酒盞花枝貧者緣。
若將富貴比貧者，一在平地一在天。若將花酒比車馬，
他得驅馳我得閒。他人笑我忒風顛，我笑他人看不穿。
不見五陵豪傑墓，無酒無花鋤做田。（右作桃花庵歌。吳
趨唐寅。）

沈、唐等畫友人居處，多做山水樹石、竹籬茅屋的構圖，唐寅此詩主
題為桃花庵，但卻捨棄了庵的主題而採用花的意象，依詩作畫時畫家
在創作上可任意擇取詩中某一形象來構圖，並不一定要完全依詩而
繪，創作自由度很高。清・唐仲冕編《唐伯虎全集》收此七言古詩，
「桃花菴歌」之「庵」字寫作「菴」，「若將花酒比車馬」作「若將貧
賤比車馬」，「他人笑我忒風顛」作「別人笑我忒風顛」，「無酒無花鋤
做田」作「無花無酒鋤作田」。畫家憑記憶書寫舊作詩於畫，部份字
句遺忘而隨手改動，這樣的情形很常見，也有可能是詩集抄錄流傳的
過程中產生的錯誤，在三家現存畫上自題詩而亦見收於其詩文集者，

字句出入的例子頗多，如前舉之沈周落花詩便是如此。

文徵明《茶事圖》軸（圖 87），繪山間樹下茅屋，屋中一几，几上置一書一壺，二人對坐品茶，茅屋旁小舍中童子於爐上置壺煮泉，畫上題了十首茶事詩：

茶　塢

嚴隈藝雲樹，高下鬱成塢。雷散一山寒，春生昨夜雨。
棧石分瀑泉，梯雲探烟縷。人語隔林聞，行行入深迂。

茶　人

自家青山裡，不出青山中。生涯草木靈，歲事烟雨功。
荷鋤入蒼靄，倚樹占春風。相逢相調笑，歸路還相同。

茶　筍

東風臨紫苔，一夜一寸長。烟苹綻肥玉，雲狂凝嫩香。
朝採不盈掬，暮歸難傾筐。重之黃金如，輸貢充頭綱。

茶　籝

山匠運巧心，縷筠裁雅器。絲含故粉香，蒻帶新雲翠。
攜攀蘿雨深，歸染松嵐膩。冉冉血花斑，自是湘娥淚。

茶　舍

結屋因巘阿，春風連水竹。一徑野花深，四隣茶筭熟。
夜聞林豹啼，朝看山麋逐。粗足辦公私，逍遙老空谷。

茶　竈

處處鬻春雨，青烟映遠峯。紅泥侵白石，朱火然蒼松。
紫英凝面落，香氣襲人濃。靜候不知疲，夕陽山影重。

茶　焙

昔聞鑿山骨，今見編楚竹。微籠火意溫，密護雲芽馥。
體既靜而貞，用亦和而燠。朝夕春風中，清香浮紙屋。

茶　鼎

斲石肖古製，中容外堅白。煮月松風間，幽香破蒼壁。
龍顏縮蠶勢，蟹眼浮雲液。不使彌明嘲，自適王濛厄。

茶　甌

疇能鍊精珉，範月奪素魄。清宜鬻雪人，雅愜吟風客。

穀雨鬥時珍，乳花凝處白。林下晚未收，吾方遲來展。

煮　茶

花落春院幽，風輕禪室靜。活火煮新泉，涼蟾浮圓影。
破睡策功多，因人寄情永。仙遊恍在茲，悠然入靈境。

（嘉靖十三年，歲在甲午，穀雨前二日，支硎虎阜茶事最盛，余
方抱疴，偃息一室，弗能往與好事者同為品試之會，佳友念我，
走惠三二種，乃汲泉以火烹啜之，輒自第其高下，以適其幽閒之
趣，偶憶唐賢皮陸故事，茶具十詠，因追次焉，非敢竊附於二賢
後，聊以寄一時之興耳，漫為小圖，并錄其上。文徵明識。）

此茶具十詠乃追次唐賢，寄一時之興，又作圖錄詩其上，此圖之詩畫
關係建立在茶的主題上。

文徵明《堯峰十景詩畫》卷（圖 88），畫心題：「徵明」二字名
款，拖尾則題了十首詩：

堯峯十首

半峰亭

堯峯千丈削芙蓉，峰半虛亭正倚空。不用風烟誇絕頂，
勝情都在翠微中。

清暉軒

平湖風定玉浮瀾，山月流暉草閣寒。萬籟無聲天地寂，
道人清夜倚闌干。

碧玉治

玉治冷冷一鏡開，秋清雲淨碧於苔。怪來千劫無塵垢，
曾是高僧照影來。

觀音巖

千年大士逐飛烟，此地觀音尚有巖。流水山花神觀在，
不妨明月夜同參。

白龍洞

草木春深巔萬峯，黝然古洞白雲封。江湖不與風雷際，
誰識空山有臥龍。

多景巖

多景巖前萬景屯，井霏窟穴自朝曛。山深路絕無人到，
千古幽情付白雲。

寶雲井

古井無波汲愈新，千年誰識寶雲心。意中脈脈源流遠，
物外悠悠利澤深。

偃蓋松

蓋偃枝虯鐵石望，霜凌雪屬轉蒼然。誰言不入明堂用，
自要支離閱歲年。

鐵　塔

零落神僧古道場，尚餘鐵塔奠松岡。夜深林表飛虹月，
知是千年舍利光。

妙亭峯

支筇獨上妙高峯，塵海蒼茫萬界空。祇覺逈臨飛鳥上，
不知身在碧雲中。

（嘉靖十年歲在辛卯九月既望，長洲文徵明賦并圖。）

由堯峰十景而作詩十首，詩成再配以卷畫，引首自書：「堯峰選勝」
四字，如此引首、畫心、拖尾都由畫家獨立完成，乃是畫家考量長卷
裝裱形式而作，因詩有十首，故用長卷表現，若僅一首詩，畫家通常
會以立軸的方式呈現，這也是畫家作畫佈局上的考量，亭軒、巖峯、
松井等等景色具見之於畫，詩與畫有很密切的結合。

（二）人情酬酢

　　受朋友請託而作是善書畫技藝者常遇到的事情，有時則是好友難
得相聚，作圖以贈，這樣的自發性詩畫作品，雖亦屬酬酢之作，但情
感比之受託而作者更為深刻，境界更高。

　　沈周為人謙和，對於求畫者不管識與不識多來者不拒，因此求畫
者眾，較有交情的朋友還會指定畫的內容與題詩，畫家只好一一照
辦。如沈周《泛舟訪友圖》卷（圖89），畫末題：

詩書禮樂賢關長，貧賤農桑老境人。久荷清篇留卷軸，
又驚高誼動車輪。梅花懽喜當籩笑，柳色殷勤滿眼春。

雞黍不嫌隨草具，斯文一味覺情真。(弘治丁巳正月二十二
日大司成李先生泊，顧君應和見過，先生有詩見贈，余故奉答此
篇，顧君出紙索圖仙舟故事，復索寫前篇，蓋欲牽連以見同行之
意云。沈周。)

顧應和與沈周同見大司成李先生，二人具有詩作，後來顧君向沈周既
索圖又索寫前篇，沈周應請而繪一舟行於溪上，夾岸竹樹，舟前二人
對坐，舟尾二童搖櫓。此畫若據畫末題記，應是圖繪仙舟故事，若依
今之畫名泛舟訪友圖，則舟中對坐者就應是顧李二人了。詩先作，畫
後成，詩的內容與畫景並無直接聯繫，而是朋友酬酢贈答之作。

　　除了應求而作之外，畫家也會主動作畫贈人，唐寅《坐臨溪閣》
卷（圖90）屬之，此卷畫心唐寅題云：

空山春盡落花深，雨過林陰綠玉新。自汲山泉烹鳳餅，
坐臨溪閣待幽人。(輒作小絕并畫，以為贈存道老兄，其傳昔
之歡，并居處之勝焉。時弘治甲子四月上旬，吳趨唐寅。)

此卷詩意與畫景有密切的關連，除一般的溪水山樹外，溪畔閣上有人
憑欄而坐，從題記上知詩先於畫而作，此卷乃畫贈存道者，為人情酬
酢的作品。

　　唐寅《西洲話舊圖》軸（圖91），圖為話舊，詩卻與話舊無關：

醉舞狂歌五十年，花中行樂月中眠。漫勞海內傳名字，
誰信腰間沒酒錢。書本自慚稱學者，眾人疑道是神仙。
些須做得工夫處，不損胷前一片天。(與西洲別幾三十年，
偶爾見過，因書郵作并圖請教，病中殊無佳興，草草見意而已。
友生唐寅。)

詩作於前，與畫無直接關係，詩畫之結合只是向朋友請教而已。此圖
繪樹石下一茅屋，屋中兩人對坐交談，畫的內容與畫上的題記相關，
詩與畫的關係只是在於詩寫在畫上是為了連同圖一起贈與對方，更正
確的情形是寫了一首詩要給對方看，順便再畫了圖一起送給對方。

　　文徵明《樓居圖》軸，在友人樓舍未建成便完成詩畫為贈，自題：

遷客從來好閣居，窗開八面眼眉舒。上方臺殿隆隆起，

下界雲雷隱隱虛。隱几便能窺日木，憑欄眞可見扶餘。
摠然世事多翻覆，中有高人只晏如。（南坦劉先生謝政歸而
欲為樓居之舍，其高尚可知矣，樓雖未成，余賦一詩并寫其意以
見之，它日張之座右，亦樓居之一助也。嘉靖癸卯秋七月既望，
徵明識。）

此圖圖中之樓已建成，樓中主人坐看樓外景色，從題記中知繪圖時樓
尚未成，可知此畫有實景也有想像，題詩則全是對於樓主入住後的想
像，詩與畫內容有密切的關連，但以想像貫串。

（三）雅集紀盛

　　文人雅集酬唱是文人很重要的社交活動，就中若有能畫者便畫下
當時情形，以紀一時之盛。宋代有名的西園雅集，由王詵邀集，參與
者有蘇軾、黃庭堅、米芾等當時文人一十六人，由李公麟繪《西園雅
集圖》，有相傳爲米芾所作之《西園雅集圖記》記載其事。〔註5〕到明
代雅集活動已成爲一種風氣，雅集內容或詩文唱和、或品茗賞花、或
祝賀送行，在雅集進行時或結束後與會的文人畫家便將雅集情形圖繪
之，並在畫上寫錄雅集詩文，若畫在雅集進行時繪成，便由參加雅集
者在畫上題寫雅集時之詩作，若雅集結束後才繪就，便由畫家一一找
當時參與者補題，亦有雅集時不克參與者，在雅集結束後，將畫持請
缺席者題寫的。雅集圖及其上的詩文題跋，在創作先後上屬先詩後
畫，但在探討詩畫關係上，該畫並非依詩而作，畫上題詩亦非吟詠畫
作，而是詩與畫皆在同一主題下完成創作，此主題即該次雅集的活動
內容。

　　沈周《名賢雅集圖》軸（圖92），乃爲吳遜菴送行而作，畫上題
記云：

　　吳子遜菴，由南京刑部郎中，南司寇用弘治三年詔書，

〔註5〕關於西園雅集的詳細情形，可參考衣若芬《赤壁漫游與西園雅集》〈一
　　椿歷史的公案—西園雅集〉，頁49～85。（北京：線裝書局，2001 年
　　6 月第 1 版第 1 次印刷）。

得薦其屬，將待以不次，疏未達而命守敘州，旣嘗調，
敘又險且遠，公獨不以爲意，吾鄉諸君子共爲之薦，并
賦言以壯其行，遯菴屬周爲之圖。自蔡林屋、都南濠、
楊南峯、朱大理、彭龍池、袁胥臺、唐六如、吳匏菴、
沈石田、文衡山、王酉室、徐天全、祝枝山，十有三人，
以紀一時之勝云。弘治己酉三月十有七日。長洲沈周。

吳遯菴即吳愈，字惟謙，崑山人，成化乙未進士，爲文徵明岳父。此
次參與送行者有十三人，皆吳中名士，吳愈請沈周圖繪，沈周乃畫山
水小徑，小徑盡頭臨水碼頭泊一船，送行者絡繹於途，旁有數小童挑
餞具相隨。沈周自題詩云：

金閶流水清如玉，楊柳千條萬條綠。畫舫勞勞送客亭，
勾吳人去官巴蜀。巴蜀東南僰道開，專好路鑿巔崖腹。
不知置郡幾何年，即敘西戎啓荒服。太守嚴程五馬裝，
山人尺素雙江景。草色官橋從者行，花時祖帳青樽飲。
碧樹遙遙留客情，青山疊疊征帆影。此地居然風土佳，
文人仕宦高堪枕。欣際聖人御世眞，成康再遇更相親。
瞿塘劍閣豈憚遠，出門萬里皆康莊。雖爲邊郡二千石，
逕過黑水臨青羗。去國豈言親故官，還家詎使鬢毛蒼。
射瀆千帆估客船，虎丘依舊青如黛。長幅塗成發浩歌，
一天詩思江山外。

吳愈赴任之地敘州在今四川宜賓，因此詩中先寫巴蜀，再回頭寫蘇州
風土，其中送行之意、留客之情洋溢，與畫面並無緊密的聯繫，而是
與雅集主題相關。沈周另有一幅《京江送別圖》卷，亦爲吳愈出守敘
州而畫，拖尾有弘治壬子三月初吉，文林書〈送吳敘州之任序〉，弘
治五年三月十日，祝允明書〈送敘州府太守吳公詩序〉，及沈周題詩：

雲司轉階例不卑，藩參臬副皆所宜。君今出守古僰國，
過峽萬里天之涯。眾爲君憂君獨喜，負利要自盤根施。
我知作郡得專政，豈是唯唯因人爲。敘封況聞廣九邑，
其民既遠雜以夷。鑿牙穿耳頑固獷，撫之恩信當懷來。
詩書更欲變呦咿，文翁之任非君誰。荔支初紅五馬到，

　　江山亦爲人爭奇。山谷老人有筍賦，讀賦食筍君還知。

　　苦而有味可喻大，歷難作事惟其時。（長洲沈周）

沈周詩後有陳琦、吳瑄、張習、都睦、朱存理等人題詩。畫上一舟
離岸而去，舟中一人拱手作揖，岸上四人亦拱手送別舟中人，兩岸
山樹映襯，沈周詩中同樣寫四川及吳愈，未對圖卷畫面作吟詠。前
幅《名賢雅集圖》軸，爲雅集送行，此卷則僅見送行，是否有雅集
不得而知。

　　雅集吟詩多爲次韻，一人首賦，諸公和之，再作圖寫詩其上，既
紀一時之盛，雅集之主人又可傳之子孫，具有紀念意義。沈周《魏園
雅集圖》軸（圖93），即屬此類，魏園主人魏昌於畫上題記云：

　　成化己丑冬季月十日，完菴劉僉憲、石田沈啓南過予，
　　適侗軒祝公、靜軒陳公二參政，嘉禾周疑舫繼至，相與
　　會酌，酒酣興發，靜軒首賦一章，諸公和之。石田又作
　　圖寫詩其上，蓬蓽之間，爛然有輝矣。不揣亦續貂其後，
　　傳之子孫，俾不忘諸公之雅意云。（吳門魏昌）

參與雅集諸人皆題詩於畫上：

　　青山歸舊隱，白首愛吾廬。花落晚風外，鳥啼春雨餘。
　　懶添中後酒，倦掩讀殘書。門徑無塵俗，時來長者車。
　　（練川陳述爲公美賢契題）

　　故人栖息處，花裏一茅廬。地僻塵無到，耳聞樂有餘。
　　芙蓉池上石，蝌蚪壁間書。我爲耽幽賞，時來駐小車。
　　（彭城劉珏）

　　擾擾城中地，何妨自結廬。安居三世遠，開圃百弓餘。
　　僧授煎茶法，兌鈔種樹書。尋幽知小出，過市印巾車。
　　（沈周）

　　魏氏園池上，重來非舊廬。松添五尺許，堂構十年餘。
　　不貴連成璧，惟耽滿架書。諸公皆駟馬，老我一柴車。
　　（桐邨老板周鼎）

　　解逅集群彥，衣冠充弊廬。青山供眺外，白雪倡酬餘。
　　興發空尊酒，時來閱架書。出門成醉別，不記送高車。

（魏昌）

城市多喧隘，幽人自結廬。行藏循四勿，事業藉三餘。
留客藏新釀，呼孫倍舊書。悠悠清世裏，何必上公車。

（祝顥）

抗俗寧忘世，容身且弊廬。聲名出吳下，風物似秦餘。
畫壁東林贈，銘堂太史書。雅懷能解榻，緩步即安車。

（侗軒丈命應禎寫高作，公美強予填空）

詩畫相涉部份皆爲描述魏園景色，詩與畫皆同紀魏園雅集，所作五律
皆押廬、餘、書、車四韻。明代詩社盛行，詩社吟詩用韻的情形移到
雅集來是很自然的事，雅集類的畫與題畫詩多屬這種模式，其實這類
詩作在文人詩文集中隨處可見，並不屬於題畫詩，因有人作了圖，又
把雅集詩作題於畫上，因此也就成爲題畫詩了，這類題畫詩之詩畫關
係聯繫較少。

　　沈周《瓶荷圖》軸（圖94），亦爲雅集之作，此軸圖繪幾朵荷花
插於方瓶，畫幅上方題：

荷花燕者，折荷插銅壺間，花葉交斜出六柄，而清芬溢
席，席環列，壺置席之中，四面舉見花，甚可樂客，客
亦爲之爲樂，迨暮始散。客爲趙君中美，自淮陽來，韓
宿田，自城中來，黃德敦，自崑山來，三人皆非速而至
者，皆嘉花非園植，風致不減池塘間，燕無絲竹而懼，
度常情事出偶然，而爲難得，當不無紀也，請賦詩以紀
之，賦不煩客，恐後其心思，其賦者皆予之昆弟子姪，
在悅客，予尚作圖系詩云云。

花供娟娟照玉卮，紅粧文字兩相宜。分香客座須風細，
何羞林亭要日遲。仙子新開壺裏宅，佳人舊夢手中絲。
便應此會同桃李，酒致頻教罰後詩。（此詩雖成而圖未既，
客各散去，寔乙巳夏五十八日也，今年爲丙午，適其月日，宿田
亦來治予疾，蓋坐夢窓之悲情，信甚非昨所借樂之難得，雖偶而
有數存焉，一樂一憾皆自有定，以今之憾而省昨者之樂，不能無
感慨也，遂補其圖，重錄前作省爲故事云。沈周。）

因此圖繪成於雅集之後一年，故圖上僅錄沈周之詩，未將雅集諸人之作盡錄於畫上。詩的內容為詠荷之作，諸人之詩作內容應也相仿。

（四）賀壽送行

　　賀壽送行由於參與者眾，因此多同時進行雅集，這類情形在上一小節中已討論，但也有一部份是單獨進行的，或參與者僅一、二位，或參與人數雖然眾多，但僅為祝壽，未進行雅集聯吟，這可從畫上題詩來判斷，雅集詩作多屬多人次韻，未進行雅集之詩則或有一、二和詩，或各寫各的，五、七言，律、絕、古，各體皆備，因此分節討論。

　　沈周《京口送別圖》卷（圖95），乃為同鄉好友吳寬送行而畫，沈周在送行途中和了吳寬二詩，再寫圖為贈，拖尾吳寬題云：

> 丁巳北上，承石田先生送至京口，途中和余二詩，并寫
> 圖為贈，久恐遺落，裱飾成卷，因錄原倡于後。弘治甲
> 子閏月廿七日，以病在告書，鉋翁。

可知沈周先做了詩，再寫圖題上和詩，吳寬又將原唱二詩補題於拖尾，如此原唱詩、和詩、送行圖三者結合為一件完整的紀念物。吳寬原唱詩云：

> 行經錫谷又昆陵，豈是山陰興可乘。千里綠波隨客去，
> 中宵白髮向人增。老年敢祝唯留愛，厚祿深慙自不勝。
> 杖履相從須有日，臨酬詩卷最堪憑。連朝懷抱不能平，
> 又記南來宿呂城。酒散長亭驚雨至，棹依高岸識潮生。
> 麥秋未到猶三月，步瓜將臨只一程。賴有故人同夜坐，
> 白頭相對燭花明。

沈周和詩云：

> 畫鷁翩翩過晉陵，布帆追送有風乘。重逢日遠知年老，
> 戀別情長與路增。德業並高心愈下，詩篇深慰我何勝。
> 客邊櫻筍猶鄉味，一夕清談酒漫憑。(辱以妙句見贈，慰老
> 念舊，藹然至情，佩感之餘，敬和高韻請教。友生沈周再拜鉋庵
> 少宰先生閣下。)
>
> **奉和宿呂城韻錄呈伺教**

泊舟閘口暮潮平，津吏相迎記過城。雨腳稀踈人已靜，
詩辭淳熟意都生。聊从夜坐延深酌，亦爲鄉懷緩去程。
明日過江帆影遠，不勝翹首眼還明。(沈周再拜匏庵少宰先
生閤下)

丁巳爲弘治十年（1497），十餘年後正德丁卯（正德二年，1507），沈
周重閱此卷，時吳寬已逝，乃復用前韻作詩二首，題於卷末吳寬詩後：
賢往愚存事未平，芙蓉何處是仙城。兩詩在世留離別，
一夢驚心異死生。化鶴歸來待華表，鵾鴉宿地記郵程。
夜燈惆悵重披卷，清淚潛潛坐到明。宋武無慚繼少陵，
詩書家學喜眞乘。前人已往風流在，後輩相通事好增。
再讀卷詩嗟莫贖，尚存微墨倖何勝。一端離合今翻覆，
万事茫茫總未憑。(丁巳與友生公別，因有倡和，今重閱於公
薨後，不勝感慨，復用韻二首，一訴離別死生之迹，一重令副中
舍，若能受存前好而已。正德丁卯七夕，沈周題)。

吳寬詩與沈周和詩的內容皆爲描述別離時的情景與心境，吳寬逝後沈
周再題二詩則是抒發離別死生的感慨。朋友過從作詩相和乃常有之
事，在沈周的詩文集中頗多此類詩作，惟因作詩之餘又畫了圖，題詩
於圖上，酬答詩作乃成了題畫詩，此幅送行圖不若前舉爲吳愈送行雅
集的《名賢雅集圖》畫面上有一群送行的人，而是繪江岸二舟，一舟
中有兩兩相對的乘者，應是沈周與吳寬同乘於舟中，從沈周和詩詩題
中有「宿呂城」，可知送行非只一日，如此遠送只有情誼深厚的朋友
才會如此，與一般情形之離者登船，送行者在岸上相別的情形是不同
的，因此這幅畫上，岸邊有樓宇，卻不見一人，可見沈周如實的描繪
了當時的情形，詩與畫的內容皆描述實際的送行過程，可見沈周詩畫
多忠於實景實情，非隨意爲之。

　　賀壽詩畫若爲眾人同賀，通常畫作多爲長卷，因長卷拖尾可以一
直加長，如此方能容納眾多的賀壽詩。唐寅早期的重要畫作《貞壽堂
圖》卷（圖96），乃爲周希正之母樓孺人八十大壽而作，圖繪圍籬雜
樹中築有二舍，一舍堂中一婦人端坐，應即周母，一人與周母相對，

圍籬外小橋邊一人正欲過橋，全圖人物僅繪三人，然從拖尾十餘人題
詩，可知賀客盈門，故此畫非實景描繪，而是象徵性的繪一賀壽主題
之畫。畫心唐寅僅題：「吳門唐寅」四字交代作畫之人，拖尾開頭有
李應禎譔的詩序：

> **貞壽堂詩序**
>
> 周君希正之爲嘉祥學諭也，奉其母樓孺人養于官，而顏
> 其堂曰貞壽焉者，蓋以其先君子訥軒先生尹瓊之樂會而
> 已。時希正與其季希善俱在孩提，歲丁飢荒，又方有寇
> 盜之禍，孺人以孱弱之軀，嶺海萬里，歷險蹈艱，卒能
> 以先生之骨與遺孤俱歸。孀居矢節，門戶蕭然，蠶績弗
> 倦，手自授書以教二子，既而希正舉于鄉，以乙榜授今
> 官，至是孺人春秋蓋八十矣！然猶康豫自若，此貞壽堂
> 所由名，正以著其節之高而慶其年之永也。希善方遠省
> 而歸，乃以其意語諸士林之人，士林之人率相咏歌以致
> 頌禱，如古詩人之旨者，亦既足矣。……

詩序交代了周母的背景，一則歌頌一番，一則爲賀客作詩的參考，賀
客中沈、唐、文三人皆與焉，各有詩作：

> 堂開貞壽值生辰，阿母孀居已八旬。詩訟柏舟曾矢節，
> 籌添海屋擬揚塵。攜孤跋涉紅顏老，就養康寧白髮新。
> 鸞誥推恩應有日，蟠桃先慶百年春。(沈周)
> 作宰良人歿海邦，崎嶇歷過屬冰霜。持身自信能恆德，
> 教子咸推以義方。老柏歲寒存晚節，孤梅雪後有餘香。
> 榮膺祿養安仁壽，宜與南山並久長。(吳門唐寅)
> 萱親在魯子居堂，甘旨難承旦曉娘。綵傳夜常形夢寐，
> 人生八十還須臾。霜傷短髮渾垂白，花映慈顏不改朱。
> 春酒一杯遠致祝，肯辭千里涉崎嶇。(衡山文璧)

這些詩都是以周母爲對象的頌禱之作，其他人之詩儘管詩體不同，內
容卻是大同小異：

> 吳山高崔嵬，太湖渺微茫。中有周氏母，懿德重一鄉。
> 夫君宰樂會，奄忽身先亡。阿母攜諸孤，瘴毒離炎荒。

扶喪歸故里，艱險莫可量。母心誓不移，季逾三十霜。
水藥屬節操，鐵石堅心腸。清風播遐邇，名並古共姜。
夜緫理機杼，青燈吐寒光。勤儉克自持，家業日以昌。
和丸用熊膽，教子誠有方。秋闈中高選，教鐸持嘉祥。
此志寔慜屈，枳棘棲鸞凰。所以懷母心，念念無時忘。
陟屺望雲飛，慽慽徒自傷。于焉得迎養，始遂昔所望。
斑衣重戲舞，甘旨仍奉嘗。親季躋八表，福履多有將。
庭萱幸無恙，花吐時雨香。子心既歡悅，貞壽顏其堂。
惟貞正而固，惟壽永而康。如彼堅貞松，鬱鬱依磵傍。
歲寒靡摧謝，能歷季久長。母壽誠若是，斯理各有常。
我忝葭莩親，欲賀進一觴。路遠莫致之，徒爾賦詩章。
載歌復載頌，貞壽願無疆。（古吳夏永）

携孤歸自海南天，一節氷清四十年。教子每丸熊膽味，
持身嘗頌柏舟篇。添籌又喜華筵會，對鏡俄看白髮鮮。
此日貞堂來聽祝，分明王母下靈邊。（延陵吳寬）

周家阿母清而賢，至風原自旌門傳。少從良人宦遊遠，
相助還宜無憝愆。良人云正子在抱，萬里携歸兩相保。
蠻煙瘴霧行路難，天荒地老憂心擣。歸來孀居四十春，
教成兩子皆彬彬。一子營家一出仕，良人雖死猶生存。
今年八十母多福，說子在官食天祿。堂開貞存存如山，
千秋萬古詩八祝。（濮裕）

這類詩作本非題畫詩而是一般的賀壽應酬之詩，由於題在畫卷上，因此歸入題畫詩，若各人將其詩收入各人的詩文集中，後人讀詩時是無法從文句中知曉此詩曾題於畫上的，而這類的題畫詩必須依附於畫上方能稱其為題畫詩。

（五）錄填紙空

由於文人畫在畫上題詩已成為習慣，在作畫構圖時通常都已將題字位置考慮進去，畫上若無題跋，畫面便不完足，因此畫家有時畫好畫後懶得作詩，便題上一首舊詩充數，近人作畫容易作詩難，每幅畫上都要作一首詩實在無法負荷，因此多有題上古人之詩者，這樣的情

形並非依詩作畫，依詩作畫或用古人之詩繪一圖，再將該詩題於畫上
的詩意圖，其詩畫之間是有一定關連的，隨便題上一首自己或古人的
舊詩於畫上，實在只是錄塡紙空，讓畫面完足而已。宋以前的繪畫多
無詩文題跋，因爲文字並非畫面構成的必要元素，畫家構圖能力較
強，不但不須文字來補足，反覺在畫上題字會破壞畫面美感，故即使
題字亦多題於山石樹幹隱晦處，自文人畫將題詩融入畫面佈局，文字
成爲畫面構成的一部份，文人畫若無題詩便無雅氣，因此錄塡紙空的
情形自然也就出現了。

　　通常這種塞白的情形畫家是不會自己招認的，畫家若不招認，觀
畫者就必須從其他資料中來了解這種情形，若畫家明白的寫出來，觀
畫者通常不會苛責，反覺其可愛與謙虛。沈周《山水》軸（圖 97），
因有人求畫，畫成後題上前作詩以贈：

> 雨後振孤策，迢遙追往踪。仰題在危壁，想唾落飛淙。
> 山鳥伴後人，當杯啼高松。獨酌不成醉，於邑煩吾悰。
> （成化丙申四月廿九日，約陪石居吳水部為虎丘之遊，獨予弗果，
> 明日携壺追往，而石居已發舟矣，徘徊泉聲松影間，迺有此詩，
> 因吉之求畫，錄塡紙空。吉之，石居表弟，亦在遊者，誦余言，
> 使知後期之人之落寞也。沈周。）

從畫面佈局來看，前景叢樹屋舍、小橋流水，橋上一人策杖而行，遠
景右方一山聳立於雲氣中，左方一片空白，雲霧朦朧，左上方若無題
句，畫面便顯得右重左輕，這時題跋在畫面平衡上實具有很重要的作
用，因此沈周乃題了這首詩，從題記可知吉之當日也曾遊虎丘，因此
當吉之求畫時，沈周就有意以此詩相贈，作畫時便擬題上此詩，故畫
景中橋上策杖之人應即沈周自己，但畫景卻是一般的山水而非虎丘景
色，畫名亦爲山水而非虎丘。這樣的錄塡紙空題上舊作，應非沈周不
想新作一詩，而是有意錄此舊詩給吉之，因吉之亦爲虎丘之遊的在遊
者，而沈周則未及前往而作此詩，錄此詩好使吉之知「後期之人之落
寞也」。

唐寅《春游女几山圖》軸（圖98），畫幅上方題詩曰：

> 女几山頭春雪消，路傍仙杏發柔條。心期此日同游賞，
> 載酒攜琴過野橋。（唐寅）

在《六如居士畫譜》卷一，題爲宋・郭熙的〈畫意〉篇中，記了一首
古人的詩，與此詩極爲類似：

> 世人將率意觸情，豈草草便得，因記古人清篇秀句，有
> 發於佳思者，則雖一聯半語，錄之亦可備觀，則古今名
> 筆精思過半矣！如：女几山頭春雪消，路傍山杏發柔條。
> 心期欲去知何日，惆悵回車下野橋。〔註6〕

可知畫上題詩實乃將古人之詩加以改動而得，唐寅能詩，何須改動古
人之詩以爲己詩？這幅《春游女几山圖》從畫面構圖來看，爲一般的
山水樹石、亭臺樓閣、小橋流水，扁舟人物，從被改動的末句詩「載
酒攜琴過野橋」來審視，畫面上雖有溪橋，卻無人載酒攜琴，可見此
詩被改動並非爲了符合畫景，而此畫是否畫女几山也是有問題的，江
兆申認爲：「『春游女几山』圖—此題爲後人所定，望文生義，甚爲可
笑。」〔註7〕唐寅畫了一幅山水畫，找了一首古人之詩改動後題於畫
上，這個舉動其實只是錄塡紙空，以完成文人畫有畫有詩的要求而
已，後人定畫名時非以畫景命名，而是取詩意定名，豈不可笑？唐寅
另一幅《松林揚鞭圖》軸（圖99），亦題上了這首詩，但同樣的改動
了句子：

> 女几山前春雪消，路傍仙杏發柔條。心期此日同遊賞，
> 載酒揚鞭過野橋。（唐寅）

此圖從畫景看，松林道上騎馬二人頭戴紗帽，三童挑擔相隨，遠景群
峰聳立，這樣的畫景與前面提到的沈周《春華晝錦》軸頗爲類似，但
《春華晝錦》圖上題詩乃沈周據畫吟詠之作，詩的內容與畫面有密切

〔註6〕唐寅《六如居士畫譜》卷一〈畫意〉，頁1216。（收入《美術叢書》
　　　合訂本第二冊，單冊本二集第九輯，頁86）。
〔註7〕江兆申《關於唐寅的研究》，頁81。

的關連，而唐寅此詩既改自古人作品，再與《春游女几山圖》詩相較僅易三字，末句「載酒揚鞭過野橋」，改「攜琴」爲「揚鞭」，雖然稍符畫景，但此畫松林道上並無橋樑，也就沒有所謂的「過野橋」了，詩與畫並無聯繫，詩與畫之所以硬湊在一起，實乃錄塡紙空而已，知此，便無須苛責了。

（六）集錄舊作

明代以書畫饋贈親友已很常見，文人畫家以己畫贈人更是理所當然，由於繪畫成爲文人間相贈的物品，因此在贈畫的同時順便錄上幾篇近作詩文向對方請教是很自然的事，明三家畫中可以找到的例子多是長卷畫作完成後，在拖尾的部份寫上近作詩文，一起送給對方，則收受者既能觀覽畫家新繪之畫，又能捧讀其詩文近作，一般的文人互送作品請對方指教的詩文往來是很普通的，而文人畫家則是詩畫往來，既有詩文也有畫，由於有畫，具有藝術收藏價值，所以得之者比起只有收到詩文更寶之。這樣的集錄舊作或近作，自是先完成詩再完成畫，其詩畫之間有時依詩作畫，有時則和畫完全無涉。

沈周《天平山圖》卷，圖繪群山，前山雜樹數株，臨崖二人對坐，拖尾題：

> **登支硎山**
>
> 千載支郎此說經，寒泉石澗尚縱橫。鶯花浪示春消息，
> 水月猶通佛性情。嵌石平龕苔寄迹，空亭一箇鶴留名。
> 許詢同化不同調，唯有溪山照眼明。
>
> **天平山**
>
> 天平合在名山志，山下祠堂更有名。何地定藏司馬史，
> 此胸誰負范公兵。高平落日雲霞亂，雜樹交花鳥雀爭。
> 要上龍門發長嘯，世人無耳著鶯聲。
>
> **八月十四夜同浦舒庵諸友賞月**
>
> 少年漫見中秋月，視與常時無各別。……
> 農屋賞秋開小宴，蟹螯魚尾薦溪新。十分好是青天月，

五老都爲白髮人。杯酒交遊多日是，笑談鄉曲見情眞。
不成爛醉不歸去，風露來須頭上中。
拔劍斫瓦，瓦碎何用。斫碎于瞞，莫爲輕重。不如掣取
太史筆，青竹中間削其統。……
草窗劉先生嘗賦銅雀歌有云呼，見開取長劍，斫碎愼勿
留。蹤讀之知先生疾操之心，蘊之于氣，發之于言，若
是之勁且烈也。周懦夫也，不能不先聲於破缶，故作此
詩解其怒，而願有所存焉耳。時弘治己酉秋日，沈周書
舊作于原巳太醫先生半舫齋中。

這五首詩中的四首具見《石田先生集》，「登支硎山」收入《石田先生
集》七言律，詩題作「支遁菴」，畫上字句與集中所錄略有差異。「天
平山」收入《石田先生集》七言律，畫上字句與集中所錄相同。「八
月十四夜同浦舒庵諸友賞月」收入《石田先生集》七言古，詩題作「中
秋賞月與浦汝正諸君同賦」，畫與集中所錄字句亦略有差異。「農屋賞
秋開小宴」句，此詩集中未收。「拔劍斫危」句乃「莫斫銅雀硯歌有
序」，收入《石田先生集》七言古，畫與集中所錄字句略有差異。因
爲舊作中有登蘇州鄰近諸山之詩，因此便圖繪山景，點以人物，但卻
非完全的依詩作畫，如依〈八月十四夜同浦舒庵諸友賞月〉詩，則畫
中人物便不應僅有二人，所以畫乃隨手而畫，重點不在畫而在拖尾所
錄舊作詩，這或許是沈周欲書舊作予原巳太醫先生，又順便畫了圖。

　　一般長卷畫作，多將詩文題於畫心或拖尾，畫前引首文字多爲大
字榜書，沈周《芍藥圖》卷則不然，畫前書寫詩文，文字之後才繪圖，
此卷題：

喧市紛聒耳，幽尋連城陰。誰料此城中，其境得山林。
僧寮敞小構，據此西水潯。清流可俯掬，鬢眉亦堪臨。
返照在東壁，水影浮虛金。人物相映瑩，寂靜宜道心。
散木列左右，上下鳴春禽。踈竹不蔽墻，累累見遙岑。
遊賞莫禁客，酒茗喜相尋。借問常來轍，記壁曾誰吟。
筆硯我所事，漫以開煩襟。(過北寺慶公水閣，消遣一日，甚

得清適，因留此詩，油器知之，恨不能追，乃錄寄出，以厭其好
遊之心。沈周。）

由題記可知此詩非爲畫而作，在此長篇詩文後繪一枝芍藥，芍藥花與
前之詩句無一相關，可見此卷乃是主要寫此詩，詩寫完後還有剩紙，
故隨手畫了一枝芍藥補白，因書法與繪畫所使用的工具相同，能書能
畫的文人寫完了字，信手再畫個小圖，這樣的情形宋代的米芾也曾有
過，如其《珊瑚帖》（圖 100）即是。

　　沈周《荔柿圖》軸（圖 101），乃是寫了一首詩後，再畫幅圖一
起送人，這樣比起一張紙上只白紙黑字的寫一首詩給人看要較具視覺
美感，此圖題：

　　庚子元旦即興

　　起問梅花整角巾，忻然草木已知春。白頭無恙人惟舊，
　　黃曆多情歲又新。行酒不妨從小子，耦耕還喜約比鄰。
　　年年天肯賒強健，老爲朝廷補一民。（右近作一首，侑以荔
　　柿圖奉吾宿田老兄新春一笑。周再拜。）

在畫上題詩多不會寫詩題，不管在立軸畫幅上面或長卷拖尾處題詩而
有詩題者多不是爲畫而作之詩，而是屬於書錄舊作或與畫相關的前
作。沈周此詩題爲「庚子元旦即興」，爲其近作，而所繪荔枝與柿子
與此詩毫無關係，詩畫之結合只是方便一起送人而已。

　　除了錄舊作贈人而侑以畫的情形外，也有自錄舊作於畫上自翫
者，由於明代文人畫在畫上題詩已成風氣，一幅畫上要有詩方覺畫面
完整，詩畫結合已成文人畫家作畫習慣，對於詩是否爲畫而作並不嚴
格要求，集錄舊詩題於畫上之詩畫結合，其詩畫關係最爲薄弱，如唐
寅《墨竹圖》扇（圖 102），扇上近柄處繪一小幅墨竹，畫旁題：「唐
寅戲筆」，畫的上方題：

　　夢　見

　　抱枕無端夢踏春，覺來疑假又疑眞。分明紅杏花稍上，
　　墻上人看馬上人。

早 起

獨立柴門倚瘦筇，葛襟涼沁豆花風。曙鴉無數盤旋處，
綠樹稍頭一線紅。

看 花

穀雨豪家賞麗春，塞街車馬漲天塵。金釵錦袖知多少，
都是看花爛醉人。

南 樓

數盡南樓百八鐘，殘燈猶掩小屏風。雞聲一片催春曉，
都在紅霞綠樹中。

酷 熱

烈日燒雲雲迸開，森羅萬象盡成灰。只疑一隻笸盛火，
天上笸將火下來。

詠 雞

武距文冠五彩翎，一聲啼散滿天星。銅壺玉漏金門下，
多少王侯勒馬聽。

所 見

杏花蕭寺日斜時，瞥見娉婷軟玉枝。撮得繡鞋尖下土，
搓成丸藥療相思。

牡 丹

穀雨花開結綵鼇，牙盤排當各爭高。滿城借看挑燈去，
從此青驄不上槽。

仕 女

拂臉金霞解語花，花前行不動裙紗。香泥淺印鞋蓮樣，
付與芭蕉綠影遮。

漁 父

插篙蘆中繫孤艇，三更月上當篙頂。老漁爛醉喚不醒，
覺來霜印簑衣影。

廬 山

白酒沽來紅樹間，墮工勘勸就驢鞍。先傾一盞揩雙眼，

要把廬山子細看。

墻　花

墻上花枝墻下路，不容人折容人覷。風吹一片墮鞋前，
便道如今不如故。

（絕句十二首，皆張打油語也，予言乃謂其能道意中語，故錄似
之。時正德辛巳九月登高日書於學圃堂。晉昌唐寅。）

由於扇面空間較小，一般小品扇畫不一定題詩，甚至為了畫面的清
爽，不題款只鈐印，唐寅此扇題了十二首絕句，在扇面繪畫中並不多
見，十二首絕句中的〈漁父〉詩，又見題於其《蘆汀繫艇》軸、《葦
渚醉漁圖》軸二畫，十二首詩主題各異，可知此扇上詩乃將舊作集錄
而書，詩與畫之內容毫無關連。

　　文徵明《疏林淺水圖》卷，畫心題：「嘉靖庚子秋八月十又八日，
南衡侍御過訪草堂，寫此奉贈。徵明。」拖尾自題近作五、七言律詩
十七首：〈春盡〉二首、〈夏日雨後〉、〈南樓〉、〈夜涼〉、〈立秋再疊前
韻〉、〈七夕〉、〈八月十四夜對月〉、〈十五夜再賦〉、〈登虎丘〉二首、
〈寄馬西玄〉、〈次韻崦西綠蘿軒即事〉二首、〈次韻張石磬寄示三詩—
春歸、睡起、夜坐〉，詩後署：「近作數首，書似南衡先生請教。徵明
頓首上。」可知此卷詩畫是贈畫復書近作請教二者的結合。

　　文徵明另一長卷《林泉雅適圖并書七言長句》卷，拖尾亦集錄舊
作數首：

郭西閒汎

雨足新蒲長碧芽，野塘十里抱村斜。青春語燕窺游舫，
白日流雲漾淺沙。湖上脩眉遠山色，風前薄面小桃花。
老翁負汲歸何處，深樹鶴鳴有隱家。

夏日飲湯子重園亭賦

城居何處息炎蒸，與客來投小隱亭。五月葵榴晴折絳，
四簷梧竹晝圍青。從心（疑漏一字）遠柴門靜，不覺風
微宿酒醒。怪是淹留終日便，主人蕭散舊忘形。

夏日園居

筆牀書卷繞壺觴，到此欣然百事忘。自笑頻來非俗客，
只愁難卻是清忙。池塘聽雨煩心靜，軒檻迎風醉面涼。
綠樹繚垣啼鳥寂，更從何處覓江鄉。

題　畫

隔浦羣山百疊秋，青烟漠漠望中收。松搖落日黃金碎，
江浸長空碧玉流。水閣虛明占勝概，野情蕭散在滄洲。
人間佳境非難覓，自是塵緣不易投。

莊居即事

背郭通村小築居，任心還往樂何如。山中舊業千頭橘，
水面新租十畝魚。未遂隱謀聊避俗，不忘壯志有藏書。
抱衾曾借西齋榻，回首題詩十載餘。

（嘉靖甲寅秋七月望書。徵明。）

舊作中也有題畫詩，可說是題畫詩中的題畫詩了，只是不知該題畫詩
題於何畫，像這類拖尾題詩，若說與畫毫無關係也不盡然，如這幾首
詩中的〈夏日園居〉、〈莊居即事〉仍然可和畫景扯上一點關係，若此
卷僅題此二詩中的一首詩，言畫家乃依詩作畫也無不妥。從後人所定
的畫名《林泉雅適圖并書七言長句》便可知乃是兩物結合，林泉雅適
圖是一件，七言長句是一件，兩件雖然裱成一件，但二者並無關係，
長卷書畫在裱褙上，由於拖尾可以無限延長，故後人有時會將同一作
者的畫與字裱在一起，詩與畫關係的產生，是由於裱褙因素，嚴格的
說，這類與畫結合的詩並不屬於題畫詩，即使是畫家自行書寫於畫後
的這類舊作詩也不算題畫詩，但若依題在畫件上的詩便是題畫詩的認
定標準，則這些詩又屬題畫詩無疑，但無法討論其詩畫關係。

第二節　題他人畫詩

明三家題他人畫之詩，在其各自的詩文集及書畫書籍中保存頗
多，現存明以前名畫亦可見到三家題跋，與三家交游的同時代畫家作

品亦可見三家品題，但因題目範圍的設定，本文僅討論現存明三家畫蹟上的題詩，故三家題他人畫的部份，僅能討論三家題在對方畫上的詩，如此雖不能完整呈現三家題他人畫之題畫詩的完整面貌，但卻可和三家之自畫自題詩作一比較，以見其異同。

一、詠　畫

　　三家互詠對方畫作，在三家現存畫蹟中以唐寅與文徵明互詠或詠沈周的題畫詩較多，沈周因其輩分較尊，故吟詠晚輩畫作的情形較少，偶一見之，也非獨詠而是多人同詠。如唐寅《對竹圖》卷，繪茅屋修竹，屋內一人對竹靜坐，拖尾有沈周等多人題詠：

> 簞瓢不厭久沈淪，投著虛懷好主人。榻上氈毹黃葉滿，
> 清風日日坐陽春。此君少與契忘形，何獨相延厭客星。
> 苔滿西磜跡斷，百年相對眼青青。（晉昌唐寅）
>
> 我築小莊名有竹，君家多竹敬如賓。一般清味醫今俗，
> 千丈高標逼古人。蕭蕭衣冠臨儼雅，年年雪月仰風神。
> 尋常豈是輕桃李，不解經冬祇歷春。（沈周）
>
> 晉朝王猷成竹癖，不可一日無此君。此君林林總玉立，
> 風節凜若凌蒼旻。顏君絕俗乃尚友，一瓢千古鼻祖貧。
> 置像長哦伯夷頌，整冠日禮與可神。翻雲覆雨嚴謝絕，
> 歷雪經霜晚更親。桃李場中不涉迹，虛堂安得容雜賓。
>
> （昆山黃雲）
>
> 君子本無黨，畸人必有鄰。夷齊是賢王，徐穉固嘉賓。
> 白雪聲相應，清風座不塵。我來當逕造，亦可作三仁。
>
> （祝允明）
>
> 挺蒼搖翠一蕶蕶，到處相看作主翁。未愧七賢來坐上，
> 寒客千畝在胷中。捲簾暮對蕭蕭雨，敧枕秋吟籟籟風。
> 不是王猷偏致意，平生氣味偶相同。（衡山文璧）
>
> 脩竹當門立，對之心自清。雅持君子操，深結歲寒盟。
> 白日惟端拱，長年免送迎。好風時拂灑，環珮一齊鳴。
>
> （都穆）

此卷唐、沈、文三人皆有詩，黃雲、祝允明、都穆皆其友，諸詩皆爲詠畫之作，畫中對竹者爲何人則不得而知。由於沈、唐、文三人相識之友多有重疊，故三人畫中常可見到同一群友人的吟詠詩作。

唐寅《雙松飛瀑圖》軸（圖 103），繪雙松間一飛瀑傾瀉，石壁矗立，瀑布下一人靜坐觀流，唐寅僅題：「吳郡唐寅畫」五字，未有詩，文徵明則題詩其上：

　　　玉虹千丈落潺湲，石壁巖巖翠掃烟。料得詩翁勞應接，
　　　耳中流水眼中山。（徵明）

詩屬詠畫之作，因原畫家無題詩，故他題之詩非常自由，不會受到原畫家題詩內容的影響。

在同一幅畫中同時有沈、唐、文三人題詩，在一些多人題詠的畫蹟中已有其例，一幅畫上僅有三人題詩的例子今可見者應是文徵明早期的作品《雲山圖》軸（圖 104），此幅繪雲山溪樹，畫幅上方三人題詩：

　　　蒼靄夕陽樹，踈明雨後山。白雲遮不盡，疑在有無間。
　　　（文壁）
　　　虎兒文仲子，只作後身看。小筆將雲捲，溪山點華寒。
　　　（沈周）
　　　晚雲明漏日，春水綠浮山。半醉驢行緩，洞庭黃葉間。
　　　（唐寅）

三詩具爲詠畫之作，文徵明完全據畫吟詠，沈周則先對文徵明有所稱許再詠畫，唐寅吟詠畫景時加入了畫外之景，「半醉驢行緩」句乃畫面所無，通常畫家畫山水畫爲避免予人死寂之感，常會點以人物驢馬以生動畫面，但此圖則僅繪山水景色，唐寅此詩將畫外之景帶入畫中，同樣達到了生動畫景的效果，題畫詩具有延伸畫景畫意的功能在此展現。

二、抒　情

抒情是詩歌創作的重要內容，題畫抒情有畫作爲觸發情感的媒介，睹畫思人、思情、思景而發之爲詩，故其詩畫關係可以相關，有

時亦全不相關，漫寫興感而已。

　　沈周《倣巨然山水》卷，畫心僅題「沈周」二字名款。拖尾則有文徵明的長詩：

> 細泉汩汩落澗平，蒼烟不動江洲橫，湖亭欲上山滿目，
> 新水浮空春雨晴，江南此景誰貌得，石田先生最神逸，
> 輕風澹日總詩情，踈樹平皋俱畫格，由來畫品屬詩人，
> 何況王維發興新，胸中爛熳富丘壑，信手塗抹皆天眞，
> 墨痕慘澹法古意，筆力簡遠無纖塵，古人論畫貴氣骨，
> 先生老筆開嶙峋，近來俗手工摹儗，一圖朝出暮百紙，
> 先生不辨亦不嗔，自謂適情聊復爾，豈知中有三昧在，
> 可以意傳非色取，庸工惡札競投售，鳳凰一出山雞靡，
> 山窗晨卷見滄洲，怳然坐我江湖裏，定應奪卻造化工，
> 不然剪取吳淞水，只合此畫不可得，潦倒門生已頭白，
> 相城溪上草烟空，落木秋風堪嘆息。(偶閱石田先生長卷，
> 漫賦識感。壬辰十月廿日，徵明。)

詩首四句可解爲實指此卷畫景，亦可泛指江南景色，其後之詩句皆屬對沈周繪畫、爲人的描寫，及個人的感慨，這樣的感慨抒情之詩，多在畫完成後經過了一段時間，題詩者方見畫題詩，畫幅依舊，人事已非，怎能不令人慨嘆？

　　文徵明題沈周《溪山晚照圖》軸，亦屬睹畫抒情之題畫詩，此軸乃沈周爲趙文美而作，上有沈周自題詩及記，文徵明在多年以後見此詩畫，乃在沈周詩記後題：

> 石翁貿次王摩詰，到處雲山放杖行。白髮門人今老矣，
> 卻看遺墨感平生。(徵明奉題)

詩末句「卻看遺墨感平生」爲抒情之由，詩的內容與畫面毫無關係，藉畫抒情而已。

三、唱　和

　　和詩爲文人應酬常作之詩，唱和的情形，有時是在雅集席間，一

人首倡，餘人作和，首倡與和詩皆在同時間、同地點完成，亦有不及
參與者，或當時未參與者，在事後追和，這樣的詩便與看了前面人所
寫的詩，步前韻作詩類似，只是步前韻作詩，有時在時空上可以跨越
不同的朝代，如清高宗乾隆便很喜歡用前韻題詩於歷代名畫，而唱和
詩則多屬同時代作品。

　　沈周《夜游波靜圖》扇，原是畫贈孫一元者，孫一元於扇上用田、
天、船、年四韻作了一首五律，沈周用其韻做了和詩題於扇上：

> 夜遊同白日，波靜似平田。撥槳水開路，洗杯江動天。
> 誅求尋樂土，談笑有吾船。明月代秉燭，老懷追少年。
> （和孫先生夜汎韻，即書其扇。沈周。）

唐寅於孫、沈二人詩後，追和了一詩：

> 靜夜開紗機，涼風滿莳田。漁家明隙火，宰木襯湖天。
> 出語爭詩律，蟾光溢酒船。先生挾佳客，歡笑自年年。
> （唐寅追和）

這兩首詩都是以孫一元為吟詠的對象，沈周詩描述畫景，也寫下了朋
友聚飲談笑的情形，唐寅則是在事後追和，在情景上增加了想像的畫
外之景，「涼風滿莳田」、「漁家明隙火」都是想當然耳的畫外之景，「出
語爭詩律」、「先生挾佳客」則是想像當時的情形，這類的唱和題畫詩
不管是當時所作，或事後追和，或依畫、或依事、或依前人題詩的內
容而作，都是有所依循的，不會任意為之。

　　沈周《山水扇面》（圖 105），上有沈周自題詩：

> 繞路尋詩句意新，涼風吹葉趁閒人。一般來往溪橋步，
> 但涉忙緣便有塵。（沈周）

此詩乃據畫吟詠，畫自己策杖步於林樹溪橋。文徵明題和詩云：

> 畫筆詩篇兩闢新，胸中丘壑景中人。就中會得無塵意，
> 屐齒何如自染塵。（文壁奉和）

整首詩皆屬對沈周的描繪，此畫景中人即是沈周自己，文徵明所作和
詩與畫景乃在這點上產生了關連。

四、雅　集

　　雅集時多有唱和作詩，唱和可以是小規模的，只要二人即可唱和，雅集則屬大規模的，參加者可由數人至數十人，雅集詩作有唱和詩，亦有各自爲同一主題而作之詩，並不全然是唱和之作，雅集與唱和又因其規模大小不同，作出來的詩也不大相同，故分別討論。

　　前已述及雅集主題可爲賀壽、送行等等，唐寅題沈周《白頭長春圖》軸（圖 72），便是屬於賀壽詩，此軸沈周題詩後有記云：「沈周爲宗瑞寫壽。鄧宗盛八十，宗瑞蓋其婿，能勤敬如此，可謂半子矣。」畫上尚有吳瑞、浦應祥、沈誠、唐寅的賀壽詩，唐寅詩云：

　　　　八十詩翁隱者流，手栽椿樹破青丘。而今枝幹大於斗，

　　　　下有長春上白頭。

詩爲賀鄧宗盛壽而作，亦與畫景相關，此圖繪椿樹怪石，樹上二隻白頭鳥，詩與畫皆指向白頭長春的主題，很是討喜，其餘諸人題畫詩主題亦類此。

第三節　他人題三家畫詩

　　歷代流傳的名品畫蹟中，可以見到許多畫上滿是詩文題跋，這些畫上的文字，除了畫家本人的墨跡之外，多屬當時及後世人所題，題詩的情形五花八門，題詩的內容一般不出前二節所述，而可作爲史料的畫蹟流傳情形，較不會用詩的方式呈現，而是用題記、識文來交代，對於該畫的品評議論也採題記方式表現，由於這一部份屬題跋而非題畫詩，故附屬於題畫詩中討論。由於明三家在當時及後世皆極受重視，因此三家畫蹟上他人的題詩處處可見，尤以乾隆的題詩在畫上最爲醒目，也最受後人的議論。本節他人題詩以與三家同時代之人的題詩爲討論的重點，尤以與三家有往來者爲主，如此較能觀察出他人題畫詩之詩畫關係，明代後期與清代及民國以後的題詩則擇要討論，以貫串他人題畫詩的整體面貌。

一、據畫吟詠

　　題畫詩以畫爲吟詠的對象，畫家自己寫的詩如此，他人題三家畫亦多有此類題畫詩，題寫的內容則常參考原詩畫作者的意思來發揮。沈周《花下睡鵝》軸（圖 106），繪太湖石傍百合開，百合花下一隻大白鵝睡姿香甜，自題詩云：

> 磊落東陽筆下姿，風流崔白未成詩。鵝羣本是王家帖，
> 傳過義之又獻之。（石田老迂沈周畫）

詩用王羲之寫經換鵝的典故，其後彭年的題詩與乾隆的詩都沿用之，因爲此畫之主題有典故，因此據畫吟詠之詩也用此典故。彭年題詩云：

> 湖峯曉雨濕蒼青，興慶池頭見雪翎。五十萬錢原有價，
> 笑人輕易換黃庭。（隆池山樵彭年）

詩首句「湖峯曉雨濕蒼青」描述了畫景的湖石，二、三、四句是典故的運用。又乾隆題詩：

> 石有半棱花有姿，睡鵝宜畫又宜詩。南華經傳石田注，
> 才不寸間酌取之。畫頃傷眠夢學青，那敵事如喫霜翎，
> 分明道德經相換，太白詩中誤逕庭。（癸未春日，御題。）

首二句「石有半棱花有姿，睡鵝宜畫又宜詩」亦是據畫景吟詠，其後亦用同一典故，足見他人題畫詩在寫作時，通常都會尊重原作者所欲表達的主題。

　　沈周《墨荼辛夷圖》卷（圖 107），第一段繪墨荼，第二段繪辛夷，兩段畫皆只鈐「啓南」印而未落款，吳寬則在這兩段畫上各題一首詩，詩末鈐「原博」印，比照沈周鈐印不落款的方式。墨荼畫旁吳寬題詩云：

> 翠玉曉龍鬆，哇間足春雨。咬根莫棄葉，還可作羹煮。

辛夷圖邊吳寬題云：

> 半含成木筆，本號是辛夷。一樹石庭下，故園增我思。

二詩皆是據畫吟詠，如果畫上無原畫家的題詩，則他人在該畫上題詩時較爲自由，不須考慮原作者的意思，可逕以己意題之。

　　沈周《芝蘭玉樹》軸（圖　108），繪太湖石畔靈芝幽蘭，湖石上
方玉蘭挺枝。自題詩云：

　　　　玉蘭挺芳枝，幽蘭出深谷。生長雖不同，氣味各芬馥。
　　　　（沈周）

詩為據畫吟詠之作，祝允明、吳寬亦題詩其上：

　　　　玉樹芝蘭花，清香暗中起。日暮懷美人，盈盈隔湘水。
　　　　（祝允明）

　　　　一枝香雪亞墻東，千樹天桃枉自紅。腸斷不禁明月夜，
　　　　縞衣珠珮倚微風。（鮑庵吳寬）

同樣是據畫吟詠，自題與他題詩之間取得了和諧，也使觀畫者更能進
入詩畫中的意境。

　　當畫上有原畫家題詩時，他題之據畫吟詠題畫詩即使內容各寫各
的，但用韻多會依循原韻，如唐寅《觀梅圖》軸，自題：

　　　　插天空谷水之涯，中有官梅兩樹花。身自宿因繞一見，
　　　　不妨袖手立平沙。（蘇門唐寅為梅谷徐先生寫）

其後題詩三人皆依前韻題詩，如都穆題：

　　　　除卻山顛與澗涯，也輸深谷貯梅花。先生抱癖無人識，
　　　　閒詠東風岸有沙。（都穆）

依前韻吟詠畫作的情形以清高宗乾隆最常用，明三家畫蹟上多可見其
用前韻題詩，如沈周《雪景》軸（圖 109），自題：

　　　　雪裏高蹤為探梅，獨騎瘦馬踏寒來。西湖第六橋頭路，
　　　　撲鼻新香已試開。（沈周）

乾隆題：

　　　　我到西湖每遇梅，兩高峯送雨絲來。披圖如踏六橋雪，
　　　　樹樹重看五出開。（辛亥春用沈周韻，御題。）

沈周《松岩聽泉圖》軸，乾隆詩後款題：「丁未孟冬上澣用沈周韻，
御題。」。乾隆題詩於畫，有時一題再題，再題之詩亦疊前韻，如唐
寅《品茶圖》軸，唐寅詩後，乾隆題了七首詩，五疊前韻，疊韻之詩
款題：「乾隆癸酉十月題於田盤千尺雪，即用伯虎原韻，御筆。……

甲戌二月重過千尺雪，疊前韻再題。……乙亥仲春三疊原韻題，御筆。……戊寅冬四疊前韻題，御筆。……癸未仲春五疊前韻題，御筆。」喜用原韻題詩，成爲乾隆題畫詩的一種特色。

文徵明《綠陰草堂圖》軸（圖 78），前已述及畫上有畫家自題二詩，另有三人題詩，這三人之詩乃屬據畫吟詠之作，詩云：

天河一夜雨，染盡郊原綠。頗怪出山雲，時能礙游目。

（蔡羽）

衡門畫長掩，春艸綠於積。儻有問字過。朝來見行迹。

（王寵）

百尺飛泉下遠岡，隔溪灌木奏笙簧。杖藜行過溪梁去，

萬綠陰中有草堂。（師道）

詩有五言與七言，押韻也很自由，內容皆據畫吟詠，對於畫景描述各有取捨，三首詩並觀恰可補足畫景。

二、藉畫抒情

他人藉畫抒情的題詩，通常在畫的背後都有一段故事，觀畫後有感而作。沈周《仿黃公望富春山居圖》卷，後紙題識云：

大癡翁此段山水，殆天造地設，平生不見，多作作輟，

凡三年始成，筆跡墨華當與巨然亂眞，其自識亦甚惜。

此卷嘗爲余所藏，因請題于人，遂爲其子乾沒，其子後

不能有，出以售人，余貧又不能爲直以復之，徒系於思

耳，即其思之不忘，迺以意貌之，物遠失眞，臨紙惘然。

（成化丁未中秋日，長洲沈周識。）

黃公望《富春山居圖》卷原爲沈周所藏，其後失卻流落，清代入藏清宮，今由台北故宮博物院收藏，此卷拖尾有沈周題跋，沈周跋後有文彭、王穉登、周天球等人的題跋識語，前隔水有董其昌跋。沈周失畫後憑記憶繪了此卷《仿黃公望富春山居圖》，拖尾有姚綬、吳寬、文彭、周天球、董其昌、謝淞洲等人的詩文題跋。吳寬雖未在黃公望《富春山居圖》上題跋，但吳、沈二人乃屬至交好友，當年亦曾獲觀大癡

眞蹟，如今再看到沈周仿畫，有感而作七古一首題於拖尾：

> 大痴道人唐鄭處，平生痴絕仍畫絕。長卷當年我亦觀，
> 大略猶能爲人說。山川歷歷百里開，彷彿扁舟適吳越。
> 平橋曲沿客慣游，複嶂重湖天所設。漁工樵子互出沒，
> 空有高人在巖穴。墨瀋淋漓拾未能，信得畫家山水訣。
> 爲人說此亦徒然，把筆安能指下傳。對本臨模未爲苦，
> 運思想象誰當專。晴窗淺色手自改，輸與吾鄉沈石田。
>
> （長洲吳寬）

吳寬將觀畫後心中所感，發而爲詩，既抒情也記事。文彭題記未有詩，周天球則僅題「辛未九月廿八日周天球在天籟堂縱觀竟日」數字。

三、因畫起興

　　畫作是一個媒介，詩人託物起興，此物即爲畫，因此畫而聯想到某事，這樣的情形在畫家的自畫自題詩或他人的題畫詩中皆可見到。沈周《山水》軸，自題：

> 米不米，黃不黃，淋漓水墨餘清蒼，擲筆大笑我欲狂，
> 自恥嫫母希毛嬙，於乎！自恥嫫母希毛嬙。廷美不以予
> 拙惡見鄙，每一相覯，輒舉挽需索，不間醒醉冗暇，風
> 雨寒暑，甚至張燈亦強之，此□本昨晚酒後，顚□錯謬，
> 廷美亦不棄，可見□索也。石田志。

陳蒙在看了此畫後，聯想到沈周其人其畫，乃在畫上題詩：

> 沈郎愛山水，每傳山水神。顚癡已不作，夫乃見後身。
> 觀其落筆時，只赤千里眞。意與元氣會，胸次無一塵。
> 雲嵐互吞吐，草樹空四隣。中峯何崢嶸，群嶠相主賓。
> 彷彿天台洞，中有避世人。何當採藥去，看此桃花春。
>
> （陳蒙題）

因其畫而想其人應是在題畫詩中較常見的起興方式，前舉之沈周《倣倪瓚筆意》軸，爲沈周仿倪瓚之畫而在題畫詩中題詠倪瓚，陳蒙因沈畫而詠沈，情形相同。

四、詩文酬贈

　　畫家詩畫酬贈的作品有時並非獨立爲之，酬贈的對象所認識的朋友，若亦爲畫家所熟識，通常會共襄盛舉，在畫上題詩以贈，這類的題畫詩之詩未必爲畫而作，多屬詩畫皆指向同一對象。唐寅《守耕圖》卷，乃爲守耕而作，畫心自題：

> 南山之麓上腴田，長守犁鋤業不遷。昨日三山降除目，
> 長沮同拜地行仙。（唐寅爲守耕賦）

拖尾有王寵〈守耕記〉，記後有皇甫冲、俞國振兩人的題詩：

贈守耕陳君

> 負耒從吾事，東皋及早春。居常忘帝力，在野亦王臣。
> 桑落懼開釀，禾登喜薦新。悠然軒冕外，不對問津人。
> （華陽皇甫冲）

> 野雲彌望日華開，春色平分散六垓。忽聽綠楊啼布穀，
> 一犁帶雨破蒼苔。裊裊垂楊生紫烟，向陽田地得春先。
> 芝蘭且種三千畝，不作尋常養鶴田。（萬谿俞國振）

此二人的題詩皆以守耕爲歌詠的對象，守耕名陳朝用，王寵〈守耕記〉云：「吾郡朝用，家世故族，治畦千畝。」引首有文徵明隸書「守耕」二字，款題：「徵明爲朝用書」，皇甫冲、俞國振皆長州人，此卷由唐寅繪就，同郡諸人或於引首題字，或作詩、或作記，共同完成此一詩畫作品。唐寅詩可歸類於詩畫酬酢的題畫詩，皇甫、俞二人之詩，非據畫吟詠、抒情、起興之題畫詩，而是爲某一對象而作之詩，其詩畫關係薄弱，雖題於畫上，實屬應酬之作。

　　應酬詩畫的產生，有時是能畫者作畫，不能畫者題詩，作畫者未必有詩題於畫上，畫上詩皆爲他人作品，如唐寅《王鏊出山圖》卷（圖110），唐寅只於畫心題：「門生唐寅拜寫」幾字交代作畫者身分，拖尾有七人的題詩：

> 東南赤舄上明光，百辟迴班待子長。事業九經開我后，
> 文章二典紀先皇。春風夜雪門墻夢，秘洞靈丘杖屨將。
> 敢道託根偏對拔，例隨荒草逐年芳。（門生祝允明）

道德前王懋，專求我后崇。竭來開禁館，爰命列羣公。
少宰中朝駿，文鋒蓋世雄。典謨深帝學，出入冠青宮。
大受心彌小，端居望愈隆。旁徵勞仄席，鳳簡在淵衷。
乃濟雲龍會，無忝著作工。凫飛南斗下，蓋擁大江東。
寥廓瞻疆宇，優柔採國風。匪徒吳競直，兼尚馬遷通。
聖業唐虞並，昭靈日月同。華詞將茂實，傳示緬無窮。
（晚生徐禎卿）

贊化調元屬重臣，相君歸國節旌新。大廷入覲新天子，
四海應沾鼎外春。（門下生張靈）

聖主登新極，文星復舊垣。紫書徵纂述，黃閣待調元。
畫舫行江驛，華旌映郭門。承明朝見罷，天語降殊恩。
（後學生吳奕）

聖皇初御極，登進盡賢人。求舊尤加意，先師乃後臣。
國書需總筆，王化屬持均。聞說周公事，新圖畫得真。
（晚生盧襄）

吳國才賢見兩元，山川靈秀出璵璠。先朝史錄趨宣召，
大郡編摩接討論。車馬城西懷遠別，經綸闕下沐殊恩。
緣知舊學應超擢，還見官崇道益尊。（芹門朱存理）

綸綍頻宣上帝京，編年直筆鬼神驚。明良日覲天顏喜，
黜陟心懸水鏡清。宋室匡君推范老，漢庭稽古重桓榮。
春風門第多桃李，我獨傳經媿鄭生。（門生薛應祥）

這些詩作都是對王鏊的歌頌，無片語涉及畫景，唯一有關的是畫的
主題與詩所歌頌的對象相同，畫景是群山中一人乘華蓋馬車，旁有
僮僕相隨，車上坐者即王鏊，王鏊爲吳縣人，成化十一年乙未進士，
官至戶部尙書兼文淵閣大學士。明武宗朱厚照登基，改元正德，王
鏊受新主重用，因此其門生後學乃作畫作詩同賀。前舉唐寅《貞壽
堂圖》卷，唐寅除在畫心款題：「吳門唐寅」外，也在拖尾中有詩，
拖尾諸人詩作的詩畫關係與《王鏊出山圖》相同，都是爲某一對象
所寫的酬贈作品。

五、持圖索題

文人雅士得到一幅好畫，常會持圖請人題跋，爲畫增色並作紀念，沈周即曾因此而失去黃公望的《富春山居圖》，而爲之惋惜不已，通常持圖索題者多爲持他人之圖索題，持己畫索題的情形較爲少見，沈周《仿黃公望富春山居圖》，乃因有其特殊性，故拖尾請吳寬等人題跋。

沈周《虎丘送客圖》軸，乃沈周畫贈徐仲山之作，畫上沈周已有送行詩作：

> 虎丘送客地，設餞五臺杪。憑高睇往路，千里空蕩篠。
> 使君都水郎，德樸文思巧。鳴之則驚人，何異丹穴鳥。
> 導泉有魯役，汶泗探歷杳。上下務通流，百甕成電掃。
> 三年身始歸，山水苦纏繞。勸君爲泉記，先意説在草。
> 人物要相當，非君殆誰造。此丘亦有泉，名賴陸羽好。
> 飲君重鄉味，勿謂杯勺小。（水部徐君仲山，治泉魯中者幾三
> 年，頃回尋行，因携酒餞別虎丘，水部即席有作，謾倚韻答之。
> 庚子燈夕前三日，沈周識。）

徐仲山得此詩畫頗覺不足，若得朝廷重臣吳寬題詩，當可增色不少，故持圖請題，吳寬題云：

> 徐子昔年官水部，疋馬東行歷齊魯。運河水滿万艘通，
> 汶泗交流無壅土。歸來泉志手親編，好與河渠書並傳。
> 不識當時陸鴻漸，齒牙空味虎丘泉。（仲山治泉，役滿考還
> 朝，持啓南此圖相示，聊爲題此而歸之。吳寬。）

詩中稱頌徐仲山治水著書的功績，內容其實與沈周題詩類似，因吳寬身分高，有其題詩可爲畫增色，亦爲其還朝壯行。

沈周《折桂圖》軸（圖111），繪桂花一枝，畫上有三人題詩：

> 江東八月有秋風，舉子攀花望月中。此是詞林舊根柢，
> 一枝新發狀元紅。（沈周）
> 易學余甘立下風，風華名在夢書中。畫成桂樹留香里，
> 何似高攀第一紅。（陳師尹將赴應天己酉鄉試，持石田墨桂請

題，余次其詩，期師尹步蟾高攀在此一舉。姚綬）

　　近來場屋看文章，語欲精醇氣欲長。莫學不才登十八，
　　須題首卷易經房。（友人楊循吉）

從題跋中可知陳師尹有了沈周詩畫後，又持請姚綬題詩，從畫面題跋
的安排來看，沈周在繪此圖後題詩時，應已知道此圖還會有他人題
詩，因此將自題詩寫在畫幅右上方，空下左上方的畫幅，此圖若無他
人題跋，則畫幅左上方便成為一大片空白，整個畫面右重左輕，畫家
若未設想尚有題詩之人，是不會如此構圖的，姚綬題詩後，整幅畫的
上方已經被題跋佔滿了，因此後來楊循吉的題詩便選擇畫幅的空隙題
寫，畫上楊循吉詩的內容也屬祝賀陳君鄉試，因此也可能是應陳君之
請而題，畫上有了三人的題詩，既得到題詩者的祝賀，也為該畫增色。

　　劉以規曾持沈周《崇山修竹》軸（圖80），請其兄劉珏題詩，劉
珏卒後，以規又持請文林題詩以為紀念，劉、文題詩云：

　　柳暗花明入鳳城，壯遊不動別離情。賈生袖裏多長策，
　　欲為君王致太平。（吾弟以規，角藝南宮，因題沈啓南山水，
　　以期其遠大。時成化六年春仲，完菴劉珏廷美識。）

　　輞川圖畫渭城詩，千里相看有所思。老屋碧桃山色在，
　　劉郎去後沈郎悲。（劉完菴、沈石田皆以詩畫擅名，壬辰春，
　　完菴卒，而以規持是圖在京邸索題，因錄如右。八月廿六日，文
　　林識。）

劉珏題詩期許，文林題詩紀念，應請題詩的緣由不同，題詩的內容也
跟著相異，故非詩人自行題於畫上的索題之詩，其詩的內容便會依索
題目的而寫。

六、題畫轉贈

　　繪畫作品在文人之間成為相互饋贈的物品後，能畫者以己畫贈
人，有時也在他人之畫上題詩贈人，不能畫者自然只能以他人之畫贈
人了，在他人之畫上題詩，因畫上有自己的墨跡，故舉以贈人時，受
贈者可因贈者墨跡而顯其紀念價值予以珍藏，通常這類題畫轉贈的題

畫詩多爲受贈者而作，與畫不一定有關係，有時爲某一目的而找符合饋贈主題的畫爲贈，則其題詩歌詠之對象便非原畫之對象，而是其饋贈之對象。如沈周《壽陸母八十山水》軸，上有沈周及其伯父沈貞吉的賀壽詩，所賀對象爲陸母，此畫後來被朱大韶購得，朱大韶乃題詩其上，作爲外母八十大壽的賀禮：

> 壺範峩峩冠德門，直從爲婦抱曾孫。百齡遐祉天應錫，
> 四代芳名世所尊。不用含辛懷往事，祇將餘慶蔭諸昆。
> 韋郎少小承殊眷，五十無聞負至恩。(戊辰穢有吳門之役，
> 見此畫於闔門舟中，蓋毛中丞家物，筆法精紗，石田翁真蹟也，
> 因念後四年爲外母八袠壽期，若爲今日作之，物固有不偶然者，
> 遂購之歸，復綴小詩一律，以申祝云。時隆慶辛未小春望日，婿
> 華亭朱大韶頓首書。)

因詩後有題記，方知此詩所寫的對象與前二人之詩不同，但賀壽的主題則一般。

沈周《松石圖》軸（圖 112），畫上僅自題：「成化十六年四月七日，沈周寫。」無自題詩，楊循吉自離官場後居吳中，沈周常與之交游，故楊循吉多藏沈周畫，現存沈周畫上也常見到楊循吉的題詩，由於楊循吉不能畫，欲祝人早生貴子，便找了沈周相類的畫，題詩其上以祝：

> 從來松老方生子，老得兒郎必定賢。況是先生年未老，
> 生兒當復見參天。(春雨先生有佳子俟生久矣！斯松之圖所以
> 祝也。楊循吉。)

此畫應爲沈周贈與楊循吉者，楊循吉題詩後再轉贈出去，由於畫的內容與受贈主題相類，故詩與畫之間也非全然無關，詩的內容雖與畫有關連，但其吟詠對象卻非畫，而是受贈者。

題他人詩於他人畫而轉贈的情形較爲少見，但亦於唐寅畫中見之，如前舉唐寅《觀杏圖》軸（圖 2），畫家自題：「正德辛巳三月吳趨唐寅畫」，董其昌則在此畫上題王維詩轉贈友人：

> 萬樹江邊杏，新開一夜風。滿園深淺色，照暎綠波中。

　　（唐解元觀杏圖，以王右丞詩題之贈汝文兄南游。乙卯秋七月一
　　日。董其昌。）

選取他人所寫與畫相同主題之詩題於畫上，詩與畫之間的聯繫，既非
作者據畫吟詠，亦非依詩作畫，乃是題詩者據畫題他人詩吟詠，屬於
借用，畫家取前人詩意作畫並題前人詩於畫上，其詩畫關係爲依詩作
畫，畫家完成畫作後找前人所作與該畫含意類似之詩題於畫上，其詩
畫關係爲據畫吟詠，但乃是據畫題他人詩吟詠，這兩種情形在現代畫
家所繪的水墨畫中已屢見不鮮，詩雖爲前人所作，至少畫爲己畫，而
如董其昌這樣詩畫皆借用他人之作的情形並不多見，由此畫題贈的情
形，可以窺知題畫轉贈的風氣從明代已經開始。

第四節　詩與畫內容之關連

　　自宋代蘇軾評王維「詩中有畫、畫中有詩」後，中國詩與中國畫
之間的關係開始受到廣泛的重視，現代學者對於詩畫關係也有許多的
討論〔註8〕，對於詩中的畫意與畫中的詩情、題畫詩諸問題、中西詩
畫內涵之比較等均有所論述，惟較少觸及的部份是詩的內容與畫的內
容之關連，題畫詩不管題於畫上或未題於畫上，其內容與畫的關係達
到何種程度？題於畫上的詩，其內容是否就理所當然的與畫有關？這
些論題由於缺乏畫蹟的參照，因此前人的研究在這方面的討論較爲不
足。本文以現存畫蹟爲討論單位，故無前人討論時缺乏畫蹟參照的顧
慮，在前文對詩畫結合的各種情形做了分類後，本節乃要討論題於畫
上的詩的內容與畫幅內容之關連的幾種情形。

一、詩與畫互相闡發

　　詩畫關係最爲密切的情形乃詩與畫互補不足與相互擴充，畫屬單
純的景物呈現，詩則可記錄時空、抒發情懷，畫不出來的部份可由詩

〔註8〕相關討論論文請參考本書末之參考書目，期刊論文部份。

補充，詩句中的景物可由畫來呈現，一幅畫中景物之容納有限，畫外之景便可藉由詩來擴充，詩情、畫意的完整有賴詩與畫的結合，此結合既是形式的，也是內容的，缺詩則畫意不明，缺畫則詩旨不顯，自畫自題之題畫詩，由於詩畫創作者爲同一人，因此在詩畫創作時，其詩畫之內在關連已在畫家構思時予以融合，相依程度最高，當題詩於畫已成爲繪畫創作的考量後，詩雖爲畫家自作自題，但有些則是形式的結合多於內涵的結合，但詩與畫仍有一定程度的關連，明中葉以後至清代，許多畫上題詩已是形式的結合重於內容的連結，因此頗受論者浮濫之譏，在明三家生活的明中期，題詩於畫的風氣開始日趨興盛，此風興盛明三家實具帶動之功，現存明三家詩與畫互相闡發的題詩畫蹟爲數不少，是討論題畫詩詩畫關係的重要材料。

題畫詩據畫吟詠但不黏畫者，前已舉沈周《雞》軸，畫景之情由詩補足，有前舉之沈周《春華畫錦》軸，完全黏畫吟詠者有前舉之唐寅《蘆汀繫艇》軸，題畫詩寫出畫外之景以擴充畫景者有前舉之文徵明《雲山圖》軸，唐寅題詩：「晚雲明漏日，春水綠浮山。半醉驢行緩，洞庭黃葉間。」，詩中之第三句爲畫景所無，畫上題此詩，則觀畫者讀詩時便能自行將此景用想像加入畫中。與上舉之例相類的情形尚多，茲不具論。題畫詩在畫上的重要性與相依性，還可以從畫面主題類似而題詩內容不同的情形觀察，如山水畫爲文人畫中很重要的繪畫主題，山水畫的構圖景物也大多不出山水樹石、竹籬茅屋、溪橋飛瀑、高人驢馬等等，由於畫上的題詩不同，因此觀畫者便會對該畫有不同的感受，如沈周《山水》軸，自題：

　　塵慮了不及，書聲散曉烟。鬢絲長百尺，時颺煮茶前。(周)

此詩予觀畫者出塵閒適之感，而此即畫家作畫時的感受。又沈周《仿房山山水》軸（圖113），題云：

　　青山出氣卻成雲，漠漠雲山兩不分。試待雲開山出色，
　　芙蓉洗眼照秋曛。(弘治壬戌春三月二日，偶過西山僧樓信宿，
　　時雨初霽，見雲山吞吐，若有房山筆意，因得佳紙，遂潑墨信手

圖此以紀興云耳。長洲沈周。）

此畫雲氣山色似要撲面而來，與題詩一起予觀畫者有身臨其境的感覺。沈周《仿米雲山圖》卷，畫後題：

> 墨渝紙弊兩模糊，欲看雲山在有無。抒仕精神元不沒，
> 燈前呼出小於菟。（客有持小米雲山，而破碎若百衲衣也，強
> 余臨此，觀者甚句哂，奈老眼昏花故耳，亦不自知其醜惡，呵呵。
> 沈周。）

畫面亦是群山爲雲氣所繞，由於作畫題詩者老眼昏花，並將此情形表現在題詩與題記中，因此觀此畫者受到詩的影響便會對畫景有模糊迷離的感覺。

唐寅《山水》軸，自題：

> 松濤謖謖響秋風，雲影巒光淨太空。何事幽人常獨立，
> 秖緣詩意滿胸中。（辛巳九月畫。吳郡唐寅。）

觀畫者讀畫上題詩，也從畫中感覺到了詩意。又唐寅《山居圖》扇（圖114），題：

> 紅樹黃茅野老家，日高山犬吠籬芭。合村會議無他事，
> 定是人來借看花。（唐寅）

原本寧靜的山居景色，因爲畫上題詩，而使觀者有熱鬧活潑的感受。

文徵明《山水》軸，自題：

> 峻嶺崇山帶茂林，激湍宛轉斷埃塵。焉知嘯詠臨流者，
> 不是羲之輩行人。（徵明）

用詩來引發觀畫者對於畫中人物的想像。

山水畫中的人物常是該幅畫的意象靈魂，山水畫無人物點襯，則畫面便會予人死寂感，畫中人物與全幅山水在比例上似乎微不足道，但卻是畫家情感的代言人，畫不能言，畫中人物有口亦不能言，其言便有賴畫上之詩文，題畫詩在此具有代畫或畫中人說話的功用，畫中人物或策杖閒行、或觀瀑聽泉、或對坐清談、或騎驢跨馬，或泛舟垂釣，畫上題詩便依此吟詠，而使山水畫有了不同的主題與不同的畫

意。如沈周《策杖圖》軸（圖 115），一人戴笠策杖往溪橋行去，畫幅上方題：

> 山靜似太古，人情亦澹如。逍遙遺世慮，泉石是安居。
> 雲白媚崖客，風清筠木虛。笠屐不限我，所適隨丘墟。
> 獨行固無伴，微吟韻徐徐。（沈周）

畫中人物的心境藉由詩句抒發，而常常畫中人物即畫家自我的映照，因此題畫詩的內容也是畫家自我情感的流露，隨著作畫時情感的不同，題畫詩的內容也跟著改變。沈周《抱琴圖》軸（圖 116），自題：

> 川色巒光照客顏，柳風不動鬢絲閒。抱琴未必成三弄，
> 趣在高山流水間。（沈周）

詩句代替畫中人言語，抱琴而不彈琴，高山流水是琴曲，抱琴者不須彈琴曲，自有高山流水之趣。

唐寅《松溪獨釣圖》軸，題詩云：

> 烟水孤蓬足寄居，日常能辦一餐魚。問渠勾當平生事，
> 不弄輪竿便讀書。（唐寅）

畫中人物的生活、思想，都由題詩代言，觀畫者也藉由題畫詩而更能領略畫家畫意，此詩情與畫意也正是畫家本人畫該畫時的情懷。唐寅《松蔭高士》扇（圖 117），畫群山松陰下，一士高臥，自題：

> 麋鹿魚蝦厚結緣，琴書甘分老林泉。日長獨醉騎驢酒，
> 十畝松陰供醉眠。（唐寅）

畫家想像畫中高士的行止而吟詠之。此扇上另有文徵明題詩：

> 城中塵土三千丈，何事野翁麋鹿踪。隔浦晚山供一笑，
> 離離白暎夕陽松。（徵明）

同樣據畫吟詠，為畫中人物代言，畫景之人乃畫與詩的中心，不管是自題或他題之詩皆以其為吟詠之對象。

文徵明《溪山秋霽圖》軸（圖 118），自題：

> 最愛吳王銷夏灣，輕橈短楫弄潺湲。涼風數點雨餘雨，
> 落日千重山外山。（徵明）

畫中景色為畫家所嚮往，此嚮往之情乃以詩發之，觀畫者除了從詩中感知詩人畫家對這片山水的喜愛之情，同時也會受其影響而對這片好山好水嚮往起來了。

山水畫構圖大同小異，於是畫家情感便在這小異之中發揮，題畫詩賦予畫景相似的山水畫不同的畫意。山水畫在中國畫的類別中屬於大宗，人物畫與花鳥畫亦為主要畫類，中國人物畫不如西方寫實，故畫上人物若無特別說明，常予人千人一面之感，相同人物畫之不同畫意便有賴畫上題詩來分別。唐寅擅長仕女畫，現存其仕女畫多幅，其《倣唐人仕女》軸（圖119），題云：

> 善和坊裏李端端，信是能行白牡丹。花月揚州金滿市，
> 佳人價反屬窮酸。（唐寅）

此畫乃寫揚州名妓李端端乞詩的故事〔註9〕，將美人嬌美之態以詩歌之。又唐寅《班姬團扇》軸（圖120），繪一仕女手持團扇，僅題「吳郡唐寅」名款，無自題詩，但有文徵明等三人題詩：

> 碧雲涼冷別宮苔，團扇徘徊句未裁。休說當年辭輦事，
> 君王心在避風臺。（祝允明）
> 落盡閒花日暮遲，薄羅輕汗暑侵肌。眉端心事無人會，
> 獨許青團扇子知。（徵明）
> 蟬鬢低垂螺黛殘，含顰睡起恨漫漫。長門七月渾無暑，
> 翠袖玲瓏掩合歡。（王穀祥）

三詩皆用漢代班婕妤失寵故事，詩如此寫，則觀者自然認為畫中仕女即是班姬，此畫之畫題若非畫家本人所命名，而是後人所定，也應是參考了詩的內容而訂定，至於唐寅當時繪此畫時是否繪的即是班姬已經不重要，可知題畫詩亦具有確定畫中人物身分的功能。唐寅《秋風紈扇圖》軸（圖121），其畫景與《班姬團扇》一樣都是一仕女手持團扇，但題詩卻大有不同，唐寅自題詩云：

〔註9〕故事見唐・范攄《雲溪友議》中，〈辭雍氏〉，頁13～14。（四部叢刊續編子部，上海涵芬樓景印常熟瞿氏鐵琴銅劍樓藏明刊本）。

秋來紈扇合收藏，何事佳人重感傷。請把世情詳細看，
大都誰不逐炎涼。（晉昌唐寅）

以秋扇見捐對比炎涼世情，畫家藉題畫詩來抒發對人情冷暖的感慨，
觀畫者觀畫之情爲詩所引導，也跟著進入了人世的感慨。畫景相同，
題詩不同，畫意也跟著完全不同，題畫詩對於畫之重要性在此顯露。

再看唐寅《嫦娥奔月》軸（圖 122），畫景有嫦娥、玉兔、明月，
自題詩曰：

月中玉兔搗靈丹，卻被神娥竊一丸。從此凡胎變仙骨，
天風桂子跨青鸞。（吳郡唐寅畫并題）

畫景其實已將嫦娥奔月的情形完整的呈現了，畫上題詩只是再加以補
充而已，讓觀畫者從詩、畫中進入嫦娥奔月的神話想像。同樣是畫嫦
娥，唐寅《嫦娥執桂圖》軸（圖 123），繪一仕女手執桂花一枝，畫
上題詩云：

廣寒宮闕舊遊時，鸞鶴天香捲繡旌。自是嫦娥愛才子，
桂花折與最高枝。（唐寅）

此詩雖寫嫦娥故事，但卻是用月中桂樹聯繫人間八月盛開的桂花，八
月是明清科舉鄉試的考期，故常以折桂作爲中舉的代稱，沈周即曾繪
《折桂圖》贈人，此軸繪桂花一枝，畫上沈周題詩有：「江東八月有
秋風，舉子攀花望月中。」句，姚綬題詩後之小記云：「陳師尹將赴
應天己酉鄉試，持石田墨桂請題，余次其詩，期師尹步蟾高攀在此一
舉。」同樣用嫦娥典故以言科舉。唐寅此仕女畫由題詩末句「桂花折
與最高枝」，可知此畫意不在仕女，而是對舉子的祝賀。唐寅《杏花
仕女圖》軸（圖 124），同樣環繞著科舉的意象，此圖繪樹下一仕女
手執杏花，題詩云：

曲江三月杏花開，携手同看有俊才。今日玉人何處所，
枕邊應夢馬蹄來。（吳門唐寅）

八月鄉試中舉後，第二年便接著會試，會試於二月舉行，會試後的殿
試在三月舉行，二、三月爲杏花開花的時節，故畫家常繪杏花祝人殿

試高中，沈周也有這樣的畫蹟流傳下來，其《紅杏圖》軸，題云：

> 布甥簡靜好學，爲完庵先生曾孫，人以科甲期之，壬戌
> 科，果登第。嘗有桂枝賀其秋闈，茲復寫杏一本以寄，
> 俾知完庵遺澤所致也。
> 與爾近居親亦近，今年喜爾掇科名。杏花舊是完庵種，
> 又見春風屬後生。（沈周）

以桂花、杏花賀掇科名，已爲一般文人所習用，畫家也以此繪圖致賀，唐寅則以其對仕女畫之擅長，而在花之外加入仕女來構圖，賦予了仕女畫不同的意涵，此不同意涵也在題畫詩中表現出來，於是觀畫者觀不同的仕女畫時，便會有不同的感受。

　　花鳥畫中的鳥禽，其畫面構圖簡單，畫意亦有賴題畫詩來區別與彰顯，如沈周《鳩聲喚雨》軸（圖125），繪枝頭一鳩，題詩云：

> 空聞百鳥羣，啁啾度寒暑。何似枝頭鳩，聲聲能喚雨。
> （沈周）

沈周《雙鳥在樹圖》軸（圖126），繪樹上雙鳥，題云：

> 陸郎無母不懷橘，見畫慈烏雙淚滴，棗林夜寒霜色白，
> 有鳥哺母方垂翼，鳴聲啞啞故巢側，孝子在下烏在樹，
> 觸目觸心當不得，何須古木世動人，陸郎爲鳥悲所親。
> （甲子冬十月。長洲沈周）

沈周《慈烏圖》軸（圖127），繪樹上一鳥，題：

> 風勁月滿地，林盡葉亦枯。君家有孝義，樹樹著慈烏。
> （沈周）

沈周《雪樹雙鴉圖》軸（圖128），繪二鴉棲於殘雪樹枝，題云：

> 君家好喬木，其上巢三鳥。一鳥衝雲去，兩鳥亦不孤。
> 出處各自保，友愛長于于。（沈周）

沈周《枯木鸜鴒圖》軸（圖129），繪一鳥立於枯枝，題詩曰：

> 寒皐獨立處，細雨濕玄冠。故故作人語，難同凡鳥看。
> （沈周）

沈周《菊花文禽圖》軸（圖130），繪菊花下一禽昂首，觀二蝶戲舞，

畫上題：

> 文禽備五色，故佇菊花前。何似舜衣上，雲龍同煥然。
>
> （八十三翁寫與初齋，玩其文采也。正德己巳。沈周）

唐寅《枯木寒鴉圖》扇（圖 75），繪石伴枯木，一群寒鴉或棲或飛，題云：

> 風捲楊花逐馬蹄，送君此去聽朝雞。誰知後夜相思處，
> 一樹寒鴉未定棲。（唐寅贈懋化發解）

文徵明《枯木雙禽圖》軸（圖 131），繪竹枝枯木，上棲雙禽，題詩云：

> 落木蕭蕭苦竹深，茅簷日煖噪雙禽。棘枝豈是栖遲地，
> 三月春光滿上林。（徵明）

三家以禽爲主題的畫，在構圖中皆以花木爲襯，畫上若無題詩，這幾幅畫對於觀者而言，實大同小異，不會有各種不同的感受，但畫上題了詩則不然，依詩義的不同，觀畫者對畫乃產生了不同的感受，對於構圖簡單之畫，題畫詩在此具有闡發畫意的重要作用。

詩與畫互相闡發之詩畫關係最爲密切，詩畫互涉的詩畫關係乃詩中有畫、畫中有詩，以山水畫題詩爲多，詩畫互補的詩畫關係爲畫之不足，詩以發之，花鳥畫題詩多屬此類，詩畫相互擴充的題畫詩則可見之於仕女人物及其他類別的繪畫中，題畫詩成爲繪畫中的一環不僅就其畫面構圖而言，亦在於畫意的彰顯，對於題畫詩的討論，此一部份可說至爲重要。

二、詩與畫皆指向同一對象

明三家由於文人雅集或人情酬酢活動頻繁，三人又能詩能畫，因此這類酬贈畫作數量頗爲不少，這類主題的畫作與題詩，通常不是詩爲畫而作或畫爲詩而繪，而是畫與詩之描摹皆指向同一對象，此對象即畫與詩的創作主題，也是雅集酬酢之所以發生的原因，其特色是參與者不只一人，畫雖僅一幅，題在畫上的詩卻不只一首，

除了詩以外，也常伴隨長篇的詩引、事略、題記文字，這些詩文與繪畫的結合，乃是建立在共同進行的一件事上，故畫爲其事而繪，詩文爲其事而寫，畫面與詩句內容之間並不一定有關連，但卻也不能說二者完全不相干，就此一特色而言，題畫詩的內容未必盡皆詩情畫意，這類題畫詩其實只是一般的應酬詩文。同樣爲酬贈作品，若酬贈對象只有一人，畫家爲其繪圖作詩，則詩畫之間便可有一部份的關連。

　　沈周《魏園雅集圖》軸，畫上雅集諸人題詩，雖偶見詩句涉及畫景者，其實所涉者非畫景而是魏園實景，乃詩與畫皆以魏園爲主題而作。又沈周《白頭長春圖》軸，沈周自題詩「堂前種此靈椿樹」句，將畫景之樹寫入詩中，其後便是對賀壽對象的祝頌，其後唐寅等四人的題詩便全是祝頌內容，詩句中雖也有靈椿老樹，但吟詠的椿樹含義已從畫景轉移到壽星身上。唐寅《貞壽堂圖》卷，亦爲賀壽詩畫，畫後有李應禎所撰〈貞壽堂詩序〉，詩序後有沈周等十多人的賀壽詩，圖畫與詩文皆爲周希正之母樓孺人八十大壽而作。文徵明《永錫難老圖》卷，爲賀徐階壽誕而繪，文徵明《滸溪草堂圖》卷，繪沈天民居處，拖尾有文徵明等十餘人題詩文，皆屬詩與畫皆指向同一對象而作之詩畫。

　　又前舉之唐寅《守耕圖》卷，守耕名陳朝用，此卷畫心有唐寅題詩，拖尾有王寵〈守耕記〉，及同郡諸人的題詩，詩與畫的內容皆指向陳朝用。以某人名號作畫，在明三家現存畫蹟中尚可見到多幅，如沈周《東原圖》卷，乃爲其繪畫老師杜瓊入鄉賢祠而繪，拖尾有沈周編次之〈杜東原先生年譜〉，年譜後有沈周詩：

東原先生入鄉賢祠，詩以頌之。

節孝公然當祀典，千年香火見斯人。莫由貴子能爲地，
須信窮儒自致身。標榜令名賢者位，追陪諸老德之隣。
奉歌斐語林堂麓，再拜祇迎颯有神。(門人沈周百拜)

年譜詩畫皆爲東原先生而作。文徵明《一川圖》卷，乃爲張一川而繪。

又文徵明《葵陽圖》卷，拖尾有自題詩，詩前記云：「中翰李君自號葵陽，余爲作葵陽草堂圖，復系此詩。」文詩後又有多人題詩，這些亦是詩畫皆指向同一對象的作品。

唐寅《王鏊出山圖》卷，畫家本人雖未於畫上題詩，從拖尾祝允明等七位王鏊門生的題詩來和畫景相對照，也可看出詩畫皆指向同一對象的情況。

這類詩畫由於有一共同的創作主題，所以其詩畫關係雖不若自畫自題、詩畫互相闡發之作關連密切，但詩與畫之間仍有關連。

三、詩與畫各自獨立

畫上題詩而詩與畫無涉，這在題畫詩研究上一般不被討論，研究題畫詩一般皆將重點放在詩畫關係上，詩與畫無關，該詩雖題於畫上，但其題畫詩的身分必須依附在畫上，詩與畫一旦分開，二者便不相涉。題畫詩之詩與畫皆爲完整的創作個體，故詩與畫分開可以各自獨立，但二者卻是相涉的，詩畫皆指向同一對象的題畫詩，其詩獨立後有的可與畫相涉，有的則可與畫不相涉，詩與畫分開後各自獨立而完全無涉者，其詩多屬集錄舊作，詩非爲畫而作，詩與畫亦無一共同主題，二者在內容上自不相涉，但在形式上，詩題於畫上，二者卻是有實質的結合，這是很有趣的情形，廣義的題畫詩，只要詩是因畫而作，不管是否題於畫上皆屬於題畫詩的範疇，集錄舊作的題畫詩，詩題於畫上，乃屬於狹義的題畫詩，但是其詩畫關係卻不及廣義題畫詩，這種現象的產生，乃是文人畫發展到後來的一種習慣，或視覺美感的要求，畫上要有詩才雅，則畫上之詩是否爲畫而作並不嚴格要求，這是就視覺美感而言。另外，文人畫家能詩能畫，畫成後隨手寫上一些舊詩，舉以贈人請教對方或平衡畫幅使長卷完整，基於這些形式上的考量，於是詩與畫內容全不相涉的題畫詩便出現了，這類的題畫詩不適合討論其詩與畫內容之關連，因兩者無關，不須討論，可以討論的是這類題畫詩在畫幅上的作用，畫家將二者如此結合的用意何

在？也因爲有這類題畫詩的出現，論者便不能武斷的認爲只要題寫在畫上的詩，其詩便與畫有一定的關連，所以討論詩與畫之關連，不能只討論內容上的關連，還要把形式上的關連加入，這樣對於題畫詩的理解才能更爲全面。

詩與畫各自獨立的詩畫例子，前已舉唐寅《墨竹》扇，圖繪墨竹，扇上書〈夢見〉、〈早起〉、〈看花〉、〈南樓〉、〈酷熱〉、〈詠鷄〉、〈所見〉、〈牡丹〉、〈仕女〉、〈漁父〉、〈廬山〉、〈墻花〉十二首七言絕句。文徵明《疏林淺水圖》卷，拖尾自題近作五、七言律詩十七首，其用意乃「近作數首，書似南衡先生請教。」，又文徵明《林泉雅適圖并書七言長句》卷，拖尾書舊作五首，唐寅《坐臨溪閣》卷，拖尾文徵明題四首落花詩，這些都是集錄舊作，詩與畫無關的例子。

集錄舊作不一定便與畫完全無關，與畫有關者屬於先作詩、後作畫的依詩作畫，如沈周、文徵明的落花詩，後來皆以落花爲主題作畫，再題上舊作落花詩，沈周《天平山圖》卷，拖尾所集錄之五首舊作中，便有一首〈天平山〉，文徵明《林泉雅適圖并書七言長句》卷，所題〈夏日園居〉、〈莊居即事〉仍然可和畫景扯上一點關係，但《天平山圖》與《林泉雅適圖并書七言長句》所題舊作詩，仍有許多和畫是完全無法聯繫起來的。

還有一種詩畫無關的情形，即是畫乃詩的插圖，目的爲補紙張的空白，或爲增加他人看詩時的視覺美感，如沈周《芍藥圖》卷，便是寫了詩後，尚有餘紙，於是便畫了一枝芍藥補白，又沈周《荔柿圖》軸，乃是要使看詩的人有視覺美感，其詩題爲〈庚子元旦即興〉，但卻畫了一幅與詩完全無關的荔枝與柿子圖，這樣的情形我們雖然不討論其詩畫內容與形式上的關係，但卻可從中看到文人畫家的生活趣味。

第五章　明三家畫題畫詩之文學藝術內涵

　　題畫詩因其與繪畫的結合，故其文學藝術內涵較之其他古典詩更
爲豐富，就題畫詩內容而言，不管是據畫吟詠、藉畫抒情或因畫起興，
其與畫皆有一定的關係，則其內容的文學性與藝術性便頗值探討，就
題畫詩的形式而言，由於其題寫於畫幅上，不管是題寫字數的多寡、
題寫的位置、書法、詩書畫印整體佈局的考量，對於一幅畫作而言，
皆有其審美考量，故對於題畫詩的討論，就不僅僅在於文字內容的理
解，而要將詩文題記文字視爲畫面構圖的一部份，爲配合構圖，文人
畫家會考量在畫上題絕句或律詩、長篇古詩，採用何體書法書寫以與
畫景用筆取得協調，在畫面構圖上因著題寫字數的多寡，對於景物內
容及位置的安排便會與題字一併考量，不管是先完成畫再題詩的文字
配合畫面，或先寫了詩再作畫的畫面遷就文字，還是詩畫同時構思、
同時完成的整體考量，題畫詩在繪畫創作的過程中，其作爲畫面構圖
的一部份，在形式上的藝術考量是不能忽視的，又因著畫家以繪畫創
作爲主，作詩並不一定是畫家的創作重點，故在題畫詩的創作態度
上，便未必如以詩爲主要文學創作的文人在創作上有嚴謹的要求，由
於文人畫家對於畫的創作態度與對於詩的創作態度常是畫重於詩，故
題畫詩的文學價值也會因著創作態度的不同而有差異，這些都是本章
要討論的重點。

第一節　題畫詩的創作態度

　　文人畫家能詩能畫，又由於其以繪畫爲主要創作活動，故對於詩的創作有時並不嚴謹，就畫家自畫自題詩而言，有嚴謹用心者，其詩可以對畫有畫龍點睛之效，如前舉之沈周《畫雞》軸詩：「昨夜客窗下，三聲曉夢驚。不眠思早起，布被覺霜清。」將雞與畫與人三者巧妙的結合。但除了詩畫相發的佳題外，還有一部份是畫家爲應文人畫畫上要有詩的形式要求而隨意題寫，或所作新畫構圖意境與前作類似，因而取前作畫上詩，或改動幾字，或完全沿用來題寫於新作之畫上，如沈周《蠶桑圖》軸（圖 132），題詩云：

> 衣被深功藏蠢動，碧筐火暖起眠時。題詩勸爾加餐葉，
> 二月吳民要賣絲。(沈周)

沈周又以蠶桑主題在扇上作畫，其《蠶桑圖》扇（圖 133），亦題上此詩，一字未易。養蠶取絲乃蘇州重要的農業經濟活動，長洲多織工，絲織貿易甚盛，蘇繡全國知名，這些都有賴蠶桑的生產，沈周在詩畫中寄託了其對於鄉民的關懷，第一幅詩畫完成時，其文學藝術內涵是值得肯定的，但沿用前幅立意的第二幅作品便不若第一幅有價值了。又沈周《古松圖》軸（圖 134），自題：

> 堂下有松樹，參雲數百年。種松人未老，長作地行仙。(長
> 洲沈周奉祝)

此畫從題款來看，可能是畫贈某人爲祝之作，沈周又有一幅《雙松》軸（圖 135），畫幅較大，用筆亦較繁複細膩，畫上題詩與《古松圖》完全相同，惟在落款方面，《雙松》軸僅題「沈周」二字，二畫皆以松爲主題構圖，故在題詩上，畫家有時便會偷懶沿用舊作，而不另寫新詩，於是兩幅畫構圖、題詩皆同，觀畫者之觀畫心境便不會有太大的不同。與前舉之同爲仕女主題或鳥禽主題，因其題詩不同而使畫幅表現出來的內涵也跟著有異，二者因其創作態度不同，故其文學性與藝術性亦有很大的差別。

　　題畫詩相同，所題之畫主題也相同，但構圖稍有差異，這樣的兩

幅畫可說是一題兩本〔註1〕，唐寅《倣唐人仕女》軸（圖119），題詩云：

善和坊裏李端端，信是能行白牡丹。花月揚州金滿市，

佳人價反屬窮酸。（唐寅）

唐寅另一幅構圖類似的畫蹟《李端端圖》（一作《李端端落籍圖》）軸（圖136），自題詩云：

善和坊裏李端端，信是能行白牡丹。誰信揚州金滿市，

臙脂價到屬窮酸。（唐寅畫并題）

前後幅畫題詩僅將「花月」易作「誰信」，「佳人價反」易作「臙脂價到」，及落款的差別，《唐伯虎全集》七言絕句部份，收有〈題畫張祐〉詩：「春和坊裏李端端，信是能行白牡丹。誰信揚州金滿市，元來花價屬窮酸。」〔註2〕可知此詩被一再改動，作為不同畫幅上的題詩。

畫家作畫不難，難在畫題的構思與題詩，當大量創作時，要求畫家每幅畫的主題、構圖與畫上題詩件件不同，對於畫家而言是很大的負擔，因此在舊作之畫與詩上稍作手腳而為新畫是可以理解的。有時畫家連在畫與題詩上稍作改動都懶為，便會出現兩幅完全類似的畫，如華叔和先生藏唐寅《灌木叢篁圖》軸（圖137），題：

灌木寒氣集，叢篁靜色深。氷霜歲聿暮，方昭君子心。

射干蔽豫章，慨惜自古今。嶰谷失黃鐘，大雅變正音。

為子酌大斗，為我調鳴琴。仰偃草木間，世道隨浮沈。

（蘇臺唐寅畫并題）

另一幅唐寅《灌木叢篠圖》軸（圖138），構圖題詩與前畫皆同，題詩僅將前畫首二句詩之「寒氣」易作「寒聲」，「叢篁」易作「叢篠」，山東煙台市博物館藏唐寅《灌木叢篁圖》軸（圖139），構圖主題與前二畫相同，但樹石造型略有差異，畫上題詩之第三句「歲聿」作「歲曆」，第八句「大雅變正音」作「大雅無正音」。《唐伯虎全集》中所

〔註1〕江兆申對這類畫作所取的名稱，見江兆申《關於唐寅的研究》，頁113。
〔註2〕唐伯虎《唐伯虎全集》七言絕句〈題畫張祐〉，頁81。

收〈詠懷詩〉與這三幅畫之題畫詩類似：

> 灌木寒聲集，叢篠靜色深。氷霜歲聿暮，方昭君子心。
> 射干蔽豫章，惜慨自古今。巀谷失黃鐘，大雅變正音。
> 爲子酌大斗，爲我調鳴琴。仰偃艸木間，世道隨浮沈。

〔註3〕

全集中所收之〈詠懷詩〉有二首，此詩爲第二首，可知此詩是爲詠懷而作，後來唐寅作畫題詩時予以借用而成爲題畫詩，這是先詩後畫的例子，畫家隨意取一詩，以該詩的首二句作畫，則其詩畫關係僅在首二句而已，其後皆爲詠懷抒情的內容。與此例類似者，如前舉之唐寅《墨竹圖》扇，題寫的舊作詩：

> 漁　父
> 插篙蘆中繫孤艇，三更月上當篙頂。老漁爛醉喚不醒，
> 覺來霜印簑衣影。

此詩亦見之於唐寅《蘆汀繫艇》軸（圖62），題作：

> 插篙葦渚繫舴艋，三更月上當篙頂。老漁爛醉喚不醒，
> 起來霜印簑衣影。（唐寅畫）

另一幅唐寅《葦渚醉漁圖》軸（圖140），詩畫完全相同，經江兆申鑑定可能爲摹本〔註4〕，與這首詩類似的詩句亦見之於唐集中，詩題作〈題釣魚翁畫〉：

> 直插漁竿斜繫艇，夜深月上當竿頂。老漁爛醉喚不醒，
> 滿船霜印簑衣影。〔註5〕

此詩意境優雅，雖因題於多幅畫上，字句一直改動，但配合畫景，堪稱絕妙，就單獨一幅畫與題詩視之，藝術性頗高，但多幅相同的畫與題詩並置時，因其原創性的不足，故其文學藝術價值便打了折扣。相同主題構圖的畫與相同的題詩，有時是畫家自作的複本畫，畫家對於得意之作常會自作複本，也有可能爲應付索畫者而一稿多畫，現存畫

〔註3〕唐伯虎《唐伯虎全集》五言古詩〈詠懷詩二首〉之二，頁13。
〔註4〕江兆申《關於唐寅的研究》，頁114。
〔註5〕唐伯虎《唐伯虎全集》七言絕句〈題釣魚翁畫〉，頁106。

蹟中有相同者，也有可能是後人臨摹的僞作，由此畫例可見，唐寅之畫，這類情形頗爲常見。自作複本之例，如文徵明《停雲館言別圖》軸（圖 141），畫蒼松翠樹，二人相對坐於石上，畫幅上方題詩曰：

> 春來日日雨兼風，雨過春歸綠更穠。白首已無朝市夢，
> 蒼苔時有故人踪。意中樂事轉前鳥，天際脩眉郭外峯，
> 可是別離能作惡，尚堪老眼送飛鴻。（履仁將赴南雍，過停
> 雲館言別，輒此奉贈。辛卯五月十日。徵明。）

另一複本畫被命名爲《松石高士圖》（圖 142），僅詩後題記易「履仁」爲「履吉」，此畫乃畫贈其友王寵，王寵字履仁，後字履吉，號雅宜山人，吳縣人，以諸生貢太學，其書法當時與文徵明、祝允明齊名。王寵將赴南雍，到文徵明的停雲館和他道別，於是文徵明畫了《停雲館言別圖》相贈，而自己又畫了複本留念。

題畫詩題於不同的畫上，除了改動字句的情形外，也有畫景主題與構圖類似，所題詩句也類似者，如文徵明《松下觀泉圖》軸（圖 143），題詩云：

> 雨過羣峰萬壑奔，松風瀨水玉潾潾。安知嘯詠臨流者，
> 不是山陰禊飲人。（徵明）

文徵明《山水》軸（圖 144），題詩云：

> 峻嶺崇山帶茂林，激湍宛轉斷埃塵。焉知嘯詠臨流者，
> 不是羲之輩行人。（徵明）

二詩之首二句乃依畫而作，後二句應是一詩先作，第二首詩則加以取用改動，此二畫二詩由於無年款，故何者爲原作，何者爲借用，不得而知。又前舉之文徵明《枯木雙禽圖》軸（圖 131），題詩曰：

> 落木蕭蕭苦竹深，茅簷日煖噪雙禽。棘枝豈是栖遲地，
> 三月春光滿上林。（徵明）

類此之詩又見之於文徵明《雜畫（四段）》卷，第一段《梅竹雙禽》（圖 145），題詩：

> 落葉蕭蕭苦竹深，茆簷斜日喚雙禽。棘叢豈是栖身地，
> 三月春風滿上林。（徵明）

也應是一詩先成，另一詩借用。

文徵明《雪山跨蹇圖》軸（圖 146），繪雪山下，一人跨蹇過橋，題云：

> 雪壓溪南三百峰，溪流照見玉芙蓉。等閒十里溪山勝，
> 邢落高人跨蹇中。（徵明）

文徵明《雪山覓句圖》軸（圖 147），繪雪山下，一人對山而望，題云：

> 雪壓溪南山百峯，溪流照見玉巃嵸。等閒十里溪山勝，
> 都屬詩翁短策中。（徵明）

文徵明《雪滿群峰》軸（圖 148），繪雪山下，溪邊一人騎驢緩行，題云：

> 雪壓溪南三百峯，溪流照見玉巃嵸。等閒十里溪山勝，
> 都落高人跨蹇中。（徵明）

因著山水畫景中人物動作的不同，故取畫名時乃有跨蹇與覓句的差別，題詩也加以改動以符畫景，此三詩之關係應是一詩首作，其他二詩加以借用改動。同樣的雪景山水，文徵明另三幅雪景，構圖與此三幅亦類似，但題詩則各不相同，台北故宮藏文徵明《雪景》軸三幅，第一幅（圖 149）題詩：

> 寒鎖千林雪未消，何人跨蹇過溪橋。莫嫌緩轡詩難就，
> 玉樹瓊枝應接勞。（徵明）

第二幅（圖 150）題詩：

> 憶得騎驢犯朔風，千山靄靄雪濛濛。不辭凍合溪橋滑，
> 身在璚林玉樹中。（徵明）

第三幅（圖 151）題詩：

> 臘月江南木葉殘，一宵深雪變峯巒。山空莫道無光景，
> 萬柏蒼蒼領歲寒。（徵明）

又文徵明《雪歸圖》軸（圖 152），畫景亦為雪山下，一人騎驢過橋，題詩云：

雲色彤時雪正飛，西風驢背欲添衣。不知詩思能欺凍，古
木斜岡晚未歸。(徵明)

以上七幅雪景山水畫，構圖皆極為類似，除了前三幅題詩有因襲的情
形外，其餘四幅題詩各不相同，當畫家繪相同主題構圖的畫作達一定
數量時，其題詩便面臨了詩窮的窘境，從題詩可以看出文人畫家的才
氣，如果相類似的題詩太多，便暴露了其人才氣的不足。從這樣的題
畫詩作，也透露出畫家對於題畫詩並不嚴謹對待的態度。

　　畫家作畫，用力深時一幅畫繪了數年方克告成，如文徵明《千巖
競秀》軸，題記云：

比嘗冬夜不寐，戲寫千巖競秀圖，僅成一樹，自此屢作
屢輟，自戊申抵今庚戌始成，蓋三易歲朔矣，昔王荊公
選唐詩，謂費日力於此，良可惜也，若余此事，豈特可
惜而已。三月十日，徵明記，時年八十又一。

此畫繪了三年，還不算是畫得最久的，其《溪橋覓句》卷，前後繪了
十三年，畫心卷末自題云：

右圖千巖競秀萬壑爭流，乃余為子傳而作也，子傳與余
相友善，每有所往，必方舟相與，乘閒即出此絹索余圖，
數筆興闌則止，如是者凡十有三年始克告成，因系之以
詩曰：
尺素俄經已數年，秀巖流壑始依然。感君意趣猶如昔，
顧我聰明不及前。萬壑潺湲知水競，千巖青翠為山妍。
詩中真境何容盡，聊畢當年未了緣。(嘉靖己酉八月既望。
長洲文徵明識。)

畫家作畫可以歷經數載方成，詩人作詩也常有一首詩做了很久才完成
的，但不管是文人畫家或詩人，對於題畫詩的創作，很少有題畫詩一
作數載的情形，因題畫詩乃畫家完成畫作後即題，或詩人觀畫後即
題，並無充裕的時間構思，故題畫詩的創作態度自不能與詩人畫家其
他詩作之創作等同視之，其在嚴謹度上略遜一籌。

第二節　題畫詩的內容特色

　　題畫詩描述畫面爲其內容之一，詠畫的題畫詩多在詩的開頭將畫景寫入，如沈周詠《芝蘭玉樹》圖（圖 108），詩首二句題：「玉蘭挺芳枝，幽蘭出深谷。」將玉蘭、幽蘭二花入詩，祝允明題此圖詩首句：「玉樹芝蘭花」寫出畫中靈芝。沈周詠《雪景》（圖 109）詩，首二句題：「雪裏高蹤爲探梅，獨騎瘦馬踏寒來。」描繪出雪山下一人騎馬探梅的畫景。唐寅詠《野芳介石》圖（圖 63），詩首二句題：「雜卉爛春色，孤峯積雨痕。」，寫出畫景中的雜卉、孤峰，文徵明題唐寅《雙松飛瀑圖》（圖 103），詩首二句題：「玉虹千丈落潺湲，石壁巖巖翠掃烟。」寫出畫景中的飛瀑、石壁。題畫詩的首二句詠畫雖是較常見的寫法，但畫景在題畫詩中的位置並非一成不變，詩人可以在任何一句詩中寫出畫景，也可以在詩句中加入畫外之景，如沈周《三檜圖》卷（圖 153），此卷僅繪三株老檜，拖尾自題詩云：

　　　　昭明臺下芒鞋緊，虞仲祠前石路迴。老去登臨誇健在，
　　　　舊遊山水喜重來。雨乾草愛相將發，春淺梅嫌瑟縮開。
　　　　傳取梁朝檜神去，袖中疑道有風雷。

全詩只有「傳取梁朝檜神去」句，點出畫景。詩中加入畫外之景者，如沈周《椿萱圖》軸（圖 154），自題詩：「靈椿壽及八千歲，萱草同生壽亦同。白髮高堂進春酒，鳳皇飛下采雲中。」靈椿、萱草皆爲畫中景物，此畫無人物，也沒有鳳凰，這沒有的部份便是畫外之景，在祝壽圖中畫一、二人物代表壽星與祝壽之人的情形是很常見的，如唐寅《貞壽堂圖》即如此，鳳凰乃吉祥之鳥，通常賀男子壽多繪松椿白鶴，賀女子壽則畫椿萱鳳凰，靈芝蟠桃則男女皆適用，若未與畫對照，則「白髮高堂進春酒，鳳皇飛下采雲中。」的畫外之景便可能被認爲乃對畫景的描繪。唐寅題文徵明《雲山圖》（圖 104）詩，第三句「半醉驢行緩」也是畫外之景，山水畫中加入人物驢馬是常見的構圖，故若未與畫對照，極可能將此句解讀爲描述畫景。當畫景繁複時，題詩詠畫時便會有所取捨，或取其中一二景、或取該畫主題吟詠，當畫景

單一時，則取畫景象徵意義吟詠，故討論題畫詩據畫吟詠的情形一定要有畫爲依據，若僅憑詩句文字臆測，是很容易發生錯誤的。

詠畫之外，題畫詩有很大的一部份是詩人情感的抒發，題詩者感興的詩句可以爲畫注入更深邃的內涵，引領觀畫者從畫景、畫境進入詩中各種不同的情感境域，從中也可以看出詩人畫家的詩風、性情與人格胸襟，題畫詩不是僅僅吟詠畫景，詠畫只是引子，最重要也最有文學藝術價值的部份實是抒情寫懷，故題畫詩不同於詠物詩，將題畫詩與詠物詩等同並不正確，抒情記事相較於據畫吟詠，乃是題畫詩較爲深刻的部份。

沈周《山水》卷，乃畫贈華尙古之畫，故拖尾題詩也歌頌其人：

> 尙古老仙心浩然，他人溝渠我巨川。積義積德非一日，
> 積書積金非一年。奇編翻刻惠貧讀，更製藥物疲癃痊。
> 高雲茂木鬱望族，數仞之墻千頃田。鮠鮠白髮被兩肩，
> 鳳雛抱送荷自天。功名染指知薄味，山水載酒脩閒緣。
> 老夫相住縣百里，覿面未見惟通箋。越繭十丈翻相聯，
> 索我放筆開風煙。谷容山重頗有喻，大山長谷惟其賢。
> 登堂一笑尙有日，還對此卷鳴高絃。(長卷惡篇不足形容
> 高尙也。沈周。)

雖屬頌揚之詩，但從中也可看出沈周的仰慕之情。沈周對於拋卻塵慮，過山林野逸、寧靜自適的生活是很嚮往的，其生命情調與山水畫中常見的高士是契合的，這樣的生命情調表現在其繪畫中，也反映在其題畫詩中，如前舉之沈周《策杖圖》軸（圖 115）題詩：

> 山靜似太古，人情亦澹如。逍遙遣世慮，泉石是安居。雲
> 白媚厓客，風清筠木虛。笠屐不限我，所適隨丘墟。獨行
> 固無伴，微吟韻徐徐。(沈周)

詩句中的「逍遙遣世慮，泉石是安居。」流露出其內心的嚮往。沈周自築有竹居後，總算可以放下家中瑣事，過過清閒的生活，其曾繪《有竹鄰居圖》卷，題詩云：

> 水南水北曾稱隱，百里重湖今屬君。種樹遠家深蔽日，

暑門無處總迷雲。魚塘花落閒供釣，鬼渚菰荒久待耘。

我是西隣不多遠，雞鳴犬吠或相聞。(隣人沈周)

從詩中可見其優游自適之情。沈周《桐蔭樂志圖》軸，自題：

釣竿不是功名具，入手都將万事輕。若使手閒心不及，

五湖風月負虛名。(沈周)

祖上不願爲官，沈周畢生也絕意仕進，這樣的態度也從題畫詩中反映出來。

　吳地經常下雨，久雨帶來的不便常使沈周感到苦悶，但卻也能在苦中作樂，其《古木寒泉圖》軸，題云：

林壑少人事，此心閒似僧。袁安貧有節，石碏老無能。

濕屋雨淋座，破窗風颭燈。搜詩果何爲，痴坐只蕾騰。

(癸卯五月十三日，雨後燈下作畫賦詩，極為貧家樂事。沈周。)

前曾舉沈周《仿倪雲林山水》軸所題爲梅雨所苦的題畫詩，再觀此詩，沈周對待久雨的心情調適，在此顯現了出來。雖然沈周嚮往「逍遙遺世慮」的生活，但現實生活中過的卻是慮世的生活，久雨淹田民絕粒、蠶農的生計都是他所掛懷的，其《雪山圖》卷，拖尾自題：

老夫作雪十年前，凍手尚耳成攣蜷。卻憐此意何自苦，

傍人刺眼誇山川。搓牙老樹風幹折，披蘆偃葦寒江邊。

人家關門飛鳥絕，但有獨鶴鳴高天。崇岡把蓋發豪興，

決眦眺遠吾其仙。祇今江東兩坐潦，雪不宜麥稻亦然。

地皆不毛民絕粒，烟波浩浩空吳田。晴窗披卷若夢事，

掩卷嘆息還高眠。故人安居在淮甸，金杯煎酒自管絃。

(沈周)

《蠶桑圖》軸，題詩：

衣被深功藏蠢動，碧筐火暖起眠時。題詩勸爾加餐葉，

二月吳民要賣絲。(沈周)

將其悲天憫人的胸懷表露無遺，詩中用詞俚淺，故王世貞言其詩：「如老農老圃，無非實際，但多俚辭。」〔註6〕。

────────────

〔註6〕明・王世貞《藝苑卮言》卷五〈詩〉，頁 1205。(收錄於丁仲祐編訂

　　從以上沈周的題畫詩中，可以看出其人的胸懷，再與其畫風相對照，對於文人畫家的詩畫內涵，便能有更進一步的認識。

　　唐寅除了吟詠畫景、闡發畫意的題畫詩外，因其少有才名，個性放誕不羈，後受科場案的影響，使其心境有很大的轉變，生活狀況也不佳，晚年更貧病交迫，這些也都反映在其題畫詩中。雖頂著南京解元的頭銜，詩文中卻不忌俚言俗句，而爲人所詬病。王世貞言：「唐伯虎如乞兒唱蓮花樂（落），其少時亦復玉樓金埒。」〔註7〕道出了唐寅前後期詩文的不同。

　　唐寅《畫雞眞蹟》軸，題云：

　　　　血染紅冠錦繡翎，昂昂氣象自然清。大明門外朝天客，
　　　　立馬先聽第一聲。（唐寅畫）

此詩從心境上看，極可能作於科場案之前，可見其意氣之風發，再觀其早年所寫的〈嬌女賦〉、〈金粉福地賦〉等，六朝習氣頗重，正如王世貞所言「其少時亦復玉樓金埒」，故其詩風的轉變，可以科場案發生之年爲分水嶺。

　　唐寅題畫詩中可見其對於農漁生活的描寫，也反映出自我的寄託，其《松溪獨釣圖》軸，題詩云：

　　　　烟水孤蓬足寄居，日常能辦一餐魚。問渠勾當平生事，
　　　　不弄輪竿便讀書。（唐寅）

以畫寄情，實乃以畫中人自況，藉詠畫來抒情。又其畫《江南農事圖》軸，題詩云：

　　　　四月江南農事興，漚麻浸穀有常程。莫言嬌細全無事，
　　　　一夜繰車響到明。（唐寅畫）

描述了男耕女織，農無閒人的情形。對於功名，唐寅已絕念，且在其題畫詩中道出，其《桐陰清夢圖》軸，自題詩云：

　　　　十里桐陰覆紫苔，先生閒試醉眠來。此生已謝功名念，

《續歷代詩話》，臺北：藝文印書館，民國72年6月四版）。
〔註7〕王世貞《藝苑卮言》卷五〈詩〉，頁1206。

清夢應無到古槐。（唐寅畫）

仕進路絕的唐寅，其生活的困頓也反映在題畫詩中，其《韓熙載夜宴圖》軸，自題云：

酒資長苦欠經營，預給餐錢費水衡。多少如花後屏女，
燒金不學耿先生。（吳門唐寅畫并題）

其《臨韓熙載夜宴圖》卷，自題云：

身當釣局乏魚羹，預給長勞借水衡。廢盡千金收艷粉，
如何不學耿先生。（吳門唐寅）

觀以上題畫詩可知其困頓情況，今人受《三笑姻緣》的影響，多想像唐寅是生活優渥的風流才子，即在當時，很多人也不會相信海內傳名的唐解元，生活是如此的病困。唐寅四十歲時畫了一幅山水畫自壽，其《四句自壽山水》軸（圖155），畫上題詩云：

魚羹稻衲好終身，彈指流年到四旬。善亦懶為何況惡，
富非所望不憂貧。僧房一局金縢著，野店三盃石凍春。
自幸不寸還自慶，半生無事太平人。（吳趨唐寅自述不惑之
齒於桃花庵畫并書）

此圖繪松竹流泉，茅屋高士，這正是唐寅晚年嚮往的生活，唐寅以此畫自壽，正蘊含了自況的意味。自壽後十年，唐寅畫《西洲話舊圖》軸（圖91），題詩云：

醉舞狂歌五十年，花中行樂月中眠。漫勞海內傳名字，
誰信腰間沒酒錢。書本自慚稱學者，眾人疑道是神仙。
些須做得工夫處，不損胷前一片天。（與西洲別幾三十年，
偶爾見過，因書鄙作并圖請教，病中殊無佳興，草草見意而已。
友生唐寅。）

唐寅晚年貧病，屢見之於詩畫，此畫作於病中，隔數年便以五十四歲之齡辭世，與沈周、文徵明的八、九十高壽相較，相差了三十餘年。唐寅所患何病？在其《燒藥圖》卷題詩中述及：

人來種杏不虛尋，彷彿廬山小逕深。常向靜中參大道，
不因忙裏廢清吟。願隨雨化三春澤，未許雲閑一片心。

老我近來多肺疾，好分紫雪掃煩襟。(晉昌唐寅)

雖然晚年為肺疾所纏，為生活所苦，但其經歷了前半生的榮辱，已將
世情看透，其《秋風紈扇圖》軸（圖121），題詩：

秋來紈扇合收藏，何事佳人重感傷。請把世情詳細看，
大都誰不逐炎涼。(晉昌唐寅)

道出炎涼世情，亦是以畫中人物自況之作，看淡世情，反映在題畫詩
中，我們看到了唐寅《江南春圖》卷，自題詩：「杏花零落憶題名」，
其《灌木叢篁圖》軸，自題詩：「仰偃草木間，世道隨浮沈。」南京
一試折桂，以江南才子、南京解元的名銜進京，原想一舉攀杏，榮登
進士，因科場一案而破滅，這樣的人生重大經歷，晚年回憶起來也只
是淡淡的「杏花零落憶題名」而已。其《震澤煙樹》軸，末四句題詩
云：「我也奔馳名利人，老來靜掃塵埃跡。相期與君老湖上，香飯魚
羹首同白。」道出了晚年的心境。唐寅在桃花塢的後半生，在其《桃
花詩畫》軸題詩中可見：

桃花塢裏桃花庵，桃花庵裏桃花仙。桃花仙人種桃樹，
又摘桃花換酒錢。酒醒只在花前坐，酒醉還來花下眠。
半醒半醉日復日，花落花開年復年。但願老死花酒間，
不願鞠躬車馬前。車塵馬足貴者趣，酒盞花枝貧者緣。
若將富貴比貧者，一在平地一在天。若將花酒比車馬，
他得驅馳我得閑。他人笑我忒風顛，我笑他人看不穿。
不見五陵豪傑墓，無酒無花鋤做田。(右作桃花庵歌。吳趨
唐寅。)

由於唐寅將一生曲折的經歷與對世情的看穿，抒發於詩畫中，故觀者
從其畫及題詩中，看到的已不僅只是優美的畫意與雋永的詩情，更多
了一層深刻的感觸。

詩畫可以反映出一個人的生命情調，沈周不逐名利，性情恬淡溫
和，對於顯官或凡夫皆謙沖以待，故其詩畫俚雅兼具，俚而不俗，雅
而不麗，徹底實踐了人品與詩畫結合的文人畫精神。唐寅少有才名，
詩文奇麗，為人任誕不羈，後科場重挫，晚年貧病自放，人生的大起

大落反映在其詩畫中，畫格直追五代兩宋，詩風卻是雅俗一體，雅麗
媲美六朝，俚俗則如乞歌，再加入生命的滄桑，表現在詩畫中，予人
多樣複雜的感受。文徵明未如沈周不求出仕，雖科場屢挫，但終得以
翰林院待詔留京，才雖不若唐寅，但以其後天的努力與高壽，造就出
一片天地，其為人心胸寬厚如沈周，重視人品修養，故其詩畫皆雅，
人品與詩畫風格完全統一，王世貞曰：「文徵仲如仕女淡粧，維摩坐
語，又如小閣疏窗，位置都雅，而眼境易窮。」〔註8〕道出了文徵明
的詩風與不足。

　　從文徵明的畫上題詩中，我們可以感受到其詩畫的閑雅之氣，如
其《綠陰草堂圖》軸，自題詩：

　　　原樹蕭疎帶夕曛，塵蹤渺渺一溪分。幽人早晚看花去，
　　　應負山中一段雲。（文璧）

《溪山秋霽圖》軸，題詩曰：

　　　最愛吳王銷夏灣，輕橈短楫弄潺湲。涼風數點雨餘雨，
　　　落日千重山外山。（徵明）

《空林落葉圖》軸，自題詩：

　　　步入空林中，踽踽吟正苦。時聞落葉聲，卻訝催詩雨。
　　　（徵明）

《喬林煮茗圖》軸，題曰：

　　　不見鶴翁今幾年，如聞儗骨瘦於前。只應陸羽高情在，
　　　坐蔭喬林煮石泉。（久別耿耿，前承雅意，未有以報，小詩拙
　　　畫，聊見鄙情。徵明。奉寄如鶴先生。丙戌五月。）

《疏林茆屋》軸，自題云：

　　　佛座香燈竹裡茶，新年行樂得僧家。蕭然人境無車馬，
　　　次第空門有歲華。幾日南風消積雪，一番春色近梅花。
　　　坐吟殘照歸來緩，古木荒烟散晚鴉。（春初偶同子重過竹堂
　　　賦此，是歲正德甲戌。徵明。）

―――――――――――
〔註8〕王世貞《藝苑卮言》卷五〈詩〉，頁1205。

文徵明將生活中的閒適表現在詩畫中，觀者也能從中感受詩人畫家的閒雅之情。閒適雖爲文徵明的生活情調，但在現實生活中其只居其中的一部份，文徵明多次赴南京應鄉試，從蘇州北上南京，過金山渡長江乃必經之路，於是乃以詩畫排遣旅途中的枯燥，其《金山圖》軸（圖156），乃赴試途中之作，自題詩云：

> 金山杳在滄溟中，雪厓冰柱浮僊宮。乾坤扶持自今古，
> 日月彷彿懸西東。我泛靈槎出塵世，搜索異境窺神功。
> 一朝登臨重歎息，四時想像何其雄。捲簾夜閣挂北斗，
> 大鯨駕浪吹長空。舟推岸斷豈足數，往往霹靂搥蛟龍。
> 寒蟾八月蕩瑤海，秋光上下磨青銅。鳥飛不盡暮天碧，
> 漁歌忽斷蘆花風。蓬萊久聞未成往，壯觀絕致遙應同。
> 潮生潮落夜還曉，物與數會誰能窮。百年形影浪自苦，
> 便欲此地安微躬。白雲南來入長望，又起歸興隨征鴻。
> （嘉靖壬午歲秋仲廿二，登金山渡金陵舟中戲墨作。徵明。）

這次文徵明應嘉靖元年（1522）壬午科鄉試，是他最後一次參加鄉試，結果一如以往，未能折桂，在對景抒懷的寫下此詩此畫後一年，嘉靖二年（1523）便被荐入朝爲待詔，時年五十四歲。屢試不第而今踏上仕途，本可有一番作爲，但朝廷人事的複雜使其萌生退隱之志，遠在京師益發想念家鄉景物，嘉靖三年（1524）甲申，文徵明畫《燕山春色圖》軸，題云：

> 燕山二月巳春酣，宮柳霏烟水暎藍。屋角踈花紅自好，
> 相看終不是江南。（甲申二月，徵明畫并題。）

透露出對故鄉江南的思念。經三次上疏而得以致仕，嘉靖五年（1526）離京，次年十月返家，在原居處東邊建玉磬山房安居，放下了科考與入仕的多年心累，寄情詩畫以終。晚年畫藝更精，詩中記錄生活情趣，也多了些憶舊的感慨。在致仕返家後五年的嘉靖十年（1531）辛卯，文徵明畫《品茶圖》軸，題詩及記云：

> 碧山深處絕纖埃，面面軒窗對水開。穀雨乍過茶事好，
> 鼎湯初沸有朋來。（嘉靖辛卯，山中茶事方盛，陸子傳過訪，

　　　　送汲泉煮而品之，真一段佳話也。徵明製。）

「山中茶事」即指虎丘山，因虎丘既是名勝古蹟，又有佳泉，汲泉煮
茗的文人雅集乃多在虎丘舉行，文徵明晚年詩畫多有這類雅集品茗的
作品，如前舉之嘉靖十三年（1534）所作《茶事圖》軸，書茶具十詠，
題記云：「嘉靖十三年，歲在甲午，穀雨前二日，支硎虎阜茶事最盛，
余方抱痾，僵息一室，弗能往與好事者同爲品試之會，……文徵明識。」
雅集之外，也有訪友之詩畫，其《西齋話舊圖》軸，題詩及記云：

　　　　木葉蕭蕭夜有霜，清言款款酒盈觴。碧窓重剪西風燭，
　　　　白髮還聯舊雨淋。秋水不嫌交誼澹，寒更何似故情長。
　　　　不堪又作明朝別，次弟鄰雞過短墻。（嘉靖甲午臘月四日訪
　　　　從龍先生，留宿西齋，時與從龍先生別久，秉燭話舊，不覺漏下
　　　　四十刻，賦此紀情，并系小圖如此。徵明。）

詩中道出朋友之情與白髮的歲月痕跡。人老除了頭添白髮外，聰明亦
應不及以往，然文徵明卻有不服老的豪情，人可以不服老，但歲月流
逝的感傷卻無法避免，前舉文徵明重題《綠陰草堂圖》軸，有詩云：

　　　　尺楮相看二十年，林巒蒼翠故依然。白頭點筆閒情在，
　　　　莫道聰明不及前。（乙未中元，徵明重題。）

乙未爲嘉靖十四年（1535），徵明年六十六歲，尚不覺老。又其《洞
庭西山圖》軸，題云：

　　　　薄雲籠月夜微茫，十里松陰一徑長。草澗伏流時送響，
　　　　野梅藏雪暗吹香。冥烟突兀蒼山色，遠火依稀破壁光。
　　　　十五年前舊遊地，重來踪跡已相忘。（癸卯十月，同履學遊
　　　　洞庭湖西山，歸而圖之，并系此詩，迄今戊申冬仲，六閱年矣！
　　　　追想作此，精神目力，尚不減也。徵明時年七十有九。）

詩中雖有歲月痕跡，但仍有一份閒雅之情。再看前舉之文徵明《影翠
軒圖》軸，題詩中有「三十年來頭白盡」句，此時文徵明已八十一歲，
既要服老，也要承認聰明不如前的事實，其《溪橋覓句》卷，題詩云：

　　　　尺素俄經已數年，秀巖流壑始依然。感君意趣猶如昔，
　　　　顧我聰明不及前。萬壑潺湲知水競，千巖青翠爲山妍。

　　詩中真境何容盡，聊畢當年未了緣。（嘉靖己酉八月既望。

長洲文徵明識。）

從以往的「莫道聰明不及前」，到如今的「顧我聰明不及前」，文徵明
服老，也對前半生在意的功名有了另一番的看法，其《蹴踘圖》軸，
題云：

　　聚戲人間混等倫，豈殊凡翼與常鱗。一朝龍鳳飛天去，
　　總是攀龍附鳳人。（青巾黃袍者太祖也，對蹴踘者趙普也，青
　　巾衣紫者乃太宗也，居太宗之下乃石守信也，巾垂於前者党晉也，
　　年少衣青者，楚昭輔也。嘉靖己酉七月十日徵明識。）

這樣的題畫詩反映出詩人畫家各個時期心境的轉變，文徵明與唐寅的
境遇不同，故其題畫詩風到老仍存淡雅之緻，即使有感傷之情，也無
悲憤之語，人品、詩風、畫風爲其門人第子及後世所推崇，王世貞自
言：

　　文徵仲太史，有戒不爲人作詩文書畫者三：一諸王國，
　　一中貴人，一外夷。生平不近女色，不干謁公府，不通
　　宰執書，誠吾吳傑出者也。吾少年時不經事，意輕其詩
　　文，雖與酬酢，而甚鹵莽，年來從其次孫請爲作傳，亦
　　足稱懺悔文耳。〔註9〕

王世貞先輕之後崇之，陸師道折節以師事之，吳派自其而後門生益
眾，從其人品詩畫觀之，便可以理解。

　　不管是自題、他題，題己畫或題他人畫，在詠物、抒情等內容的
討論之外，題畫詩之於畫，還具有活潑畫面的重要功能，繪畫是平面、
靜態、表現一時之景的空間造型藝術，題畫詩中聲音、動作的詩句，
可以活潑畫景、表現神韻，提升畫意、畫境，詩句中對於時空的描寫，
則可擴展畫面的空間與時間，化靜態爲動態，轉瞬間爲長久，這些都
有賴題畫詩的內容來完成。如沈周《策杖圖》軸自題詩：「獨行固無
伴，微吟韻徐徐。」沈周《春華畫錦》軸自題詩：「漫放玉鞭催馬急」

〔註9〕王世貞《藝苑卮言》卷六〈文〉，頁1220。

沈周《雙鳥在樹圖》軸自題詩：「有鳥哺母方垂翼，鳴聲啞啞故巢側。」
沈周《有竹鄰居圖》卷自題詩：「我是西鄰不多遠，雞鳴犬吠或相聞。」
沈周《盆菊幽賞圖》卷自題詩：「西風肅霜信，先覺有香來。」沈周
《秋林獨行圖》扇自題詩：「兀兀小橋外，獨行人不知。秋風將落葉，
故向鬢邊吹。」沈周《江村漁樂圖》卷自題詩：「沙水縈縈浪拍堤，……
賣魚打鼓晚風急」沈周《夜雨止宿圖》軸自題詩：「燕子低飛水漫池」
沈周《山水圖》扇自題詩：「日午飯香雞正啼」唐寅《守耕圖》卷俞
國振題詩：「忽聽綠楊啼布穀，一犁帶雨破蒼苔。」唐寅《江南農事
圖》軸自題詩：「一夜繰車響到明」唐寅《歲朝圖》軸自題詩：「稚子
歡呼興不賒」唐寅《松風茅屋圖》軸自題詩：「彈琴茅屋中，客至還
在坐。」唐寅《山居圖》扇自題詩：「紅樹黃茅野老家，日高山犬吠
籬笆。合村會議無他事，定是人來借看花。」唐寅《雪林尋詩圖》軸
自題詩：「寒驢寒顫不勝騎，雪滿高松壓折枝。」唐寅《江南春圖》
卷自題詩：「月明犬吠村中夜，雨過鶯啼葉滿城。」唐寅《枯木寒鴉
圖》扇自題詩：「風捲楊花逐馬蹄」唐寅《錢塘景物圖》軸自題詩：「鸂
鶒船過水風腥」唐寅《江山驟雨圖》軸自題詩：「狂風驟雨暗江干」
文徵明《春雲出山圖》軸自題詩：「春樹亂搖風雨來」文徵明《空林
落葉圖》軸自題詩：「步入空林中，踽踽吟正苦。時聞落葉聲，卻訝
催詩雨。」文徵明《桐山圖》扇自題詩：「一曲松風四山響」文徵明
《蘭竹圖》軸自題詩：「明送清香度竹來」文徵明《竹石喬柯圖》軸
自題詩：「古木翠蝶舞」。這些動態的詩句使畫景鮮活了起來，有動作、
有聲音，更可聞到香腥之氣，使繪畫不再只予人視覺感受，因著題畫
詩的書寫，在視覺之外又加上了聽覺、嗅覺與觸覺。

　　對於時空的描寫，如沈周《為吳寬作山水》扇自題詩：

　　　　白髮蕭蕭風滿船，空江落日水連天。碧雲千里人如玉，
　　　　只咏金焦兩和篇。

沈周《夜游波靜圖》扇自題詩：

　　　　夜遊同白日，波靜似平田。撥槳水開路，洗杯江動天。

誅求尋樂土，談笑有吾船。明月代秉燭，老懷追少年。

沈周《秋泛圖》軸自題詩：

秋水浮空天影長，歸來江上自鳴榔。白鷗飛過攬紅葉，
不覺微風斜薦涼。

沈周《吳城懷古詩畫》軸自題詩：

閶闔城西晚泊舟，旅懷都在夕陽樓。前朝往事惟青史，
遠客新愁上白頭。衰草漫隨陵谷變，寒江還繞郡城流。
繁華回首今何在，惟有高臺記鹿游。

唐寅《折枝花卉圖》卷自題詩：

寫罷花枝卻有神，十年磨脫筆頭塵。明朝雨露天恩降，
不比繁華十樣春。

唐寅《沛台實景圖》頁自題詩：

此地曾經玉輦巡，比鄰爭覩帝王身。世隨邑改井猶在，
碑勒風歌字失真。仗劍當時冀亡命，入關不意竟降秦。
千年泗上荒臺在，落日牛羊感路人。

文徵明《山水》卷文彭題詩：

長江滔滔向東瀉，憶昔扁舟順流下。雙峰閣前浪花白，
兩岸青山似奔馬。兼葭楊柳風颼颼，江行六月疑深秋。
歸來已是十年事，看盡偶然思舊游。水聲樹色非邪是，
仍見山腰隱高寺。赤岸滄洲杳靄間，只尺悠然起愁思。

文徵明《西齋話舊圖》軸自題詩：

木葉蕭蕭夜有霜，清言款款酒盈觴。碧窗重剪西風燭，
白髮還聯舊雨牀。秋水不嫌交誼澹，寒更何似故情長。
不堪又作明朝別，次弟鄰雞過短墙。

文徵明《綠陰清話圖》軸自題詩：

碧樹鳴風澗草香，綠陰滿地話偏長。長安車馬塵吹面，
誰識空山五月涼。

上舉之例，予人時空感、動態感，豐富了畫意、畫境，觀畫者更可藉
題畫詩與畫中人物同其感受，題畫詩於畫之重要性由此顯現。

　　自畫自題詩是題畫詩研究的重點，而自畫自題或他題皆有詩畫指向同一對象的題畫詩作，其內容特色與一般詩文無別，這類的題畫詩可視爲一般詩文作品而放在各別詩人的詩文研究中加以探討。詩畫各自獨立的題畫詩，其題畫詩的身分建立在形式上而非內容，故其內容特色在此也不作深入的討論。

　　他人題三家畫之題畫詩而爲該畫而題者，在內容特色上多承前題詩再加發揮，若畫家無自題詩，他題詩便可依畫的主題自由創作，他題詩的內容常會參考前人題詩及題記而後作，前章討論他人題三家畫詩時已舉多例討論，這些都是他題之題畫詩內容的特色。

　　自畫自題詩不管在內容或形式上皆與畫面的結合度最高，題詩內容與畫景、畫意最爲密切，其文學性與藝術性亦高，在題畫詩的研究上最爲重要。

第三節　題畫詩書寫於畫面的方式

　　題畫詩因其題寫於畫面，已成爲畫面的一部份，故畫家在畫面構圖時通常會預留題詩位置，對於題寫的筆法書體也會納入考量，以使畫面和諧悅目，而鈐印除了表明作畫者身分外，由於印泥色紅，對於畫面亦有增色的功用，因著畫幅大小的不同，鈐用之印亦要隨之變換其大小，如此方能與畫面取得整體的和諧，這些都是畫家作畫時便須加以考量的，又繪畫在流傳過程中，畫上題詩、鈐印也會跟著增加，這些陸續所增之詩與印，在題寫與鈐蓋時也要考量畫面整體的美感而爲之，隨意的鈐印與劣題，不僅無法爲畫增色，反而會破壞畫面的美感。而一幅畫畫好後必須經過裱褙才算是完成的畫件，隨著畫幅大小長短的不同，在裝裱時也會有軸、卷、冊頁的差別，這些都是構成一幅畫所不可或缺的要件，欲了解題畫詩的形式內涵，便須一一加以討論。

一、書寫位置

　　宋代畫家題款文字多寫於畫幅下方樹石隱蔽處，以免傷及畫面，元明以後畫家題跋落款則多題於畫幅上方空白處，畫幅上方的留白除了作爲天際可予人無窮之感外，也常是畫家預留的題跋位置，就立軸而言，因文字直接題於畫面，故山水畫多題於畫幅上方空處，題字時也要考量畫景的平衡。如沈周《蒼厓高話圖》軸（圖 58），山在畫幅右側，故詩題於左方以平衡畫面，沈周另一幅山水畫《春華晝錦》軸（圖59），山在畫面左方，故題詩於右以平衡之。唐寅《震澤煙樹》軸（圖71），畫幅左上方爲湖岸，右下方爲主景，故題詩於右上。文徵明《雪歸圖》軸（圖 152），畫幅上方左右空白相等，中央兩山凹處空間較大，故題詩其上。其他主題之畫則隨其構圖而擇題詩之處，如沈周《雙鳥在樹圖》軸（圖 126），樹偏畫幅右側，故題詩於左方中間處，沈周《參天特秀》軸（圖 68），畫幅上方爲松之枝葉所據，下方右側爲松幹，故題詩於左下方，這樣的畫面構圖，左下方的空白應是作畫時即爲題跋預留的位置，如此畫面便取得了和諧。唐寅《嫦娥奔月》軸（圖 122），畫幅右上方的桂樹無根，桂樹下方題詩，這也是畫家在作畫構圖時將題詩納入構圖之一例。有時畫家會將畫幅上方空下大片畫面作爲題詩的空間，如文徵明《茶事圖》軸（圖 87），畫景與題詩各佔畫幅之半，唐寅《西洲話舊圖》軸（圖 91），畫幅上方用題字補滿，整幅畫與字取得了整體的和諧。他人題詩多選擇畫幅空白處，較大的空白處題滿後便將題字字體縮小題於較小的空白處，題字以不侵入景物之中爲原則，如沈周《白頭長春圖》軸（圖 72），沈周以較大字體題於畫幅右上方，吳瑞以相同字體接題於沈周題後，由於較大的空白皆已題滿，故沈誠題詩便縮小字體題於較接近畫景的小空白處。唐寅《品茶圖》軸（圖 157），唐寅題詩字體最大，乾隆多次題詩，可題之空白越來越小、越少，故題字亦跟著縮小。在畫心之外，位於畫幅上方的詩塘由於不屬於畫面原有的部份，其題詩便不須考量畫面構圖的平衡性，又立軸除畫心與詩塘可供題寫外，後人再有題跋，爲避免傷害畫面，也常題

寫於裱邊，這是對於畫面最無影響的題寫方式。

　　立軸由於畫面空間有限，故題詩數量不會太多，而長卷由於拖尾空間可以無限延長，該畫流傳越久，拖尾便越長，即使畫作完成後同時有多人題詩亦無妨，長卷的裝裱形式，卷前有引首，引首後為畫幅，畫幅後即接拖尾，引首多書大字榜書，畫心可供題詩，但即連畫家本人也常避免題詩其上，詩文題跋多書於拖尾，拖尾的長短視題者多寡而定，一般長卷裝裱可以只有畫幅而無引首及拖尾，若有引首則通常也要有拖尾，如此才能取得畫件整體的平衡，畫家作長卷之畫，有時只畫景物，引首與拖尾為他人所補，有時畫家創作長卷畫作，自書引首，自題拖尾，與畫合成一件完整的畫件，後代人題長卷畫蹟時，為避免影響原來的畫幅與拖尾，也常題跋於引首與畫心之間的前隔水裱綾或畫心與拖尾之間的後隔水裱綾上，長卷拖尾長者如唐寅《貞壽堂圖》卷（圖 96），引首、畫幅、拖尾皆由畫家自書者如文徵明《永錫難老圖》卷（圖 76），可為代表。

　　因為裝裱形式的不同，故題畫詩書寫的位置在立軸與長卷上也就有所差別。而冊頁的題畫詩則大多寫在與畫幅相對的對幅上，較少題寫於畫面。扇面畫的題詩書寫位置的考量與立軸同，但由於扇子有兩面，故題詩也會寫在扇子的背面，扇背的空白與立軸的詩塘功能類似。

　　題畫詩書寫的位置關係到畫幅與畫件的整體美感，不但畫家會在作畫時考量，他人題畫時也同樣會加以考量，若不考量而任意題寫，畫件美感便遭破壞，亦會受到觀畫者的指責，實不可草率。

二、書寫筆法

　　中國繪畫有各種不同的筆法、風格，工筆畫與寫意畫各有其特色，用筆粗細、用墨濃淡皆予人對畫產生不同的趣味，每一位畫家也都有其繪畫風格。相對於書法，篆隸行草楷各體與書家個人書法特色，都可以使觀者對於書法文字產生不同的審美感受，要將各種畫體畫風與書體書風結合在一件作品上，便需就書畫的個別特色及其相容

性，與所欲表現的作品內涵意境，加以考量後方能下筆。通常畫家自畫自題文字，會做此整體考量，他題之文字便未必能如此，因爲其他題寫者未必會認眞考慮題寫文字與畫面的協調性，即使考慮到此點，又可能限於書法功力，無法對於各種畫體畫風題寫相應書體書風的文字，在現存的歷代畫蹟上，他題而破壞畫面美感的例子時常可見，但是他題而能與畫面高度融合者亦所在多有，題畫詩以書法形式寫在畫面上，其書寫位置固然要考量畫面的整體構圖，其書寫筆法同樣與畫作筆法風格有密切的關係。

　　題款書法不同於單獨的書法書寫，除了考慮書體、書風對於畫面的影響外，字形的大小也要配合畫面，以避免予人突兀之感，在文字用墨上也要與畫風結合，這樣的題款才算是佳題。沈周《雨意》軸（圖64），以淡墨題詩，題款書法與與濛濛的寫意畫面甚能融合。再看沈周《山水》軸（圖 158），墨筆山水之墨趣與題款墨趣一致，畫幅右上方陳蒙題詩也能配合畫面風格，是他題而佳者。沈周《鳩聲喚雨》軸（圖 125），用枯筆畫樹枝，題詩也用枯筆。沈周《雙鳥在樹圖》軸（圖 126），樹幹用墨較濃，故題詩也用重墨。沈周《廬山高》軸（圖 69），畫面構圖嚴謹筆法精細，自題畫名「廬山高」三字用篆書，以配合畫風，題詩文字上方齊整與左峰同高，下方依山勢起伏，書體亦能與畫融合。沈周工筆畫《花下睡鵝》軸（圖 106），題詩書寫工整，以合於畫風。

　　唐寅常將工筆與寫意兩種不同畫風同時表現在一幅畫上，題款多用行楷，如其《山靜日長圖》軸（圖 159）、《山路松聲》軸（圖 61），畫風秀麗，書風端莊，書風與畫風一致，其《松溪獨釣圖》軸（圖 160），畫風較爲寫意，題詩文字風格也跟著放逸。唐寅《震澤煙樹》軸（圖 71），太湖的清波與放縱的行草書體，表現出唐寅作畫題款時的心境與繪畫意境。唐寅《班姬團扇》軸（圖 120），祝允明等人的題詩書法，與畫面亦能取得協調。

　　文徵明工行草書，與祝允明、王寵並稱明代三大書家，其題畫書

風也多行草，頗能與寫意畫風相合，如其《疏林茆屋》軸（圖 161）、《燕山春色圖》軸（圖 162）、《蕉陰仕女圖》軸（圖 163），《蒼崖漁隱》軸（圖 164），以行草題寫於不同的畫景畫風之畫作上仍覺適切。再看其《春雲出山圖》軸（圖 165），以正楷題詩，配合畫景畫意，給人的感覺與前舉行草題詩諸畫便略有不同。題詩字體不同可給觀畫者不同的感受之例，可再看文徵明《金山圖》軸（圖 156），畫幅上方以工整方正的隸書題詩，該畫在寫意中乃予人有厚實之感。文徵明《茶事圖》軸（圖 87），畫幅上半部畫格線以楷書題字，題詩內容雖與畫之主題相同，但題寫方式卻與畫景不相合，這是文人畫題詩開始形式化之例。

　　文字與畫面結合，文字內容不一定是詩，也有題記與長文，長文也未必自作，或他題，或自題、他題前人之文，多依畫之主題寫相應之文於畫上，如仇英《雲溪仙館圖》軸（圖 166），上方有陸師道楷書仙山賦，仇英《仙山樓閣圖》軸（圖 167），上方陸師道亦楷書仙山賦一篇。仇英《修褉圖》軸（圖 168），上方有乾隆錄臨王羲之蘭亭序全文，畫上書錄前人文章並不一定會破壞畫面美感，但題寫之文字若用格線規範之，便在審美感受上打了折扣，文徵明《蘭亭修褉圖》軸（圖 169），文徵明在畫幅右上方以小楷書錄蘭亭序，與畫面相融合，並無前舉諸圖突兀的情形。他題而破壞畫面最為嚴重者當屬乾隆，清宮藏畫多可見乾隆題詩，但不管何種畫風、構圖，乾隆皆用相同字體題詩，前舉諸圖多有乾隆題詩其上，其廣收歷代名畫雖為個人翫好，但也因有皇家寶藏而使名畫不至散佚，甚有功勞，然功不掩過，其在古畫上任意題詩鈐印對於畫蹟造成的負面結果，至今為人詬病。題字實對於畫面整體美感有莫大影響，不可不慎。

　　書法有帖學與碑學的差別，但題於畫上之書法卻未必適用此二種書風，題畫書法講究與畫面的融合，故在書法用筆、用墨與字形結體方面有更多的變化，這類的書法常具有畫意，因此有畫學書法之稱，徐建融認為：

　　　　畫學書法的主要特點，相比于純粹的帖學或碑學書法，

大體有四，一是在結構上頗多繪畫的造型意趣，……二
是在用筆上多有繪畫的形象性，……三是在用墨上，十
分注重黑色枯溼濃淡的變化，正所謂「墨分五彩」；四是
在書體方面……常將篆、隸、楷、行、草雜糅于一局之
中，……在同一篇題款文字中，或篆、或隸、或楷、或
行、或草地參差錯落。〔註10〕

從上舉明三家題款之例，可以見到這樣的趨向，畫學書法完全的形
成，要在清代以後，明三家題款文字雖已有畫意，但仍延續了宋元繪
畫題款常見的楷書、行楷、行書體，僅文徵明多有行草題款，在書風
上仍是以端秀為尚，題款的題面安排也以方正為主，偶而配合畫面作
小幅度的改變，這與清代揚州八怪以後題款文字及題面安排自由放縱
的情形相較，仍存宋元之習。

　　立軸詩塘及長卷拖尾的題字，由於並未干擾到畫面，故書寫筆法
便不須如直接書寫在畫面上的題款講究，而有自由揮灑的空間。長卷
的引首通常以榜書大字書寫畫名，字數依畫名長短而定，末署書寫者
名款，也不須考量畫景，但榜書字體也多會配合畫作風格而書，使書
畫取得協調的美感。題畫文字在形式上由於有這樣不同於一般書法的
書寫筆法，故其不僅有內容的藝術性，更具有書寫形式的藝術內涵。

第四節　詩書畫印裱合一的整體藝術

　　畫上的詩文書法對於畫面的構圖美感不容忽視，文人畫已將詩文
書法納入而為其組成要素，屬於邊緣位置的鈐印與裝裱雖不若書法題
字受到重視，但不管是畫家或收藏家對其亦不會輕忽，因印、裱也是
構成畫件整體的重要元素，元明以後作畫的習慣，書畫未鈐印只是書
稿、畫稿，未經裱褙只能算半成品，不適合出以示人或懸掛觀賞、收
藏流傳，鈐印與裱褙皆有其講究，一幅畫蹟不僅止於畫，而是集畫、

〔註10〕徐建融《書畫題款・題跋・鈐印》，頁82。

詩、書、印、裱的整體藝術，每一組成元素的不當都會破壞畫件的藝術價值，實不可輕忽。

　　畫家完成畫作後的落款與鈐印可使人知道這件作品的作者是誰，收藏家的鈐印可宣示其所有權，也可使後世了解該畫在流傳的過程中曾經爲誰所擁有，所鈐印章內容主要是姓名、字號、齋室印，其次是里籍、郡望、年份印，依作品的意境或持有者的志趣，偶會在畫蹟鈐上鐫刻雅辭的閒章。因印章鈐於畫面，再加上印泥色紅，對於畫面有一定的影響，印章形式以方正爲主，其次是長方形、圓形、橢圓形、葫蘆形、鼎形等，今人喜用的不規則形，因其不正，予人一股邪氣，古人是不使用的。依畫幅的大小來鈐蓋大小不同的印章，篆刻的風格也有許多變化，朱文或白文對於畫面可產生不同的視覺效果。鈐印既爲構圖的一部份，故在鈐蓋時除了考慮印章的大小及印風，更要考量鈐印的位置，姓名印通常鈐於題款下方或題款旁，齋室、里籍等印則可考量畫面佈局而鈐，畫幅下方左右角落是比較常見的鈐蓋位置。如文徵明《春雲出山圖》軸（圖 165），題詩名款下方鈐「徵」「明」連珠方印，畫幅右下角鈐「玉磬山房」齋室印。唐寅《嫦娥奔月》軸（圖 122），題款旁鈐「南京解元」朱文長方印、「六如居士」朱文方印，題詩首字旁鈐「吳趨」里籍圓印。沈周《雙鳥在樹圖》軸（圖 126），題款末鈐「啓南」朱文方印、「石田」白文方印，沈周《金粟晚香圖》軸（圖 170），題詩落款後，左方尚餘頗大的空白，故將「啓南」、「石田」二印鈐於姓名旁稍遠處，如此這一空白便由鈐印填補。鈐印填補畫面空白也是印章於畫面構圖上的重要作用，畫面依其構圖，空白處多在畫幅的四個角落，依畫面整體佈局的平衡性言，畫景處重，空白處輕，在四角空白處鈐印可平衡畫面，故稱鈐蓋於此處的印章爲壓角章，前舉之沈周《金粟晚香圖》軸（圖 170），花枝自畫幅左下方斜向上方，故畫幅的右下方便顯得空虛，此畫右下角鈐有收傳印記四枚，如此便平衡了畫面，這是收藏鈐印之佳者。畫家完成畫作皆會考量鈐印的大小與位置，收藏者鈐印多鈐於畫幅四邊，以不侵畫位爲主要考量，若

鈐印不當便破壞了畫面美感與意境。乾隆喜愛書畫，觀畫喜題詩又喜鈐印，其後諸帝王雖不一定題詩，卻承襲了鈐印之習，故清宮藏畫鈐印最夥每侵畫景，如文徵明《江南春圖》軸（圖 171），所鈐諸印雖仍沿畫幅四邊鈐蓋，但部份印章直接蓋在畫景上，已經破壞了畫面整體的美感，此畫的鈐印雖不當，更有甚者，如文徵明《春山煙樹》軸（圖 172），鈐印不僅多、且大，與畫景殊不協調。乾隆鈐畫之最大印璽「乾隆御覽之寶」朱文方印，本不適合鈐蓋於畫上，其鈐蓋位置較常蓋在畫幅上方靠近邊緣的正中位置，如沈周《蒼厓高話圖》軸（圖 58）、沈周《古松圖》軸（圖 134）、唐寅《山靜日長圖》軸（圖 159）、唐寅《杏花》軸（圖 173）、文徵明《燕山春色圖》軸（圖 162）、文徵明《蘭亭修禊圖》軸（圖 169）、文徵明《溪山秋霽圖》軸（圖 118），因其帝王之尊，自有一番氣勢，這也是鈐印予人的另一種觀畫感受。又墨畫未如設色畫有各種顏色的變化，故於畫上鈐蓋紅色印章，也有為畫增色的效果，故鈐印於繪畫而言，實具有多方面的功能。

　　裱褙對於書畫而言不是附屬的，而是必要的，裱褙不僅可強化書畫紙張，使其不易破損，更可裝飾畫幅，其功能猶如人之穿衣，不同的裱褙樣式與風格，給予觀畫者的感受皆不同，畫風寫意，以淡雅色澤的絹紙裱褙，畫風厚重，便以深色絹綾襯托，裱褙所用的不同綾絹紙張，有各種的顏色花紋，也有華麗與樸素的差別，較有財力的皇家及富室，對於裝裱的綾絹、軸頭、繫帶，多有講究。《南村輟耕錄》記：

> 唐貞觀、開元間，人主崇尚文雅，其書畫皆用紫龍鳳紬綾為表，綠文紋綾為裏，紫檀雲花杆頭軸，白檀通身柿心軸。此外，又有青、赤琉璃二等軸，牙籤錦帶。大和間，王涯自鹽鐵據相印，家既羨於財，始用金玉為軸。甘露之變，人皆剝剔無遺。南唐則裱以迴鸞墨錦，籤以潢紙。宋御府所藏，青、紫大綾為裱，文錦為帶，玉及水晶、檀香為軸。靖康之變，民間多有得者。〔註11〕

〔註11〕元・陶宗儀《南村輟耕錄》卷二十三〈書畫裱軸〉，頁 276。（臺北：

如此華貴的裝裱除了美觀，益增書畫的價值，可見古人對於書畫裝裱
的重視。清‧鄒一桂《小山畫譜》言：

> 裝潢非筆墨家事，而俗手每敗壞筆墨，不可不慎。畫就即裱，
> 恐顏色脫暈，必須時久。而帛法重輕，調糊厚薄，視紙絹之
> 新舊爲程度。小幅挖嵌爲佳，書斗必須淺色，所鑲綾絹非本
> 色亦淺色。軸則花梨、紫檀、黃楊、漆角者爲宜，玉石則太
> 沈重。式尚古樸，勿事雕飾。絹畫則綾裱，紙畫或絹裱，即
> 用裱紙，亦必綾邊。上下尺寸俱有一定，長短不得。古畫重
> 裝，宜仍托底。珍賞之家，必延良工於室爲之，恐一落鋪中，
> 易去底紙，摹作贋本，則失卻元神也。裝後題籤必善書者，
> 篆隸更妙，賞鑑圖書，亦不可少。〔註12〕

其中對於裝裱的重要性、裱褙的樣式、籤條的題寫、賞鑑的印章，都
有所論述，足見書畫裝裱歷來皆受到相當的重視。

中國書畫作於綾絹紙張上，其質地較薄，水墨加之便會出現收縮
的現象，未經裱褙托襯，其藝術美感不顯，經過裝裱的程序後，筆墨
氣勢與意境神韻便完全顯現了出來，而成爲一件完整的藝術品，就同
一件作品而言，未經裱褙的書畫作品，其藝術性不如佳裱的書畫，這
是不容置疑的，再就實用性而言，經過裱褙的書畫才便於展掛、保存
與長期收藏，歷代帝王與文人雅士皆重視書畫的裝裱，足見裝裱雖是
兩把刷子的工藝，對於書畫卻至關重要。

繪畫與詩文書法皆是藝術，文人畫結合了繪畫藝術與詩文藝術，
創造了另一種不同於碑帖書法的畫學書法藝術，又輔以鈐印的篆刻藝
術，最後由裝裱將之做完美的呈現，就一件文人畫作品而言，實爲詩
書畫印裱合一的整體藝術，這是中外其他類型的繪畫所無，中國文人
畫獨有的特色。

木鐸出版社，民國71年5月初版）。
〔註12〕清‧鄒一桂《小山畫譜》卷下〈裱畫〉，頁532。（收入《美術叢書》
合訂本第一冊。單冊本初集第九輯，頁138～139）。

第六章　結　論

　　題畫詩在歷代以來都散於各文人、畫家的詩、畫作品中，南宋・孫紹遠開始注意此一特殊的詩類而加以收集成冊為《聲畫集》八卷，直至清代才有大規模的整理，清・陳邦彥編《御定歷代題畫詩類》一百二十卷，使題畫詩類凸顯於其他詩類中，明清亦有書畫題跋之相關書籍收錄題畫詩，而唐以來文人、畫家所作題畫詩多收錄於其人之詩文集中，因此今人對於題畫詩之研究，便須先著手將歷代題畫詩作從各類別集著作中抽取出來，這需要花費相當多的時間與工夫，因此題畫詩之研究相較於其他古典詩歌更為吃力，然至今此研究已累積了相當的成果。由於題畫詩的研究日漸受到重視，因此開始有人加入題畫詩收集與整理的工作，這對於題畫詩的研究有一定的助益，但是各家整理之題畫詩集良窳不齊，或節錄，或不注出處，造成研究者許多的不便，其欣賞介紹的功用大於研究的幫助，於是學者欲研究某家某代的題畫詩仍須從頭整理，這是很可惜的。

　　題畫詩的相關資料除了文字資料外，還有很大的一部份是現存的畫蹟，相關書畫題跋書籍之文字亦為歷代抄錄自書蹟畫蹟者，今人研究題畫詩實不能忽略現存畫蹟，但是由於現存古畫多屬珍貴文物，深藏於博物館或私人密室，輕易不肯示人，因此若欲研究畫上題詩便須倚賴畫冊圖錄，基於圖版印製的大小、精粗，及題詩書法的不易辨認，

因此對於畫蹟之題畫詩抄錄整理與研究便更加困難，故若要能完全利用現存畫蹟題跋資料，便需要藝術領域的學者及博物館人員的配合，書畫題跋文字若能由其依其專業而予以抄錄整理，則對於研究者而言實可收事半功倍之效，可惜目前除台北故宮博物院有較完整的整理外，大陸及海外、民間之收藏皆未能如此，這也是造成研究畫上題詩之研究者裹足不前的原因，在文字資料之題畫詩研究已漸具成果的今日，畫上題詩之研究實應急起直追，如此對於題畫詩之研究方能更為全面而完備，因此筆者乃有本文的提出，期能拋磚引玉。

由於題畫詩之研究涉及繪畫藝術的範疇，研究者必須掌握跨領域的知識，因此美術出身的學者研究之，則在文學方面的訓練便較不足，而常將重心放在繪畫上，文學領域出身的學者研究之，則對於繪畫方面的相關知識便有所欠缺，因此顯得文學味道太濃，這是目前題畫詩研究上的現象，但這也是跨領域研究所常有的情形，只能自我鞭策，期使不同領域之間的學養差距能夠日漸拉近，如此當能獲致更好的研究成果。

題畫詩開始受到注意而加以研究時，便須先對研究的對象加以定義，前輩學者已有頗為周詳的定義，筆者之定義不同於前人以詩為對象而從畫件為考量，對於題畫詩做了稍有不同於前人的定義，在不斷的研究之下，題畫詩之面貌當能更為清晰，其定義也必能更為完整。

由於本文之研究乃從畫上題跋詩文入手，故在歷代題畫詩的演進與發展方面，筆者將焦點放在歷代畫上題跋的發展上，從現存歷代畫蹟中找尋文字與繪畫開始在畫面上結合的歷史軌跡，從榜題、畫贊，到畫家署名落款，而至畫上出現詩文題句，對於題畫詩與畫面結合的情形有所觀照，不同於其他研究者從文字資料入手所取得的結果，但因唐宋現存畫蹟非常稀少，因此僅能就有限的資料立論，這一部份僅能期待有新出土的文物來加以補充了。

筆者以明三家現存畫蹟為研究對象，乃考量三家在明代具有代表性的地位，畫上題詩從北宋始，發展到明代已開始有浮濫的現象，明

三家正處於此轉折階段，從本文的研究中，可以看出其轉變情形。題畫詩與繪畫之關係一向為研究者所關注，但限於詩存畫佚的現實情況，題畫詩在詩畫關係之探討上一直有所不足，筆者從畫蹟題詩入手，排除了有詩無畫的研究困境，對於詩畫完成的先後、題寫的對象，其題詩與繪畫之關係，皆有了初步的探討。在題畫詩的文學性與藝術性方面，亦從形式與內容兩方面加以討論，使題畫詩不再僅只是一組文字，其活躍於畫面上，屬於畫面構圖的要件，在文人畫整體藝術的呈現上具有重要地位，兼具文學性與藝術性之雙重特質，這些在從文字入手來研究題畫詩者是無法從題詩文句中窺知的，由此更可見從畫蹟研究題畫詩之重要性。

從畫上題跋詩文的抄錄整理可以發現，題詩以外的題記對於題畫詩的解讀相當的重要，而前人抄錄題畫詩卻常將題記略去，書畫題跋之書籍雖有將題記一併記錄，但也仍存跋存畫佚的情形，筆者之研究避免了這些缺失，也從題記解讀題畫詩而加以分類探討，對於題畫詩作如此的分類，在以題畫詩文字為研究對象的相關論著中是未曾有的，其大多依循孫紹遠與陳邦彥的分類方式來討論題畫詩，這也是本文研究的成果之一。

從《明三家畫題畫詩輯》的整理，再以之與明三家詩文集中所收錄的題畫詩相比對，可以發現現存畫蹟題詩大多不見錄於畫家詩文集中，對於畫家詩文集題畫詩之增補實有很大的幫助。又畫蹟題詩見收於詩文集中者，集中之缺字、誤字可由畫蹟題詩增補改正，如明刊本沈周《石田先生集》，收錄沈周〈落花三十首〉，其第八首詩之首聯：「芳菲死日是生時，李妹桃娘盡□兒。」〔註1〕，集中缺一字，從現藏台北故宮博物院之沈周《落花圖并詩》卷之拖尾題畫詩，知所缺之字為「欲」字，又畫上題詩文字與詩文集所收錄者常有出入，比對二者的不同處，可以知道是歷代傳抄刊刻之誤，或畫家題詩時常有改動

〔註 1〕沈周《石田先生集》七言律三〈落花三十首〉其八，頁 632。

詩句的習慣。又詩文集所收題畫詩多有以題畫二字爲詩題者，讀者不知其所題何畫，亦有題畫詩以失題命名者，從畫蹟抄錄之題詩，可以補其題目，如清‧唐仲冕刻之《唐伯虎全集》，七言絕句部份，有〈失題八首〉〔註2〕，其中第三首：「秋來紈扇合收藏，何事佳人重感傷；請把世情詳細看，大都誰不逐炎涼？」此詩乃題於唐寅《秋風紈扇圖》軸，此畫現藏上海博物館。其第五首：「茶竈魚竿養野心，水田漠漠樹陰陰；太平時節英雄懶，湖海無邊草澤深。」此詩乃唐寅《溪山漁隱》卷，畫上題詩，此卷現藏台北故宮博物院，諸如此類的情形多可見之，由此更可見畫蹟資料之重要。

　　研究題畫詩固然就詩論詩，但題畫詩書寫於畫面，其所發揮之藝術功能不僅只在詩句內容，其作爲畫面之組成元素，自有其藝術性，不管是書寫筆法、位置，或配合鈐印，題詩字數之多寡，是七言或五言，絕、律或古體，字體之大小與書寫之筆法，皆在畫家之整體考量之中，對於題畫詩形式上之探討，亦有助於對題畫詩之藝術性之認識，又軸、卷之裝裱方式不同，所能提供題詩的空間亦有差異，從畫件之裝裱，可以知道，何以此卷題長詩，彼軸題絕句，對於題畫詩之創作動機亦可有所了解，題畫詩不只是文字，而是詩書畫印裱合一的整體藝術中之一環，從此一整體來進行對於題畫詩之探討，乃是本文之特色，而從題畫詩句與畫面關係之比對研究，對於題畫詩之詩畫關係之認識，已不再只是詩中有畫、畫中有詩的理論認知，而是實際的詩句與畫面之結合互補與互相擴充，這些在本文中都已有所討論。

　　本文在很多方面皆屬首次嘗試，乃希望能從各個方面來了解題畫詩，題畫詩乃中國獨有的文學、藝術寶藏，有其廣大的研究空間，其在文學與藝術領域，皆具有重大之價值。

〔註 2〕唐伯虎《唐伯虎全集》七言絕句〈失題八首〉，頁 109。

參考書目

說　明

　　參考書目採作者在前，書名在後的安排，民國以前之作者標注其朝代。各書依類劃分，各類排序依經、史、子、集為序，次依著者年代先後，同時代作者則依書籍出版先後為序，惟同類書籍之相近書目則依相近程度排序。出版年月依該書版權頁之登錄，以民國紀年者依民國年，以西元紀年者依西元年，僅將民國紀年之年月與西元紀年之年月統一以阿拉伯數字標示。版次、刷次之數字，有國字與阿拉伯數字，依其原書之標示，不予以統一。期刊論文依博士論文、碩士論文、期刊論文排序。

一、古籍類

1. 楊伯峻譯注，《論語譯注》（臺北：漢京文化事業有限公司，民國 76 年元月 15 景印一刷）。

2. 漢・班固，《漢書》（北京：中華書局，1997 年 11 月北京第一版）。

3. 後晉・劉昫等撰，《舊唐書》（北京：中華書局，1997 年 11 月第一版第一次印刷）。

4. 清・張廷玉等撰，《明史》（北京：中華書局，1997 年 11 月北京第一版）。

5. 明・王鏊，《姑蘇志》（景印文淵閣四庫全書本，第 493 冊，臺北：臺灣商務印書館，民國 75 年 7 月初版）。

6. 明・張內縕、周大韶，《三吳水考》（景印文淵閣四庫全書本，第 577 冊，臺北：臺灣商務印書館，民國 75 年 7 月初版）。

7. 清・李銘皖等修、馮桂芬等纂，《蘇州府志》（臺北：成文出版社據清光緒九年刊本影印）。

8. 清・趙翼，《廿二史箚記》（臺北：洪氏出版社，民國 63 年 10 月 15 日再版）。

9. 唐・范攄，四部叢刊續編子部，《雲溪友議》（上海涵芬樓景印常熟瞿氏鐵琴銅劍樓藏明刊本）。

10. 北宋・黃伯思，《東觀餘論》（臺北：藝文印書館原刻景印《百部叢書集成・學津討原》本）。

11. 宋・張世南，《游宦紀聞》（收錄於《說郛三種》明・陶宗儀等編，上海：上海古籍出版社，1988 年 10 月第 1 版，1989 年 1 月第 2 次印刷）。

12. 元・陶宗儀，《南村輟耕錄》（臺北：木鐸出版社，民國 71 年 5 月初版）。

13. 明・何良俊，《四友齋叢說》（《百部叢書集成》十六・紀錄彙編十，臺北：藝文印書館）。

14. 明・沈德符，《萬曆野獲編》（北京：中華書局，1959 年 2 月第 1 版 1997 年 11 月湖北第 3 次印刷）。

15. 清・張潮，《虞初新志》（收錄於《清代筆記叢刊》第一冊，濟南：齊魯書社，2001 年 1 月第 1 版第 1 次印刷）。

16. 宋・郭茂倩編撰，《樂府詩集》（臺北：里仁書局，民國 70 年 3 月 24 日）。

17. 唐・王維 撰、明・顧起經 注，《類箋王右丞全集》（臺北：臺灣學生書局，民國 59 年 6 月景印初版。據明嘉靖卅五年刊本景印，大題為「類箋唐王右丞詩集」）

18. 北宋・蘇軾撰、南宋・郎曄注，《經進東坡文集事略》（臺北：世界書局，民國 81 年 3 月三版）。

19. 北宋・黃庭堅，《山谷全集》（臺北：中華書局四部備要本）。

20. 元・倪瓚，《清閟閣全集》，（景印文淵閣四庫全書本，第 1220 冊，臺北：臺灣商務印書館，民國 75 年 7 月初版）。

21. 明・吳寬，《家藏集》（景印文淵閣四庫全書本，第 1255 冊，臺北：臺灣商務印書館，民國 75 年 7 月初版）。

22. 明・沈周，《石田先生集》（臺北：國立中央圖書館，民國 57 年 7 月初版。據明萬曆陳仁錫編刊分體本影印）。

23. 明・文徵明，《甫田集》（臺北：國立中央圖書館，民國 57 年 7 月初版。據明嘉靖間原刊本影印）。

24. 明・文徵明，《文徵明題畫詩》（學海出版社，民國 87 年 9 月初版，據神州國光社版影印）。

25. 清・唐仲冕編，《唐伯虎全集》（臺北：水牛出版社，民國 67 年 10 月 31 日再版）。

26. 鄭騫編注，《唐伯虎詩輯逸箋注》（臺北：聯經出版事業公司，民國 71 年 7 月初版）。

27. 周道振、張月尊輯校，《唐伯虎全集》（杭州：中國美術學院出版社，2002 年 3 月第 1 版第 1 次印刷）。

28. 明・祝允明，《懷星堂集》（景印文淵閣四庫全書本，第 1260 冊，臺北：臺灣商務印書館，民國 75 年 7 月初版）。

29. 明・王世貞，《藝苑卮言》（《續歷代詩話》本，丁仲祐編訂，臺北：藝文印書館，民國 72 年 6 月四版）。

二、詩畫關係類

1. 南宋・孫紹遠，《聲畫集》（景印文淵閣四庫全書本，第 1349 冊，臺北：臺灣商務印書館，民國 75 年 7 月初版）。

2. 清・陳邦彥編，《御定歷代題畫詩類》（北京：人民美術出版社，1994 年，據康熙四十六年刻本影印）。

3. 麻守忠、張軍、黃紀華主編，《歷代題畫類詩鑒賞寶典》（長春：時代文藝出版社，1993 年 4 月第 1 版第 1 次印刷）。

4. 李栖，《題畫詩散論》（臺北：華正書局，民國 82 年 2 月初版）。

5. 戴麗珠編著，《詩與畫之研究》（臺北：學海出版社，民國 82 年 3 月初版）。

6. 石光明、董光和、伍躍選編，《乾隆御製文物鑒賞詩》（北京：書目文獻出版社，1993 年 7 月北京第 1 版，1993 年 8 月秦皇島第 1 次印刷）。

7. 李栖，《兩宋題畫詩論》（臺北：臺灣學生書局，民國 83 年 7 月初版）。

8. 鄭文惠，《詩情畫意—明代題畫詩的詩畫對應內涵》（臺北：東大圖書股份有限公司，民國 84 年 4 月初版）。

9. 孔壽山，《中國題畫詩大觀》（蘭州：敦煌文藝出版社，1997 年 12 月第 1 版，1998 年 7 月第 1 次印刷）。

10. 戴麗珠編著，《明清文人題畫詩輯》（臺北：學海出版社，民國 87 年 4 月初版）。

11. 周積寅、史金城，《中國歷代題畫詩選注》（杭州：西泠印社，1998年6月第2版第1次印刷）。

12. 趙蘇娜編注，《故宮博物院藏歷代繪畫題詩存》（太原：山西教育出版社，1998年7月第1版山西第1次印刷）。

13. 衣若芬，《蘇軾題畫文學研究》（臺北：文津出版社，1999年5月初版一刷）。

14. 胡文虎選編，《中國歷代名畫題跋集》（杭州：浙江人民美術出版社，1999年6月第1版第1次印刷）。

15. 崔滄日編著，《中國畫題咏辭林》（杭州：西泠印社，1999年7月第1版第1次印刷）。

16. 韓丰聚、孫恒杰主編，《題畫詩選釋》（河北：河北美術出版社，2000年5月第1版第1次印刷）。

17. 衣若芬，《赤壁漫游與西園雅集》（北京：線裝書局，2001年6月第1版第1次印刷）。

18. 朱光潛譯，《詩與畫的界限》（又稱《拉奧孔》，蒲公英出版，坊間版）。

三、書畫美學類

1. 唐・張彥遠，《歷代名畫記》（收錄於《畫史叢書（一）》，臺北：文史哲出版社，民國63年3月初版）。

2. 北宋・郭熙，《林泉高致》（收錄於黃賓虹、鄧實編《美術叢書》合訂本第二冊，單冊本二集第七輯。南京：江蘇古籍出版社，1997年12月第一版第一次印刷）。

3. 宋・郭若虛，《圖畫見聞誌》（收錄於《畫史叢書（一）》）。

4. 南宋・宋伯仁，《梅花喜神譜》（收錄於上海古籍出版社編《中國古代版畫叢刊二編》第一輯，上海：上海古籍出版社，1994年10月第1版第1次印刷）。

5. 宋・周密，《雲煙過眼錄》（收錄於《美術叢書》合訂本第一冊，單冊本二集第二輯）。

6. 明・姜紹書，《無聲詩史》（收錄於《畫史叢書（二）》，臺北：文史哲出版社，民國63年3月初版）。

7. 明・徐沁，《明畫錄》（收錄於《畫史叢書（二）》）。

8. 明・王穉登，《吳郡丹青志》（收錄於《畫史叢書（三）》臺北：文史哲出版社，民國63年3月初版）。

9. 明・唐寅，《六如居士畫譜》（收錄於《美術叢書》合訂本第二冊，單冊本二集第九輯）。

10. 明・孫鳳，《孫氏書畫鈔》（收錄於盧輔聖主編《中國書畫全書（三）》，上海：上海書畫出版社，1992 年 10 月第一版第一次印刷）。

11. 明・朱存理，《珊瑚木難》（收錄於《叢書集成續編》第 95 冊，臺北：新文豐出版公司，民國 78 年 7 月臺一版）。

12. 明・朱存理，《鐵網珊瑚》（臺北：國立中央圖書館，民國 59 年 7 月初版）。

13. 明・張丑，《清河書畫舫》（臺北：學海出版社，民國 64 年 5 月初版）。

14. 明・郁逢慶，《書畫題跋記》（臺北：國立中央圖書館，民國 59 年 7 月初版）。

15. 明・汪砢玉，《汪氏珊瑚網名畫題跋》（收錄於《叢書集成續編》第 100 冊）。

16. 明・李日華，《竹嬾畫賸》（收錄於《美術叢書》合訂本第一冊，單冊本二集第二輯）。

17. 清・吳升，《大觀錄》（收錄於盧輔聖主編《中國書畫全書（八）》，上海：上海書畫出版社，1994 年 10 月第一版第一次印刷）。

18. 清・張照、梁詩正等奉敕撰，《石渠寶笈》（景印文淵閣四庫全書本，第 824-825 冊，臺北：臺灣商務印書館，民國 75 年 7 月初版）。

19. 清・陸心源，《穰梨館過眼錄》（臺北：學海出版社，民國 64 年 7 月初版）。

20. 清・顧文彬、民國・顧麟士，《過雲樓書畫記・續記》（南京：江蘇古籍出版社，1999 年 8 月第 1 版第 1 次印刷）。

21. 清・卞永譽，《式古堂書畫彙考》（臺北：正中書局，民國 47 年 4 月臺初版，據吳興蔣氏密韻樓藏本鑑古書社景印）。

22. 清・陸時化，《吳越所見書畫錄》（收錄於盧輔聖主編《中國書畫全書（八）》）。

23. 清・釋道濟，《大滌子題畫詩跋》（收錄於《美術叢書》合訂本第二冊，單冊本三集第十輯）。

24. 清・惲格，《南田畫跋》（收錄於《美術叢書》合訂本第三冊，單冊本四集第六輯）。

25. 清・王原祁，《麓臺題畫稿》（收錄於《美術叢書》合訂本第一冊，單冊本初集第二輯）。

26. 清・王時敏，《西廬畫跋》（收錄於沈子丞編《歷代論畫名著彙編》，臺北：世界書局，民國 63 年 6 月初版）。

27. 清・王鑒，《染香庵跋畫》（收錄於《歷代論畫名著彙編》，臺北：世界書局，民國 63 年 6 月初版）。

28. 清‧盛大士，《谿山臥游錄》（收錄於《美術叢書》合訂本第二冊，單冊本三集第一輯）。

29. 清‧鄒一桂，《小山畫譜》（收錄於《美術叢書》合訂本第一冊，單冊本初集第九輯）。

30. 清‧王昶，《金石萃編》（收錄於《歷代石刻史料彙編》第一編：先秦漢魏晉南北朝，第一冊。國家圖書館善本金石組編，北京：北京圖書館出版社，2000 年 8 月第 1 版第 1 次印刷）。

31. 徐復觀，《中國藝術精神》（臺北：臺灣學生書局，1966 年 2 月初版，1998 年 5 月第十二次印刷）。

32. 余紹宋，《書畫書錄解題》（臺北：臺灣中華書局，民國 57 年 4 月一版）。

33. 沈子丞編，《歷代論畫名著彙編》（臺北：世界書局，民國 63 年 6 月初版）。

34. 國立故宮博物院編纂，《吳派畫九十年展》（臺北：國立故宮博物院，民國 64 年 8 月初版，民國 70 年 7 月三版）。

35. 俞崑編著，《中國畫論類編》（臺北：華正書局，民國 66 年 10 月版）。

36. 許海欽，《論題跋》（臺北：一文出版社，民國 67 年 6 月初版）。

37. 沈樹華，《中國畫題款藝術》（北京：人民美術出版社，1998 年 5 月第一版第三次印刷）。

38. 徐建融，《書畫題款‧題跋‧鈐印》（上海：上海書店出版社，2000 年 6 月第 1 版第 1 次印刷）。

39. 孫轀，《中國畫家大辭典》（西安：中國書店，1982 年 6 月第 1 版，1994 年 2 月第 3 次印刷）。

40. 陳擎光，《元代畫家吳鎮》（臺北：國立故宮博物院，民國 72 年 6 月初版）。

41. 蘇峯男，《山水畫構圖之研究》（臺北：眾文圖書股份有限公司，民國 75 年 10 月 1 日初版）。

42. 江兆申，《雙溪讀畫隨筆》（臺北：國立故宮博物院，民國 76 年 3 月再版）。

43. 江兆申，《關於唐寅的研究》（臺北：國立故宮博物院，民國 76 年 5 月三版）。

44. 雄獅中國美術辭典編輯委員會，《中國美術辭典》（臺北：雄獅圖書股份有限公司，1989 年 4 月初版，1997 年 10 月三版一刷）。

45. 張懋鎔，《書畫與文人風尚》（臺北：文津出版社，1988 年 12 月大陸初版，民國 78 年 8 月臺灣初版）。

46. 高木森，《中國繪畫思想史》（臺北：東大圖書股份有限公司，民國81年6月初版）。

47. 馮增木，《中國書畫裝裱》（濟南：山東科學技術出版社，1993年9月第2版，1997年1月第7次印刷）。

48. 馬延岳、徐正編著，《中國書畫家名號》（濟南：山東美術出版社，1995年1月第1版，1997年1月第2次印刷）。

49. 劉瑩，《文徵明詩書畫藝術研究》（臺北：蕙風堂筆墨有限公司，民國84年7月出版）。

50. 朱玄，《中國山水畫美學研究》（臺北：臺灣學生書局，1997年8月初版）。

51. 阮榮春，《沈周》（長春：吉林美術出版社，1996年5月第1版，1997年9月第2次印刷）。

52. 高居翰，《江岸送別—明代初期與中期繪畫》（臺北：石頭出版股份有限公司，1997年6月初版一刷）。

53. 王伯敏，《中國繪畫通史》（臺北：東大圖書股份有限公司，民國86年11月初版）。

54. 劉九庵編著，《宋元明清書畫家傳世作品年表》（上海：上海書畫出版社，1997年1月第一版第一次印刷）。

55. 陳傳席，《中國繪畫理論史》（臺北：東大圖書股份有限公司，民國86年9月初版）。

56. 樊波，《中國書畫美學史綱》（長春：吉林美術出版社，1998年7月第1版第1次印刷）。

57. 曹齊編，《中國歷代畫家大觀—明》（上海：上海人民美術出版社，1998年8月第1版第1次印刷）。

58. 黃天才，《五百年來一大千》（臺北：義之堂文化出版事業有限公司，1998年11月初版）。

59. 譚錦家，《唐寅書藝研究》（臺北：漢光文化事業股份有限公司，民國88年8月1日出版）。

60. 周心慧，《中國古版畫通史》（學苑出版社，2000年4月北京第1版第1次印刷）。

61. 傅抱石，《中國繪畫理論》（臺北：里仁書局，民國89年元月10日初版三刷）。

62. 楊仁愷，《中國書畫鑑定學稿》（瀋陽：遼海出版社，2000年10月第1版第1次印刷）。

63. 蔣英炬、楊愛國，《漢代畫像石與畫像磚》（北京：文物出版社，2001

年 3 月第一版第一次印刷）。

四、畫目圖版類

1. 國立故宮博物院編輯委員會編，《故宮書畫錄》（增訂本八卷，四冊）（臺北：國立故宮博物院，民國 54 年 12 月初版）。

2. 中國古代書畫鑑定組編，《中國古代書畫目錄》（10 冊）（北京：文物出版社，1985 年 10 月至 1993 年 6 月出版）。

3. 國立故宮博物院編輯委員會編，《故宮書畫圖錄（一）》（臺北：國立故宮博物院，民國 78 年 8 月初版）。

4. 國立故宮博物院編輯委員會編，《故宮書畫圖錄（二）》（臺北：國立故宮博物院，民國 78 年 8 月初版）。

5. 國立故宮博物院編輯委員會編，《故宮書畫圖錄（四）》（臺北：國立故宮博物院，民國 79 年 6 月初版）。

6. 國立故宮博物院編輯委員會編，《故宮書畫圖錄（五）》（臺北：國立故宮博物院，民國 79 年 6 月初版）。

7. 國立故宮博物院編輯委員會編，《故宮書畫圖錄（六）》（臺北：國立故宮博物院，民國 89 年 9 月初版）。

8. 國立故宮博物院編輯委員會編，《故宮書畫圖錄（十四）》（臺北：國立故宮博物院，民國 83 年 9 月初版一刷）。

9. 國立故宮博物院編輯委員會編，《故宮書畫圖錄（十五）》（臺北：國立故宮博物院，民國 84 年 8 月初版一刷）。

10. 國立故宮博物院編輯委員會編，《故宮書畫圖錄（十六）》（臺北：國立故宮博物院，民國 86 年 9 月初版一刷）。

11. 國立故宮博物院編輯委員會編，《故宮書畫圖錄（十七）》（臺北：國立故宮博物院，民國 87 年 6 月初版一刷）。

12. 國立故宮博物院編輯委員會編，《故宮書畫圖錄（十八）》（臺北：國立故宮博物院，民國 88 年 6 月初版一刷）。

13. 國立故宮博物院編輯委員會編，《故宮書畫圖錄（十九）》（臺北：國立故宮博物院，民國 90 年 5 月初版一刷）。

14. 國立故宮博物院編輯委員會編，《大風堂遺贈名蹟特展圖錄》（臺北：國立故宮博物院，民國 72 年 7 月初版）。

15. 國立故宮博物院編輯委員會編，《吉星福代表張振芳教授伉儷捐贈文物目錄》（臺北：國立故宮博物院，民國 74 年 9 月初版）。

16. 國立故宮博物院編輯委員會編，《黃君璧先生捐贈文物特展目錄》（臺北：國立故宮博物院，民國 74 年 10 月初版）。

17. 國立故宮博物院編輯委員會編,《李石曾先生遺贈書畫目錄》(臺北：國立故宮博物院,民國75年8月初版)。

18. 國立故宮博物院編輯委員會編,《王雪艇先生續存文物圖錄》(臺北：國立故宮博物院,民國77年7月初版)。

19. 國立故宮博物院編輯委員會編,《何應欽將軍遺贈書畫展圖錄》(臺北：國立故宮博物院,民國78年4月初版)。

20. 李毅華、關佩貞編,《明代吳門繪畫》(臺北：臺灣商務印書館,民國79年8月臺灣初版)。

21. 國立故宮博物院編輯委員會編,《宋代書畫冊頁名品特展》圖錄(臺北：國立故宮博物院,民國84年9月初版一刷)。

22. 國立故宮博物院編輯委員會編,《羅家倫夫人張維楨女史捐贈書畫目錄》(臺北：國立故宮博物院,民國85年12月初版一刷)。

23. 中國古代書畫鑑定組編,《中國古代書畫圖目一》(北京：文物出版社,1986年10月第一版,1994年6月第二版第二次印刷)。

24. 中國古代書畫鑑定組編,《中國古代書畫圖目二》(北京：文物出版社,1987年9月第一版,1995年9月第二次印刷)。

25. 中國古代書畫鑑定組編,《中國古代書畫圖目三》(北京：文物出版社,1990年5月第一版,1995年6月第二次印刷)。

26. 中國古代書畫鑑定組編,《中國古代書畫圖目六》(北京：文物出版社,1988年10月第一版,1997年6月第二次印刷)。

27. 中國古代書畫鑑定組編,《中國古代書畫圖目七》(北京：文物出版社,1989年6月第一版,1997年6月第二次印刷)。

28. 中國古代書畫鑑定組編,《中國古代書畫圖目八》(北京：文物出版社,1990年5月第一版,1997年6月第二次印刷)。

29. 中國古代書畫鑑定組編,《中國古代書畫圖目九》(北京：文物出版社,1992年10月第一版,1999年3月第一版第二次印刷)。

30. 中國古代書畫鑑定組編,《中國古代書畫圖目十一》(北京：文物出版社,1994年10月第一版第一次印刷)。

31. 中國古代書畫鑑定組編,《中國古代書畫圖目十二》(北京：文物出版社,1993年12月第一版第一次印刷)。

32. 中國古代書畫鑑定組編,《中國古代書畫圖目十三》(北京：文物出版社,1996年5月第一版第一次印刷)。

33. 中國古代書畫鑑定組編,《中國古代書畫圖目十四》(北京：文物出版社,1996年2月第一版第一次印刷)。

34. 中國古代書畫鑑定組編,《中國古代書畫圖目十五》(北京：文物出

版社，1997 年 5 月第一版第一次印刷）。

35. 中國古代書畫鑑定組編，《中國古代書畫圖目十六》（北京：文物出版社，1997 年 1 月第一版第一次印刷）。

36. 中國古代書畫鑑定組編，《中國古代書畫圖目十七》（北京：文物出版社，1997 年 9 月第一版第一次印刷）。

37. 中國古代書畫鑑定組編，《中國古代書畫圖目十八》（北京：文物出版社，1998 年 8 月第一版第一次印刷）。

38. 中國古代書畫鑑定組編，《中國古代書畫圖目二十》（北京：文物出版社，1999 年 6 月第一版第一次印刷）。

39. 張萬夫編，《明四家畫集》（天津：天津人民美術出版社，1993 年 12 月第 1 版，1997 年 1 月第 3 次印刷）。

40. 單國強編，《沈周精品集》（北京：人民美術出版社，1997 年 10 月第一版第一次印刷）。

41. 楊新編，《文徵明精品集》（北京：人民美術出版社，1997 年 10 月第一版第一次印刷）。

42. 遼寧省博物館編委會編，《遼寧省博物館藏・書畫著錄・繪畫卷》（瀋陽：遼寧美術出版社，1998 年 6 月第 1 版第 1 次印刷）。

43. 劉正編，《唐寅畫集》（天津：天津人民美術出版社，2001 年 1 月第一版第一次印刷）。

44. 國立故宮博物院，《海外遺珍繪畫》（民國 74 年 6 月初版一刷，民國 82 年 2 月初版三刷）。

45. 國立故宮博物院，《海外遺珍繪畫（二）》（民國 77 年 5 月初版一刷，民國 84 年 6 月初版二刷）。

46. 國立故宮博物院，《海外遺珍繪畫（三）》（民國 79 年 5 月初版一刷，民國 85 年 6 月初版二刷）。

47. 編委會編，《海外藏中國歷代名畫・第六卷》（長沙：湖南美術出版社，1998 年 12 月第一版第一次印刷）。

48. 劉育文、洪文慶主編，《海外中國名畫精選 IV 明代》（上海：上海文藝出版社，1999 年 1 月第一版第一次印刷）。

49. 郭昌偉編，《明清近代名畫選集》（臺北：華正書局，民國 69 年 8 月初版）。

50. 國泰美術館，《國泰美術館選集・第六集・明清名家手卷集粹》（民國 69 年 9 月三版）。

51. 國立歷史博物館編輯委員會，《明代沈周文徵明唐寅仇英四大家書畫集》（臺北：中華民國國立歷史博物館，民國 73 年 1 月初版）。

52. 江蘇美術出版社，《中國民間秘藏繪畫珍品》（南京：江蘇美術出版社，1992 年 8 月一版）。

53. 江蘇美術出版社，《中國民間秘藏繪畫珍品 2》（南京：江蘇美術出版社，1992 年 8 月第一版 1996 年 4 月第二次印刷）。

54. 余毅主編，《古今人物畫扇選一》（臺北：中華書畫出版社收藏出版，民國 75 年 3 月 1 日初版）。

55. 余毅主編，《古今花鳥畫扇選二》（臺北：中華書畫出版社收藏出版，民國 75 年 3 月 1 日初版）。

56. 余毅主編，《古今山水畫扇選三》（臺北：中華書畫出版社收藏出版，民國 75 年 3 月 1 日初版）。

57. 故宮博物院《明清扇面書畫集》編輯組編選，《故宮博物院藏明清扇面書畫集》第一集（北京：人民美術出版社　1985 年 9 月第一版第一次印刷）。

58. 故宮博物院《明清扇面書畫集》編輯組編選，《故宮博物院藏明清扇面書畫集》第二集（北京：人民美術出版社，1985 年 12 月第一版第一次印刷）。

59. 故宮博物院《明清扇面書畫集》編輯組編選，《故宮博物院藏明清扇面書畫集》第三集（北京：人民美術出版社，1989 年 9 月第一版第一次印刷）。

60. 繆鵬飛 編輯，崑崙堂出版，《崑崙堂藏書畫集》（1988 年 11 月第一版）。

61. 潘深亮、上官丰選編，《宮藏扇畫選珍》（故宮博物院藏，中國文學出版社，1995 年 1 月第一版第一次印刷）。

62. 田軍、康建邦、巫小文編，《沈周畫風》（重慶：重慶出版社，1995 年 9 月第一版第一次印刷）。

63. 梁江、彭逸林、杜鳴編，《文徵明畫風》（重慶出版社，1995 年 10 月第一版第一次印刷）。

64. 郭威編，雅蘊堂發行，《大風堂名蹟第一集》（臺北：中華書局經銷）。

65. 郭威編，雅蘊堂發行，《大風堂名蹟第四集》（臺北：中華書局經銷）。

66. 郭威編，雅蘊堂發行，《宋元以來名畫集》（臺北：中華書局經銷）。

67. 拍賣圖錄，《中國嘉德'98 廣州冬季拍賣會‧中國書畫》（1998 年 12 月 13 日，廣州）。

68. 拍賣圖錄，《上海國際商品拍賣有限公司'99 春季藝術品拍賣會‧中國書畫》（1999 年 6 月 4 日，上海）。

69. 拍賣圖錄，《朵雲軒'99 春季藝術品拍賣會‧古代字畫》（1999 年 6

月 6 日，中國上海）。

70. 拍賣圖錄，《上海工美'99 春季藝術品拍賣會》（1999 年 6 月 8 日，中國上海）。

71. 北京瀚海藝術品拍賣公司拍賣圖錄，《瀚海'99 春季拍賣會‧中國書畫（古代）》（拍賣日期 1999 年 7 月 4 日 ）。

72. 拍品圖錄，《上海拍賣行 99 秋季中國書畫拍賣會》（1999 年 12 月 19 日，上海）。

73. 北京瀚海藝術品拍賣公司拍賣圖錄，《千禧拍賣會‧中國書畫（古代）》（2000 年 1 月 8 日，北京）。

74. 拍賣圖錄，《中國嘉德 2000 春季拍賣會‧中國古代書畫》（2000 年 5 月 8 日，北京）。

75. 拍賣圖錄，《中國嘉德 2001 春季拍賣會‧中國古代書畫》（2001 年 4 月 25 日，北京）。

76. 拍賣圖錄，《中貿聖佳 2001 春季拍賣會‧中國書畫（古代）》（2001 年 5 月 20 日，北京）。

五、文史工具其他類

1. 清‧永瑢等撰，《四庫全書總目》（北京：中華書局，1965 年 6 月第 1 版，1995 年 4 月北京第 6 次印刷）。

2. 清‧石梁編，《草字彙》（鄭州：中州古籍出版社，1990 年 8 月第 1 版，1997 年 9 月第 3 次印刷）。

3. 王忠林等著，《增訂中國文學史初稿》（臺北：福記文化圖書有限公司，民國 74 年 5 月修訂三版）。

4. 劉大杰，《中國文學發展史》（臺北：漢京文化事業有限公司，1992 年 6 月 20 日臺版一刷）。

5. 鄭振鐸，《插圖本中國文學史》（北京：北京出版社，1999 年 1 月第 1 版第 1 次印刷）。

6. 周道振、張月尊同纂，《文徵明年譜》（上海：百家出版社，1988 年 8 月第 1 版第 1 次印刷）。

7. 姜守鵬，《明清社會經濟結構》（長春：東北師範大學出版社，1992 年 1 月第 1 版第 1 次印刷）。

8. 王家誠，《明四家傳》（臺北：國立故宮博物院，民國 88 年 4 月初版一刷）。

9. 王次澄，《宋元逸民詩論叢》（臺北：大安出版社，2001 年 8 月一版一刷）。

10. 吳仁安,《明清江南望族與社會經濟文化》(上海:上海人民出版社,2001 年 12 月第 1 版第 1 次印刷)。

11. 釋迦牟尼佛與須菩提師徒問答,《金剛經》(新竹:仁化出版社,民國 87 年 7 月三版)。

六、期刊論文

1. 李栖,《宋題畫詩研究》(東吳大學中文研究所博士論文,民國 80 年)。

2. 衣若芬,《鄭板橋題畫文學研究》(臺灣大學中國文學研究所碩士論文,民國 79 年 4 月)。

3. 譚銀順,《唐寅生平及其詩文研究》(政治大學中國文學研究所碩士論文,民國 92 年 6 月)。

4. 蔣翔宇,《倪瓚題畫詩研究》(逢甲大學中國文學研究所碩士論文,民國 84 年 6 月)。

5. 陳德馨,《梅花喜神譜研究》(臺大藝術史研究所碩士論文,民國 85 年 7 月)。

6. 鄭騫,〈題畫詩與畫題詩〉(《中外文學》八卷六期,民國 68 年 11 月)。

7. 青木正兒著、魏仲祐譯,〈題畫文學及其發展〉(《中國文化月刊》第九期,民國 69 年 7 月)。

8. 青木正兒,〈題畫文學發展〉(《青木正兒全集》卷二,日本:春秋社,昭和五十八年)。

9. 吳哲夫,〈梅花喜神譜——一部宋代版畫代表作〉(《故宮文物月刊》第六卷第四期,總期第 64 期,民國 77 年 7 月)。

10. 單國霖,〈明代文人書畫交易方式初探〉(《上海博物館集刊》第六期,上海:上海古籍出版社,1992 年 10 月第 1 版第 1 次印刷)。

11. 王啓興,〈論唐代詩畫溝通中的幾個美學問題〉(《武漢大學學報》(哲學社會科學版), 1994 年 01 期)。

12. 周桂峰,〈論詩畫融合的美學依據〉(《汕頭大學學報》(人文科學版),1994 年 01 期)。

13. 牛曉露,〈絕句空間描寫的審美觀角及文化探視——兼論詩畫一體的藝術匯通〉(《雲南師範大學學報》(哲學社會科學版),1994 年 02 期)。

14. 林衡勛,〈試探「詩畫同源」〉(《湛江師範學院學報》(社會科學版),1994 年 03 期)。

15. 時衛平,〈王維詩畫與禪宗影響〉(《東南文化》,1995 年 01 期)。

16. 勞繼雄,〈關於唐寅的代筆問題〉(《文物鑑賞叢錄·書畫(二)》,北京:文物出版社,1996 年。)

17. 婁瑋,〈一件沈周畫作的辨偽〉(《故宮博物院院刊》,1998 年第 4 期,總期第 82 期,北京:紫禁城出版社,1998 年 10 月出版)。

18. 吳懷東,〈王維詩畫禪意相通論〉(《文史哲》,1998 年 04 期)。

19. 啓功,〈中國古代詩與書、書與畫、畫與詩之關係例說〉(《文藝研究》,1999 年 03 期)。

20. 詹珊,〈借鑑的藝術—「詩畫一律」新探〉(《福建論壇》(文史哲版),1999 年 05 期)。

21. 曾君,〈沈周晚年《吳中山水圖》辨偽〉(《故宮博物院院刊》,1999 年第 3 期,總期第 85 期,北京:紫禁城出版社,1999 年 8 月出版)。

22. 衣若芬,〈題畫文學研究概述〉(《中國文哲研究通訊》,第十卷·第一期,2000 年 3 月)。

23. 王曉丹,〈談詩畫融合的歷程及原因〉(《克山師專學報》,2000 年 02 期)。

24. 張洪忠,〈王維「詩中有畫」中的詩與畫〉(《美術研究》,2000 年 03 期)。

25. 李福,〈繪畫手法在詩歌創作中的運用—兼論詩畫藝術的協同〉(《大連民族學院學報》,2000 年 04 期)。

26. 劉芳如,〈明中葉人物畫四家—(三)唐寅〉(《故宮文物月刊》,第十八卷第七期,總期 211 期,民國 89 年 10 月)。

27. 王韶華,〈蘇軾「詩畫一律」的内涵〉(《文藝理論研究》,2001 年 01 期)。

28. 王偉生,〈談詩與畫的結合〉(《鞍山師範學院學報》,2001 年 02 期)。

29. 錢天善,〈明四家現存畫目〉(《書目季刊》,第三十六卷·第一期,臺北:書目季刊社,民國 91 年 6 月 16 日出版)。